KB116496

고 요 의
바 다 에 서

고요의
SEA
바다에서
OF

에밀리 세인트존 맨델 장편소설

강동혁 옮김

TRANQUILITY

SEA OF TRANQUILITY
by EMILY ST. JOHN MANDEL

캐시아에게

차례

1장
피송금인 / 1912

1

18세의 에드윈 세인트존 세인트앤드루는 〈세인트〉가
두 번 들어가 그를 두 번이나 성인의 반열에 올려놓은
이름을 달고서 증기선을 타고 대서양을 가로지른다. 그
는 상갑판에서 바람에 맞서 눈을 가늘게 뜨고 있다. 장
갑 낀 손으로 난간을 잡은 채 미지의 세계를 엿보고 싶
어 안절부절못하며 바다와 하늘 너머의 무언가를 — 뭐
라도! — 보려고 노력한다. 하지만 보이는 것은 끝없는
잿빛 색조뿐이다. 그는 다른 세상으로 향하고 있다. 그
가 있는 곳은 영국과 캐나다 사이, 대략 중간 지점이다.
난 추방당했어. 그는 자신에게 말한다. 그런 말이 신파적
이라는 것은 알지만, 그렇더라도 그 말에는 진실의 울림
이 있다.

에드윈의 조상 중에는 정복왕 윌리엄이 있다. 에드윈의 할아버지가 세상을 떠나면 아버지는 백작이 될 것이다. 에드윈은 영국에서 가장 좋은 학교 두 곳에 다녔다. 하지만 그가 남겨 놓고 떠나온 영국에는 별다른 미래랄 것이 없다. 신사가 구할 수 있는 직업은 극히 드물고 그 중 에드윈에게 흥미롭게 느껴지는 것은 하나도 없다. 가족 유산은 큰형 길버트에게 가기로 정해져 있으니 에드윈은 아무것도 상속받지 못할 예정이다(둘째 형 나이얼은 이미 호주에 가 있다). 영국에 좀 더 머물 수도 있었겠지만, 에드윈은 비밀리에 급진적인 시각을 품고 있었고 그 점이 어느 디너파티에서 예기치 않게 드러나 그의 운명을 재촉했다.

엉뚱한 낙관주의가 번뜩인 순간, 에드윈은 배의 승객 명단에 자기 직업을 〈농부〉로 기록했다. 살면서 삽 한 자루 만져 본 적이 없다는 생각은 이후 갑판에 나와 사색에 잠길 무렵에야 비로소 들었다.

2

헬리팩스에 도착한 에드윈은 항구 근처에 숙소를 잡는다. 어느 하숙집에서 항구가 내려다보이는 2층 구석 방을 확보할 수 있었다. 첫날 아침 눈을 떠보니 창밖으로 놀랍도록 생생한 장면이 펼쳐진다. 커다란 상선이 도착했고 나무통과 자루와 상자를 내리는 사람들의 생기 있는 욕설이 들릴 만큼 그들과 가까운 거리에 있다. 첫날의 대부분은 고양이처럼 창밖을 내다보며 보낸다. 즉시 서쪽으로 갈 계획이었으나 헬리팩스는 시간을 끌기가 너무 쉬운 곳이다. 그곳에서 그는 평생 알아 왔던 자기 성격의 약점에 속수무책으로 당하고 만다. 그 약점이란 행동을 할 수는 있으나 타성에 취약하다는 것이다. 그는 창가에 앉아 있기를 좋아한다. 사람과 배가 끊임없이 움직인다. 에드윈은 떠나고 싶지 않으므로 머문다.

「아, 그냥 다음에는 어디로 갈지 고민하는 중이에요.」
하숙집 주인이 친절하게 묻자 에드윈은 그렇게 대답한
다. 그녀의 이름은 도널리다. 뉴펀들랜드 출신이다. 도
널리 씨의 억양이 에드윈에게는 혼란스럽게 느껴진다.
말투만 들으면 그녀는 브리스틀 출신인 동시에 아일랜
드 출신인 것 같다. 하지만 때로는 스코틀랜드 억양도
들린다. 방은 깨끗하고 도널리 씨는 요리 솜씨가 훌륭
하다.

선원들이 밀치락달치락 파도처럼 창가를 지나간다.
그들은 위쪽을 보는 일이 거의 없다. 에드윈은 그들을
구경하기를 좋아하지만 감히 그들에게 다가가려는 시도
는 하지 않는다. 게다가 선원들에게는 서로가 있다. 술
에 취하면 어깨동무를 한다. 에드윈은 찌르는 듯한 부러
움을 느낀다.

(바다로 갈 수 있을까? 당연히 안 되겠지. 에드윈은
그 생각을 떠올리자마자 폐기해 버린다. 전에 자발적으
로 선원으로 거듭난 피송금인[1]에 관해 들어 본 적이 있

1 remittance man. 19세기~20세기 초 영국에서 사용된 용어로, 품위

지만 에드윈은 뼛속까지 한량이다.)

에드윈은 작은 배들이 들어오는 모습이나 유럽 기운이 아직 갑판에 달라붙어 있는 증기선들이 항구로 인도되는 모습을 구경하기를 무척 좋아한다.

그는 아침에, 그리고 점심에 한 번 더 산책한다. 항구를 따라 내려가 보고, 외곽의 조용한 주거 지역을 걷고, 줄무늬 차양을 드리운 배링턴 스트리트의 작은 가게들을 드나든다. 전차를 타고 종점까지 갔다가 돌아오며 작은 집이 큰 집으로, 큰 집이 시내의 상업용 건물로 바뀌는 광경을 구경하는 것도 좋아한다. 딱히 필요하지 않은 물건, 이를테면 빵이나 엽서 한두 장, 꽃다발을 사는 것도 좋아한다. 이것도 인생일 수 있겠다고 그는 자기도 모르게 생각한다. 이렇게 단순할 수도 있겠다고. 가족도 직업도 없이 그저 단순한 기쁨 몇 가지와 하루가 끝날 때 몸을 던질 깨끗한 이불, 집에서 보내 주는 정기적인

없는 행실 등으로 인해 집에서 쫓겨나 영국 식민지로 나가서 살게 된 상류층 자제를 가리킨다. 가족이 그를 떨어트려 놓는 대신 정기적으로 생활비를 송금해 준 까닭에 〈피송금인〉이라고 불리게 되었다. 이하 모든 주는 옮긴이 주이다.

용돈만 가진 채로. 고독한 삶이란 매우 유쾌한 것일 수도 있다.

에드윈은 며칠에 한 번 꽃을 사기 시작한다. 꽃은 서랍장 위 싸구려 화병에 꽂아 둔다. 그 꽃을 바라보며 오랜 시간을 보낸다. 그는 자신이 화가였으면 좋겠다고 생각한다. 꽃을 그리면서, 그 과정에서 꽃을 더 선명하게 보면 좋겠다고.

그림 그리는 법을 배울 수 있을까? 시간과 돈은 있다. 딱히 나쁠 것 없는 생각이다. 에드윈이 도널리 씨에게 묻자 도널리 씨가 한 친구에게 묻는다. 얼마 뒤 에드윈은 화가 수련을 거친 어느 여성의 거실에 있다. 꽃과 화병을 스케치하고 명암과 비례의 기본을 배우며 조용히 시간을 보낸다. 그녀의 이름은 러티샤 러셀이다. 결혼반지를 끼웠으나 남편의 소재는 불분명하다. 그녀는 세 아이, 그리고 남편과 사별한 언니와 함께 깔끔한 나무 집에 산다. 그녀의 언니는 방 한구석에서 끊임없이 목도리를 짤 뿐 별다른 참견을 하지 않으며 샤프롱[2] 노릇을 한다. 그래서 에드윈은 남은 평생 그림 그리기를 뜨개바늘의 짤각거리는 소리와 연관 짓게 된다.

  에드윈이 하숙집에 머문 지 6개월이 되었을 무렵 레지널드가 도착한다. 에드윈은 레지널드가 타성에 취약하지 않다는 사실을 즉시 알아본다. 레지널드에게는 서쪽으로 가겠다는 즉각적인 계획이 있다. 그는 에드윈보다 두 살이 많으며 이튼 고등학교 동문이고 어느 자작의 셋째 아들이다. 두 눈이 아름답다. 짙은 회색이 감도는 푸른색이다. 에드윈과 마찬가지로 레지널드의 계획도 신사 계급 농부로 자리 잡는 것이지만, 에드윈과 달리 레지널드는 실제로 그 목표를 이루기 위해 여러 단계를 밟아 왔으며 서스캐처원의 농장을 팔고 싶어 하는 어느 남자와 편지까지 주고받은 상태다.

  「여섯 달이라니.」 레지널드가 아침 식사 때 못 믿겠다는 듯 되풀이한다. 토스트에 잼을 바르다 말고 잠시 멈춘다. 자기가 제대로 들었는지 모르겠다는 얼굴이다. 「여섯 **달**이라고? **여기서** 여섯 달을 보냈다는 거야?」

  「응.」 에드윈은 가볍게 말한다. 「아주 기분 좋은 여섯

  2 과거에 미혼 여성이 사교장에 나갈 때 동행해 보호자 역할을 하던 사람. 대개 나이 든 여성이었다.

달이었다고 할 수 있어.」그는 도널리 씨와 눈을 맞추려 하지만 그녀는 차를 따르는 데 열중한다. 에드윈은 그녀가 자신을 조금 맛이 간 사람으로 생각한다는 점을 알 수 있다.

「흥미롭네.」레지널드가 토스트에 잼을 바른다.「집으로 불려 가기를 바라는 건 아니지? 대서양 가장자리에 매달려서 최대한 왕과 영국에 가까운 데 남아 있으려는 거야?」

좀 찔리는 말이다. 그래서 그다음 주, 레지널드가 서쪽으로 급히 떠나며 함께 가자고 하자 에드윈은 그의 제안을 받아들인다. 기차가 도시를 떠날 때 에드윈은 행동에 기쁨이 있다고 생각하기로 한다. 그들은 차내에 우체국과 이발소가 있는 쾌적한 기차의 일등석을 예약했다. 에드윈은 그 기차에서 길버트에게 엽서를 보내고 뜨거운 물로 해주는 면도와 이발을 즐기며 숲과 호수와 작은 마을 들이 창가로 스쳐 지나가는 모습을 구경한다. 기차가 오타와에 잠시 멈춰 섰을 때 그는 내리지 않고 그냥 자리에 남아 역사(驛舍)의 선을 스케치한다.

숲과 호수와 작은 마을 들이 물러나고 평원으로 바뀐다. 초원은 처음에는 흥미로웠다가 지루해지고 그다음에는 마음을 불안하게 한다. 초원이 너무 많다는 것, 그점이 문제다. 규모가 잘못됐다. 기차는 끝없는 풀밭을 지나 지네처럼 기어간다. 이쪽 지평선에서 저쪽 지평선까지 모든 것이 보인다. 끔찍할 만큼 지나치게 노출된 기분이다.

「이게 인생이지.」레지널드가 말한다. 그들은 마침내 레지널드의 새 농가에 도착해 문 앞에 서 있다. 농장은 프린스앨버트에서 몇 킬로미터 떨어져 있다. 진흙의 바다다. 레지널드는 실물도 확인하지 않고 어느 우울한 20대 영국인에게서 그 농장을 매입했다 — 에드윈은 그 영국인도 또 한 명의 피송금인이리라 의심할 수밖에 없다. 그 영국인은 그곳에서 성공을 거두는 데 철저히 실패하고 오타와에 사무직 일자리를 얻으러 동쪽으로 떠났다. 레지널드는 그 사람에 관해 생각하지 않으려고 무척 주의를 기울인다. 그 점을 에드윈도 알 수 있다.

집도 실패의 유령에 쓸 수 있을까? 에드윈은 농가 문

을 지나는 순간 불안해져 현관에 머문다. 잘 지은 집이지만 — 이전 주인이 한때는 꽤 많은 자금을 지원받았다 — 에드윈은 완전히는 설명할 수 없는 방식으로 불행한 장소라고 느낀다.

「여긴…… 하늘이 참 많다, 그치?」 에드윈이 한마디 던져 본다. 진흙도 아주 많고. 정말이지 놀라울 정도로 진흙이 많다. 에드윈의 시야가 미치는 한 저 멀리까지 진흙이 햇빛에 반짝거린다.

「탁 트인 공간과 맑은 공기밖에 없어.」 레지널드는 두려울 만큼 아무 특징이 없는 지평선을 바라보며 말한다. 저 멀리에, 너무 멀어서 아지랑이처럼 보이는 농가 한 채가 있다. 하늘은 시비라도 걸듯 파랗다. 그날 밤 둘은 버터에 구운 달걀과 — 레지널드가 유일하게 할 줄 아는 요리다 — 염장한 돼지고기를 먹는다. 레지널드는 기분이 가라앉은 듯 보인다.

「꽤 힘들겠지, 농사라는 게?」 그가 잠시 후에 말한다. 「몸이 고단할 거야.」

「그러게.」 에드윈은 신세계에 간 자신을 상상할 때마다 자기만의 농장에 있는 모습을 떠올렸으나 — 단정하

20

면서도 광활한 농지에, 뭐랄까, 구체적이지 않은 어떤 작물이 자라는 신록의 풍경을 그려 봤다 — 실은 농사라는 일에 정말 어떤 작업이 따르는지 생각해 본 적은 한 번도 없었다. 말을 돌보겠지. 정원 일도 좀 하고. 땅도 파고. 그다음에는? 일단 땅을 판 다음에는 그 땅에 뭘 하는 거지? 땅을 왜 파는 거야?

에드윈은 자신이 심연의 가장자리에서 흔들리고 있다고 느낀다. 「레지널드,」 그가 말한다. 「이 근처에서 술을 구하려면 어떻게 해야 할까?」

「**추수**를 해야겠지.」 에드윈은 석 잔째 술을 마시고 혼잣말한다. 「그런 단어를 쓰던데. 땅을 파고 땅에 뭘 심은 다음에 추수를 한다고.」 에드윈이 술을 홀짝인다.

「뭘 추수해?」 레지널드는 술에 취하면 그 무엇에도 불쾌감을 느끼지 않을 사람처럼 태도가 상냥해진다. 그는 의자에 등을 기대고 앉아 허공을 보며 미소 짓는다.

「뭐, 그게 바로 문제 아니겠어?」 에드윈은 그렇게 말하며 자기 잔에 술을 한 번 더 붓는다.

3

술을 마시며 한 달을 보낸 뒤 에드윈은 레지널드를 새 농장에 남겨 두고 형 나이얼의 학창 시절 친구인 토머스를 만나러 서쪽으로 나아간다. 토머스는 뉴욕시를 통해 신대륙에 들어와 즉시 서부로 이동한 사람이다. 로키산맥을 관통하는 기차를 타고 가다 보니 에드윈은 놀라움에 숨이 멎을 것만 같다. 그는 어린아이처럼 창문에 이마를 댄 채 노골적으로 입을 쩍 벌린다. 압도적인 아름다움이다. 서스캐처원에서는 좀 지나치게 술을 마셨는지도 모르겠다. 브리티시컬럼비아에서는 더 나은 사람이 되어야겠다고 생각한다. 햇빛에 눈이 시리다.

그 맹렬한 장관을 보고서 자기도 모르는 사이 빅토리아에, 그 예쁘장하게 길들여진 거리들에 들어서자 이상한 충격이 느껴진다. 사방에 영국인이 있다. 기차에서 내리자 고국의 억양이 그를 둘러싼다. 에드윈은 잠시 여기 머물러도 되겠다고 생각한다.

그는 도시 중심부의 깔끔하고 작은 호텔에서 토머스를 만난다. 토머스는 그곳의 가장 좋은 방에서 지낸다. 두 사람은 아래층 식당에서 차와 스콘을 주문한다. 둘은 3~4년 동안 만난 적이 없지만 토머스는 거의 변하지 않았다. 어린 시절부터 늘 그랬듯 얼굴이 불그레해서 언제 봐도 방금 럭비 경기장에서 나온 듯한 인상이다. 토머스는 빅토리아 사업계의 일원이 되려 노력하고 있으나 구체적으로 어느 사업에 발을 들일지에 관해서는 애매한 태도를 보인다.

「형은 어때?」 토머스가 화제를 돌려 묻는다. 형이란 나이얼을 뜻한다.

「호주에서 뭘 좀 해보겠대.」 에드윈이 말한다. 「편지만 보면 행복하게 지내는 거 같더라.」

「뭐, 그 정도면 우리 대부분보다 낫네.」 토머스가 말한다. 「행복이라는 게 작은 문제가 아니야. 호주에서 뭘 하는데?」

「내 생각이지만, 술 마시면서 송금받은 돈을 없애고 있을걸.」에드윈이 말한다. 신사답지 못한 말이지만 아마 진실일 것이다. 둘은 창가 자리에 앉아 있다. 에드윈의 시선이 자꾸 거리로, 가게의 진열창으로, 그리고 — 저 멀리 보이는 — 짐작조차 할 수 없을 만큼 광활한 황야로, 마을 주변으로 모여드는 듯한 어둡고 위압적인 나무들로 향한다. 저 황야가 영국 소유라는 생각이 왠지 우스운데, 에드윈은 재빨리 그런 생각을 누른다. 그런 생각을 하면 영국에서의 마지막 디너파티가 떠오르기 때문이다.

4

마지막 디너파티는 별문제 없이 시작됐다. 하지만 언제나, 항상 그렇듯 대화 주제가 라지[3]의 상상조차 할 수 없는 화려함으로 향하면 문제가 발생한다. 에드윈의 부모는 인도에서 태어난 라지의 아기들, 인도인 보모가 키운 영국인 어린이들이자 —「그 빌어먹을 아이아[4] 얘기를 한 마디라도 더 들으면…….」 에드윈의 형 길버트는 언젠가 그렇게 중얼거린 적이 있는데 그 문장을 잇지는 못했다 — 보지도 못한 영국에 관한 이야기를 듣고 자란 아이들이었다. 에드윈은 부모님이 20대 초반에 처음 영국을 보고 조금은 실망했으리라는 생각이 어쩔 수 없이 들었다. (「생각보다 비가 많이 오더구나.」 에드윈의 아

---

3 Raj. 영국의 인도 식민 지배, 혹은 그 시기를 일컫는 말.
4 ayah. 가정부를 뜻하는 인도식 영어 단어.

버지가 그 문제에 관해 한 말은 그것이 전부였다.)

마지막 디너파티에는 다른 가족도 함께했다. 에드윈의 가족과 신상이 비슷한 배럿 가문 사람들이었다. 존 배럿은 영국 해군 지휘관이었고 그의 아내 클래라는 태어나 몇 년을 인도에서 보냈다. 맏아들 앤드루도 함께 왔다. 배럿 가족은 영국령 인도에 관한 이야기가 에드윈의 어머니 애비게일과 저녁 시간을 보낼 때면 피할 수 없이 지나야 하는 에움길이라는 사실을 알고 있었다. 또한 애비게일의 오랜 친구로서, 그녀가 라지 이야기에서 벗어나고 나면 비로소 다른 주제로 대화를 이어 갈 수 있다는 것도 알고 있었다.

「그게 말이지, 영국령 인도의 아름다움이 나도 모르게 자꾸 생각나더라.」 에드윈의 어머니가 말했다. 「색채가 참 놀라웠어.」

「그래도 더위를 견디기 힘들었던 건 **사실이지**.」 에드윈의 아버지가 말했다. 「여기 온 이후로 딱 하나 그립지 않은 게 있다면 바로 그 더위야.」

「아아, 난 더위도 **끔찍하게** 힘들지는 않았는데.」 에드윈의 어머니는 먼 곳을 보는 듯한 표정이었다. 에드윈 형제가 〈영국령 인도 표정〉이라 부르는 표정이었다. 그 표정에는 어머니가 더는 그들과 함께 있지 않다는 것을 뜻하는 아련함이 깃들어 있었다. 누가 알겠는가? 어머니는 코끼리를 타고 있거나 푸르른 열대의 꽃으로 가득한 정원을 거닐고 있거나 빌어먹을 아이아인지 뭔지가 준 오이샌드위치를 먹고 있을 터였다.

「원주민도 별로 힘들어하지는 않았죠.」길버트가 조심스럽게 말했다. 「하지만 그 기후가 모든 사람에게 적당한 것 같진 않아요.」

에드윈은 대체 그때 무슨 바람이 불어 입을 열었던 것일까? 그는 몇 년 뒤, 전쟁 중에 참호 속에서 절망적인 공포와 지루함을 느끼며 그 문제를 곱씹어 보게 되었다. 때로는 안전핀을 뽑기 전까지 수류탄을 던지게 될지 말지 알 수 없는 법이다.

「원주민이야 더위보다는 영국인 때문에 힘들다고 느끼는 게 사실이죠.」에드윈이 말했다. 그는 아버지를 힐끗 봤는데, 아버지는 얼어붙은 듯 보였다. 아버지의 잔이 탁자와 입술 중간에 떠 있었다.

「얘,」어머니가 말했다. 「그게 도대체 무슨 말이니?」

「그 사람들은 우리가 인도에 있기를 바라지 않아요.」에드윈이 말했다. 그는 조용해져 자신을 멍하니 응시하는 탁자 주변의 사람들을 힐끗 둘러봤다. 「유감이지만 그 사실에는 딱히 불명확한 부분이 없는 거 같은데요.」 에드윈은 멀리서 울리는 소리를 듣듯 경이로워하며 자기 목소리를 들었다.

「이봐, 젊은이.」 아버지가 말했다. 「우리가 그 사람들에게 가져다준 건 문명뿐—」

「뻔히 보이잖아요.」 에드윈이 말했다. 「이모저모 따져 보면 그 사람들은 자기들 것을 더 좋아한다니까요. 그러니까, 자기들 문명 말이에요. 그 사람들은 우리 없이도 꽤 오래 잘 지내 왔어요. 안 그래요? 한 수천 년 되지 않아요?」 꼭 탈선한 기차의 지붕에 끈으로 묶여 있는 기분이었다! 사실 에드윈은 인도를 거의 알지 못했지만 어렸을 때 1857년 반란에 관한 설명을 듣고 충격받았던 기억은 있었다. 「**어디서든** 우릴 원하는 사람이 있긴 한가요?」 에드윈에게 자신이 던진 질문이 들려왔다. 「우린 왜 그 먼 곳이 우리 땅이라고 생각하는 거예요?」

「그야 우리가 **얻어 냈으니까** 그렇지, 에디.」 잠시 침묵이 흐른 뒤 길버트가 말했다. 「영국 땅의 원주민도 22대조 할아버지가 이 섬에 처음 도착했을 때 만장일치로 기뻐하진 않았겠지만 뭐, 역사는 승자의 몫이야.」

「정복왕 윌리엄은 거의 1천 년 전 사람이야, 버트 형. 우리야 당연히 바이킹 침략자의 정신 나간 손자보다는 문명화된 존재가 되려고 노력해야지.」

에드윈은 그 순간 말을 멈췄다. 식탁 앞의 모든 사람이 그를 빤히 보고 있었다.

「바이킹 침략자의 정신 나간 손자라고.」 길버트가 조용히 따라 말했다.

「여기가 기독교 국가라는 점은 고맙게 여겨야겠지.」 에드윈이 말했다. 「그조차 아니었으면 식민지에 얼마나 유혈이 낭자했을지 **상상해 봐.**」

「너 무신론자야, 에드윈?」 앤드루 배럿이 정말로 흥미로워하며 물었다.

「나도 내가 뭔지 잘 모르겠어.」 에드윈이 말했다.

이어진 침묵의 순간이 아마 에드윈이 살면서 경험한 가장 고통스러운 시간이었을 것이다. 그때 에드윈의 아버지가 매우 조용한 목소리로 입을 열었다. 에드윈의 아버지는 격노할 때마다 반토막 난 문장으로 말을 시작해 모두의 관심을 끄는 요령을 활용했다. 「네가 이번 생을 살면서 누린 모든 이점이,」 아버지가 말했다. 모두가 아버지를 바라봤다. 아버지는 전매특허를 낸 태도로, 아주 조금만 목소리를 높이며 치명적으로 차분하게 말을 이었다. 「네가 이번 생을 살면서 누린 모든 이점이, 에드윈, 어떤 식으로든 네가 너무도 유창하게 표현했듯 우리가 **바이킹 침략자의 정신 나간 손자**의 자손이라는 데서 비롯한 거다.」

「그럼요.」에드윈이 말했다. 「이보다 나쁜 상황은 얼마든지 있죠.」에드윈이 잔을 들었다. 「개자식 윌리엄을 위하여.」

길버트가 신경질적으로 웃었다. 다른 사람들은 아무도 소리 내지 않았다.

「미안합니다.」에드윈의 아버지가 손님들에게 사과했다. 「누가 우리 막내아들을 다 큰 어른으로 오해하는 것도 당연한 일이지만, 지금 보니 이 녀석은 아직 어린애군요. 네 방으로 가라, 에드윈. 오늘 저녁에는 할 만큼 했다.」

에드윈이 대단히 예의를 차려 식탁에서 일어나며 인사했다. 「좋은 밤 보내세요, 다들.」그는 주방에 가서 방으로 샌드위치를 가져다 달라고 한 뒤 — 아직 주요리가 나오지 않은 상태였다 — 선고를 기다리러 물러났다. 선고는 자정이 되기 전, 문 두드리는 소리와 함께 내려졌다.

「들어와.」 에드윈이 말했다. 그는 안절부절못하며 창가에 서서 바람에 흔들리는 나무를 바라보고 있었다.

길버트가 들어와 문을 닫더니 에드윈이 무척 아끼는 물건 중 하나인 아주 오래되고 얼룩진 안락의자에 사지를 쭉 뻗고 앉았다.

「대단하더라, 에디.」

「내가 대체 무슨 생각으로 그랬는지 모르겠어.」 에드윈이 말했다. 「아니지, 솔직히 말하면 그건 아니야. 내가 무슨 생각으로 그랬는지 알아. 머릿속에 단 하나의 생각도 없었다고 전적으로 확신하거든. 머리가 텅 비어 버린 거 같았어.」

「몸이 안 좋아?」

「전혀. 이보다 좋을 수 없어.」

「짜릿했겠다.」 길버트가 말했다.

「솔직히 그렇긴 했지. 후회한다고는 못 하겠어.」

길버트가 미소 지었다. 「너 캐나다로 간대.」 그가 조용히 말했다. 「아버지가 준비 중이셔.」

「나야 예전부터 캐나다에 갈 예정이었는걸.」 에드윈이 말했다. 「내년에 떠날 계획이었어.」

「그게 좀 빨라졌어.」

「얼마나, 형?」

「다음 주래.」

에드윈은 고개를 끄덕였다. 살짝 현기증이 났다. 방의 분위기가 미묘하게 바뀌었다. 에드윈은 이해할 수 없는 세상으로 나아갈 예정이었고 그의 방은 이미 과거로 물러나고 있었다. 「뭐,」 잠시 후 에드윈이 말했다. 「최소한 나이얼 형이랑 다른 대륙으로 가긴 하네.」

「또 시작이네.」 길버트가 말했다. 「이제 그냥 생각나는 대로 다 말하는 거야?」

「형도 해봐.」

「알겠지만, 우리가 모두 그렇게 부주의하게 굴 수는 없어. 책임이라는 게 있는 사람도 있으니까.」

「그 말은 물려받을 작위와 영지가 있다는 뜻이지.」 에드윈이 말했다. 「참 끔찍한 운명이다. 형을 위해서는 나중에 울어 줄게. 나도 나이얼 형이랑 똑같은 액수를 받게 될까?」

「좀 더 받을 거야. 나이얼한테는 그냥 생활비로 쓰라고 주는 거지만 네가 받는 돈에는 조건이 있거든.」

「말해 봐.」

「당분간 영국에 돌아오지 마.」 길버트가 말했다.

「추방이네.」 에드윈이 말했다.

「아, 신파극처럼 굴지 마. 너도 말했듯이, 넌 예전부터 캐나다로 갈 예정이었잖아.」

「근데 당분간이 어느 정도야?」 에드윈이 창가에서 돌아서 형을 빤히 봤다. 「난 당분간 캐나다에 머물면서 어떤 식으로든 자리를 잡고 주기적으로 집에 돌아올 수 있을 거라고 생각했는데. 아버지가 정확히 뭐라고 말한 거야?」

「유감이지만, 내 기억에 남은 말은 〈영국에서 썩 꺼지라고 해라〉야.」

「뭐, 그건 꽤…… 명확하네.」

「아버지가 어떤 분인지 알잖아. 당연히 어머니도 찬성이고.」 길버트가 일어서더니 문 옆에 잠시 멈춰 섰다. 「그냥 부모님에게 시간을 드려, 에디. 네가 영원히 추방당한 거라면 나한테도 엄청나게 놀랄 일일 거야. 내가 두 분한테 손을 써볼게.」

5

에드윈이 보기에 빅토리아의 문제는, 그곳이 실제로는 영국이 아닌데 영국과 너무 비슷하다는 점이다. 빅토리아는 영국의 멀리 떨어진 모형, 풍경에 별로 설득력 없게 덧칠한 수채화다. 에드윈이 그 도시에서 보내는 둘째 날 밤에 토머스가 그를 유니언 클럽으로 데려간다. 처음에는 즐겁다. 집이 살짝 느껴진다. 같은 고향 출신의 동창생들과 함께하는 즐거운 시간이 순식간에 흘러간다. 정말로 특출한 싱글 몰트 스카치도 있다. 나이 든 남자 중에는 빅토리아에 온 지 수십 년이나 된 사람도 있다. 토머스는 그들과 어울리려 한다. 그들 가까이에 머물면서 뭔가 의견을 묻고 진지하게 귀 기울이며 아부한다. 보고 있기가 민망하다. 토머스는 함께 사업을 하고 싶어지는 안정적인 사람으로 자리 잡으려 하지만, 에드윈의 눈에는 나이 든 남자들이 그저 예의를 차릴 뿐이라는 사실이 뻔히 보인다. 그들은 외부인을 반기지 않는다. 알맞은 나라에서 온 외부인, 알맞은 조상을 두고 알맞은 억양을 쓰는 외부인, 알맞은 학교에 다닌 외부인일지라도. 그곳은 토머스를 주변부에만 받아들이는 폐쇄된 사회다. 그들은 토머스가 얼마나 오래 머물며 클럽하우스를 맴돌아야 그를 받아 줄까? 5년? 10년? 1천 년?

에드윈은 토머스에게서 돌아서 창가로 간다. 그들은 항구가 보이는 3층에 있다. 마지막 빛이 하늘에서 흐려져 간다. 초조하고 불안하다. 등 뒤에서는 남자들이 스포츠 경기에서 거둔 승리나 별다른 사건 없이 증기선을 타고 퀘벡, 핼리팩스, 뉴욕으로 갔던 여행 이야기를 하고 있다. 「믿을지 모르겠지만,」 뉴욕 항구에 도착했던 사람이 등 뒤 어딘가에서 말한다. 「가엾은 우리 어머니는 지금도 뉴욕이 영연방에 속한다고 생각하십니다.」

시간이 흐른다. 항구에 어둠이 내린다. 에드윈은 다른 남자들에게 다가간다.

「그런데 그 문제의 불행한 진실은,」 누군가가 모험심 있는 사람으로 사는 일의 중요성에 관한 대화에 심취해 말한다. 「영국으로 돌아가면 우리한테는 사실 미래가 없다는 거야. 안 그래?」

사색적인 침묵이 내려앉는다. 그 남자들은 모두 둘째 아들이다. 노동하는 삶에 대비하지 못했는데 아무것도 상속받지 못한다. 에드윈 자신도 크게 놀랄 일이지만, 그가 잔을 든다.

「추방자를 위하여.」 에드윈은 그렇게 말하고 술을 들이켠다. 못마땅하게 툴툴대는 소리가 들린다. 「이걸 **추방**이라고 부르긴 좀 그렇지.」 누군가가 말한다.

「그럼 신사 여러분, 머나먼 새 땅에서 만들어 갈 새로운 미래를 위하여.」 토머스가 말한다. 그는 언제나 사교성이 좋다.

조금 뒤 토머스는 창가에 서 있는 에드윈을 발견한다.

「있잖아,」 토머스가 말한다. 「사람들이 지나가는 말로 무슨 디너파티 얘기 하는 걸 들었어. 지금까지는 딱히 그 말을 믿지 않았는데 말이야.」

「배럿 가문 사람들이 구제 불능의 험담꾼들이라니 유감이네.」

「이 동네는 겪을 만큼 겪은 거 같아.」 토머스가 말한다. 「난 여기서 한번 도전해 보려 했어. 그런데 영국을 떠날 거라면 실제로 영국을 떠났다고 할 만한 일을 해야 겠지.」 그가 돌아서서 에드윈을 본다. 「난 북쪽으로 갈까 생각하고 있었어.」

「얼마나 북쪽?」 에드윈은 얼어붙은 툰드라의 이글루 같이 걱정되는 광경이 떠올라 괴롭다.

「너무 멀리는 말고. 그냥 밴쿠버섬에서 좀 더 올라가보려고.」

「거기 전망이 있어?」

「구체적으로 말하면 내 친구의 삼촌이 거기서 목재회사를 운영해.」 토머스가 말한다. 「하지만 추상적으로 말하면 황야가 있지. 우리가 여기 온 이유가 그거 아냐? 황야에 자취를 남기려고?」

그보다는 황야 속으로 사라지고 싶다면? 일주일 뒤 밴쿠버섬의 서쪽, 증기를 뿜어내는 배를 타고 끊어진 해안을 따라 북쪽으로 향할 때 떠오른 이상한 생각이다. 바위투성이 해변과 숲, 그 뒤로 솟은 산맥으로 이루어진 풍경. 그러다가 순식간에 그 깨진 바위들이 잠잠해지며 백사장이 나타난다. 에드윈이 여태 본 것 중 가장 긴 백사장이다. 바닷가 마을들이 보인다. 연기가 모락모락 피어난다. 날개가 달리고 얼굴이 그려진 나무 기둥들이 ─ 이제는 그것들이 토템 막대라는 사실이 기억난다 ─ 여기저기 세워져 있다. 에드윈은 그 기둥들을 이해하지 못하므로 위협적이라 느낀다. 오랜 시간이 흐른 뒤 백사장이 물러나고 바닷가는 다시 바위투성이 벼랑과 좁다란 물줄기로 변한다. 때로 먼 곳에 카누가 보인다. 소금이 물에 녹듯 사람도 황야로 녹아들어 간다면 어떨까? 집에 가고 싶다. 에드윈은 처음으로 자신이 제정신인지 걱정하기 시작한다.

배에 탄 승객은 통조림 공장으로 일하러 가는 중국인 남자 세 명, 남편과 함께 살러 온 노르웨이 출신의 대단히 긴장한 젊은 여자 한 명, 토머스와 에드윈, 선장, 캐나다인 선원 두 명이다. 그들 모두가 나무통과 생활용품이 든 자루를 가지고 탔다. 중국인 남자들은 자기들만의 언어로 말하고 웃는다. 노르웨이인 여자는 식사 때만 빼고 선실에 틀어박혀 지내며 한 번도 미소 짓지 않는다. 선장과 선원들은 화기애애하지만 토머스와 에드윈에게 말을 거는 데는 관심이 없다. 그래서 토머스와 에드윈은 대부분의 시간을 갑판에서 함께 보낸다.

「타성에 젖은 빅토리아의 그 인간들이 이해하지 못하는 건,」 토머스가 말한다. 「이 땅 전체가 우리더러 차지하라고 여기에 있다는 거야.」 에드윈은 그를 힐끗 보고 미래를 들여다본다. 토머스는 빅토리아 사업가 공동체에서 거절당했으므로 남은 인생을 그들에게 격분하며 보낼 것이다. 「그 사람들은 대단히 영국적인 도시에 안주하고 있어. 그래, 나도 그게 왜 매력적인지는 알겠어. 하지만 여기엔 기회가 있다고. 우리는 여기에 우리만의 세상을 만들 수 있어.」 토머스가 제국과 기회에 관해 지루하게 떠들어 대는 동안 에드윈은 물을 응시한다. 물줄기와 작은 만, 조그만 섬 들이 우현에 있다. 그 바로 뒤에서 거대한 밴쿠버섬이 솟아난다. 낮은 구름에 정상이 가려진 산맥까지 숲 지대가 점점 높아진다. 그들이 서 있는 좌현에서는 대양이 아무런 방해도 받지 않고 쭉 뻗어 있다. 아마 일본 해안까지 이어질 것이다. 초원에서 겪었던 것과 똑같은, 지나치게 노출된 듯한 메스꺼운 느낌이 든다. 배가 마침내 천천히 우회전해 어느 물줄기를 따라 올라가기 시작하자 안심이 된다.

그들은 이른 저녁에 카이엣 정착촌에 도착한다. 별다

른 것은 없다. 부두 하나, 작은 흰색 성당 하나, 집 일고
여덟 채, 통조림 공장과 벌목장으로 이어지는 기본적인
도로. 에드윈은 납작한 여행 가방을 옆에 둔 채 부두에
멍하니 서 있다. 그곳은 위태롭다. 위태롭다라는 단어로
밖에 표현할 수 없다. 카이엣은 숲과 바다 사이에 낀, 가
장 가볍게 그린 문명의 스케치다. 에드윈이 속한 곳이
아니다.

「저 위의 좀 큰 건물이 하숙집입니다.」선장이 에드윈
에게 친절하게 알려 준다. 「잠시 이곳에 머물면서 상황
을 파악하고 싶다면 말이죠.」

그렇게 눈에 띄게 길 잃은 모습을 드러냈다는 사실을
깨닫자 심란해진다. 토머스와 에드윈은 함께 언덕을 올
라 하숙집으로 간 다음 위층에 방을 얻는다. 아침이 되
자 토머스는 벌목장으로 떠나고 에드윈은 즉시 핼리팩
스에서 그를 압도했던 것과 같은 정적인 상태에 빠져든
다. 딱히 무기력하지는 않다. 에드윈은 머릿속을 신중하
게 톺아본 다음 자신이 불행하지는 않다고 판단한다. 그
저 당분간은 더 움직이고 싶지 않을 뿐이다. 행동에 기
쁨이 있다면 정체에는 평화가 있다. 그는 해변을 산책하
고 그림을 그리고 현관에서 바다를 바라보고 책을 읽고

다른 투숙객들과 체스를 두며 하루하루를 보낸다. 토머스는 1~2주쯤 지나자 에드윈을 포기하고 더는 함께 벌목장에 가자고 하지 않는다.

그곳의 아름다움에 에드윈은 놀란다. 그는 해변에 앉아서 섬들을, 물에서 솟아난 조그만 나무 다발들을 바라보기를 즐긴다. 때로는 알 수 없는 심부름을 하는 카누들이 지나간다. 보트에 탄 남자와 여자 들은 에드윈을 무시할 때도 있고 빤히 바라볼 때도 있다. 비교적 큰 배가 정기적으로 들어와 통조림 공장과 벌목장에 인력과 물자를 댄다. 그중에는 체스를 둘 줄 아는 사람도 있다. 체스 두기는 에드윈에게 대단히 즐거운 일이다. 그는 어느 모로 보든 실력이 뛰어나지 않으나 그 게임이 주는 질서 정연한 느낌을 즐긴다.

「여기서 뭘 하세요?」 가끔 그들이 묻는다.

「아, 그냥 다음 행보를 생각하고 있어요.」 에드윈은 늘 그렇게, 혹은 본질적으로 그와 같이 말한다. 뭔가를 기다리는 느낌이 든다. 하지만 그게 뭘까?

6

9월의 화창한 아침, 에드윈은 산책을 나갔다가 해변에서 웃고 있는 두 명의 원주민과 마주친다. 자매일까? 친한 친구? 그들은 에드윈이 들어 본 어떤 언어와도 다른 언어로 빠르게 말한다. 에드윈으로서는 로마식 알파벳으로 표기하기는커녕 똑같이 따라 할 가능성조차 상상할 수 없는 소리가 간간이 섞인다. 그들의 머리카락은 길고 검다. 그중 한 명이 고개를 돌리자 거대한 조개껍데기 귀고리에 빛이 반짝 반사된다. 그들은 찬바람을 막느라 담요를 두르고 있다.

에드윈이 다가가자 조용해진 그들이 그를 바라본다.

「안녕하세요.」에드윈이 인사하며 모자챙을 살짝 건드린다.

「안녕하세요.」그중 한 명이 대답한다. 억양이 아름답

다. 그녀의 귀고리에는 새벽하늘의 온갖 빛이 어려 있다. 다른 사람은 얼굴에 마맛자국이 흩어져 있으며 에드윈을 바라볼 뿐 아무 말도 하지 않는다. 캐나다에 사는 동안 늘 그랬지만 — 에드윈은 신세계에서 1년 반을 보낸 지금 자신이 갑자기 지역민들에게 매력을 발휘하게 되었다면 그야말로 일생일대의 충격적인 사건이리라고 생각한다 — 여자들의 시선에 담긴 무미건조한 무관심이 불안하게 느껴진다. 에드윈은 지금이 바로 식민화에 관한 자신의 시각을, 이를테면 등호(=)를 사이에 두고 반대편에 있는 사람들에게 표현할 수 있는 순간임을 깨닫는다. 하지만 정황상 이상하게 들리지 않을 만한 말이 하나도 떠오르지 않으므로 — 에드윈이 그들에게 식민화를 혐오한다고 말한다면, 이어질 논리적인 질문은 당연하게도 **그럼 여기서 뭘 하는 거예요?**일 것이다 — 더는 아무 말도 하지 않는다. 곧 그들은 에드윈의 등 뒤에 있게 되고 그 순간마저 지나간다.

에드윈은 계속 걸어간다. 어느 정도 거리가 벌어지자 그는 여전히 등에 닿는 그들의 시선을 느끼면서, 중요한 용무가 있다는 느낌을 전하고 싶어 나무들의 장벽으로 방향을 튼다. 에드윈은 절대 숲에 들어가지 않는다. 곰과 퓨마가 무섭기 때문이다. 하지만 지금은 숲이 묘하게 매력적으로 보인다. 딱 1백 걸음만 들어가 보기로 한다. 1백부터 발걸음을 거꾸로 세면 마음이 진정될지도 모르고 — 에드윈은 수를 세면 늘 마음이 진정됐다 — 1백 걸음을 꽉 채워 똑바로 걸어간다면 당연히 길을 잃을 리도 없다. 길을 잃는 것은 곧 죽음이다. 그 점은 확실하다. 아니, 그곳 전체가 죽음이다. 아니, 그것은 불공평한 말이다 — 그곳은 죽음이 아니라 무관심이다. 그곳은 에드윈이 사느냐 죽느냐 하는 문제에 관해 전적으로 중립적이다. 그곳은 에드윈이 어느 가문 사람인지, 어느 학교에 다녔는지 관심이 없다. 심지어 에드윈을 알아보지도 못한다. 왠지 좀 미쳐 버린 기분이 든다.

7

숲의 대문. 그런 구절이 즉시 떠오르지만, 에드윈은 그 말을 어디서 들었는지 잘 알 수 없다. 어렸을 때 읽은 책의 구절 같다. 그곳 나무들은 나이가 많고 거대하다. 덤불이 너무 빽빽해 길을 뚫고 나가야 한다는 점만 빼면 마치 대성당에 들어가는 것 같다. 에드윈은 몇 발짝 들어가 멈춘다. 바로 앞에 단풍나무가 보인다. 나무가 그 자체만으로 공터를 만들어 냈을 만큼 크다. 기분 좋은 목적지로 보인다. 에드윈은 단풍나무를 향해 걸어가기로 한다. 덤불에서 나가 잠시 머물다가 즉시 해변으로 돌아간 다음 다시는 숲에 들어오지 않기로. 이건 모험이라고, 에드윈은 자신을 타이른다. 하지만 모험처럼 느껴지지 않는다. 대체로는 철쭉 가지로 얼굴을 맞는 것처럼 느껴진다.

에드윈은 애써 길을 뚫고 단풍나무까지 간다. 조용하다. 문득 에드윈은 누군가가 자신을 지켜본다고 확신한다. 돌아보니 ─ 유령처럼 어울리지 않게도 ─ 겨우 10여 미터 떨어진 지점에 신부(神父) 한 사람이 서 있다. 그는 에드윈보다 나이가 많아 보인다. 아마 30대 초반일 것이다. 검은 머리를 매우 짧게 깎았다.

「안녕하세요.」에드윈이 인사한다.

「안녕하세요.」신부가 인사한다. 「그리고 미안합니다, 놀라게 하려던 건 아닌데. 가끔 이곳을 산책하는 걸 좋아하거든요.」그의 억양에는 뭔가 에드윈이 포착하기 어려운 면이 있다. 딱히 영국 억양은 아니지만 그렇다고 다른 억양도 아니다. 에드윈은 그 남자가 핼리팩스 하숙집 주인처럼 뉴펀들랜드 출신일지 궁금하다.

「확실히 평화로운 목적지 같네요.」에드윈이 말한다.

「그렇죠. 사색을 방해하지는 않겠습니다. 그냥 성당으로 돌아가는 중이었거든요. 나중에 한번 들르세요.」

「카이엇 성당이요? 하지만 거기서 평소 보는 신부님이 아니신데요.」에드윈이 말한다.

「로버츠라고 합니다. 파이크 신부님 대신 와 있습니다.」

「에드윈 세인트앤드루예요. 만나서 반갑습니다.」

「저도요. 좋은 하루 보내세요.」

신부도 에드윈만큼이나 덤불을 뚫고 지나가는 연습이 되어 있지 않은 듯하다. 그는 나무들 사이를 부수며 나아간다. 몇 분 만에 에드윈은 다시 혼자가 되어 나뭇가지를 쳐다본다. 그는 앞으로 나서서……

8

……갑자기 눈이 멀거나 일식이 일어나는 듯한, 번쩍하는 어둠 속으로 들어간다. 에드윈은 기차역이나 대성당 같은 거대한 건물 안에 들어간 듯한 인상을 받는다. 바이올린 음악이 들린다. 주위에 다른 사람들이 있다. 그런 뒤에는 알아들을 수 없는 소리가…….

9

정신을 차려 보니 에드윈은 해변의 단단한 돌에 무릎을 꿇고 토하고 있다. 눈먼 공포심에 젖은 채 몸부림치며 숲에서 벗어났던 기억이 어렴풋이 떠오른다. 그림자와 흐릿한 녹색, 얼굴을 후려치는 나뭇가지로 이루어진 악몽. 그는 떨면서 일어나 물가로 걸어간다. 무릎이 잠길 때까지 물을 헤치고 들어가 — 차가움이 전해 주는 충격이 놀라운데, 그 한기야말로 에드윈의 제정신을 되찾아 준다 — 무릎을 꿇고 얼굴과 셔츠에 묻은 토사물을 씻어 낸다. 그때 파도가 그를 쓰러뜨린다. 다시 일어섰을 때 그는 바닷물 때문에 쿨럭대며 뼛속까지 젖어 있다.

이제 그는 해변에 혼자 있다. 카이엣의 건물들 사이, 중경에서 뭔가가 움직이는 모습이 보인다. 신부가 언덕 위 흰 성당으로 사라지고 있다.

10

에드윈이 성당에 도착해 보니 문이 열려 있고 내부는 비어 있다. 제단 뒤의 문도 열려 있다. 그 너머 조그만 묘지의 푸른 고요함 속에 몇몇 비석이 있다. 에드윈은 신도석 맨 뒷자리에 슬쩍 앉아 눈을 감고 두 손에 머리를 기댄다. 건물이 너무 새것이라 성당에서 아직도 막 베어 낸 나무의 향기가 난다.

「바다에 빠지셨어요?」

목소리는 부드럽고 억양은 여전히 해독할 수 없다. 새 신부가 ─ 에드윈은 그가 로버츠임을 떠올린다 ─ 에드윈이 앉은 신도석 끝에 서 있다.

「물속으로 들어가서 무릎을 꿇었어요. 토한 걸 얼굴에서 씻어 내려고요.」

「몸이 안 좋으신가요?」

「아뇨, 저는……」이제 상황이 바보같이, 조금은 비현실적으로 보인다. 「숲에서 뭔가를 봤다고 생각했어요. 신부님을 만난 다음에요. 무슨 소리를 들었어요. 모르겠네요. 뭔가…… 초자연적인 거 같았어요.」자세한 정보는 이미 사라져 가고 있다. 에드윈은 숲으로 걸어 들어갔다. 그다음에는? 어둠이 기억난다. 음악 소리도. 그가 알아듣지 못한 소리도. 그 모든 일이 심장 한 번 뛰는 사이에 벌어졌다. 정말 그런 일이 일어나긴 했을까?

「앉아도 될까요?」

「당연하죠.」

신부가 에드윈 옆에 앉는다. 「짐을 내려놓으시면 도움이 되겠어요?」

「저는 가톨릭 신자가 아닌데요.」

「저는 저 문으로 들어오는 모든 사람을 섬기려고 여기 있습니다.」

하지만 자세한 정보는 이미 흐려지고 있다. 그 순간, 에드윈이 숲에서 마주쳤던 기이함은 그야말로 불안정하게 느껴진다. 에드윈은 자기도 모르는 사이에 학교에서의 유난히 고약했던 어느 아침을 생각하고 있다. 아홉 살, 어쩌면 열 살이었을 것이다. 그때 에드윈은 눈앞의 단어들을 읽을 수 없는 상태라는 것을 깨달았다. 글자들이 꿈틀거리며 알아볼 수 없게 변했다. 아른거리는 점들이 떠올랐다. 에드윈은 양호실에 가겠다고 말하려 일어섰다가 기절했다. 기절은 어둠이기도 했지만 소리이기도 했다. 웅성거림과 새들의 합창 같은 지저귐, 멍한 공백과 빠르게 그 공백을 뒤따른, 집의 침대에 편안히 누워 있는 듯한 느낌 — 아마 에드윈의 무의식이 만들어낸 희망 사항이었을 것이다. 그러다가 에드윈은 완전한 고요 속에서 정신을 차렸다. 소리는 누군가가 다이얼을 돌리듯 점진적으로 돌아왔고 침묵이 떠들썩함과 소음 속으로, 다른 아이들의 고함과 다가오는 선생님의 빠른 발소리 속으로 잦아들었다. 「일어나라, 세인트앤드루. 더 이상 꾀병은 안 된다.」 방금 숲에서의 순간은 그때와 달랐을까? 에드윈은 조금 전에도 소리가, 그리고 어둠이 있었다고 생각한다. 처음 기절했을 때처럼. 아마 그냥 기절한 거였겠지.

「뭘 본 줄 알았는데,」 에드윈이 천천히 이야기한다. 「이렇게 말하면서도 그게 아니라는 걸 알겠네요.」

「혹시 뭔가를 보셨다면,」 로버츠가 부드럽게 말한다. 「그걸 본 사람이 당신이 처음은 아닐 겁니다.」

「무슨 말씀이시죠?」

「그냥, 저도 들은 얘기가 있어서요.」 신부가 말한다. 「그러니까 누구나 어떤 얘기를 듣게 마련이니까요.」

고쳐서 다시 말하려는 그 서툰 시도가 에드윈에게는 일종의 위장처럼 느껴진다. 로버츠는 좀 더 영국인처럼 말하려고 발화의 패턴을 바꿨다. 에드윈과 더 비슷하게 말하려고. 그 남자에게는 에드윈이 정확히 콕 짚을 수 없는, 뭔가 잘못된 점이 있다.

「실례일지 모르겠지만, 신부님, 어디 출신이세요?」

「먼 곳이요.」 신부가 말한다. 「아주 먼 곳.」

「뭐, 그야 다들 그렇죠. 아닌가요?」 에드윈이 약간 짜증을 내며 말한다. 「물론 원주민들은 예외지만요. 방금 숲에서 만났을 때 파이크 신부님 대신 오셨다고 했죠?」

「신부님의 누이가 편찮으셔서요. 신부님은 어젯밤에 떠나셨습니다.」

에드윈은 고개를 끄덕이지만 왠지 그 말이 완전히 거짓말이라고 느낀다. 「어젯밤에 나간 배가 있다는 말은 전혀 못 들었는데, 이상하네요.」

「고백할 게 있습니다.」 로버츠가 말했다.

「듣고 있습니다.」

「숲에서 당신을 봤을 때 제가 성당으로 돌아간다고 했었죠. 그게, 걸어가다가 잠시 뒤를 돌아봤습니다.」

에드윈이 그를 빤히 본다. 「뭘 보셨죠?」

「당신이 단풍나무 아래로 걸어가는 걸 봤어요. 당신은 위쪽을, 나뭇가지를 봤습니다. 그런데…… 글쎄요, 당신이 난 못 보는 뭔가를 볼 수 있다는 느낌이 들더군요. 거기 뭔가가 있었나요?」

「제가 본 건……. 뭐, 제 **생각에** 제가 본 건…….」

로버츠는 에드윈을 너무 강렬한 눈빛으로 보고 있다. 서부 세계의 먼 가장자리에 자리한 한 칸짜리 조용한 성당에 있자니 에드윈은 이상하게 소름이 끼친다. 그는 여전히 조금 구역질이 나고 — 머리가 욱신거린다 — 엄청나게 피곤하다. 더는 말하고 싶지 않다. 그냥 눕고 싶다. 로버츠가 여기 있다는 사실이 이해되지 않는다.

「파이크 신부님이 어젯밤에 떠나셨다면,」 에드윈이 말한다. 「수영해서 가셨을 수밖에 없어요.」

「하지만 정말 떠나셨어요.」 로버츠가 말한다. 「확실히 말씀드립니다.」

「이곳이 얼마나 소식에 목말라 있는지 아세요, 신부님? 정말이지 그 어떤 소식에라도요. 저는 하숙집에 삽니다. 어젯밤에 배가 떠났다면 아침 식사 시간에 그 얘기를 들었을 거예요.」뻔하게 떠오른 다음 생각은 이러했다. 「제가 전해 들었어야 할 일들에 관해 말하다 보니 생각났는데, 신부님은 어떻게 여기 오신 겁니까? 지난 하루 이틀은 들어온 배가 없는데요. 숲을 헤치고 걸어오셨다고 생각해야 하나요?」

「글쎄요.」로버츠가 말한다. 「내 이동 방법이 엄밀히 무슨 상관이 있는지는 모르겠는데…….」

에드윈이 일어난다. 로버츠도 어쩔 수 없이 일어난다. 신부는 통로로 물러나고 에드윈은 그를 스쳐 지나간다.

「에드윈.」로버츠가 부르지만 에드윈은 이미 문 앞에 있다. 다른 신부가 오고 있다. 그 신부는 길에서부터 이어지는 계단을 오른다. 파이크 신부가 통조림 공장이나 벌목장을 방문하고 막 돌아온 것이다. 부스스한 흰머리가 햇빛을 받아 그야말로 빛나고 있다.

에드윈이 어깨 너머를 돌아본다. 빈 성당의 뒷문이 열려 있다. 로버츠는 도망쳤다.

2장
미렐라와 빈센트 / 2020

1

「이상한 걸 하나 보여 드리고 싶습니다.」그 작곡가는 지극히 제한적인 방식, 틈새시장에만 먹히는 방식으로 유명한 인물이었다. 그러니까 길거리에서 누군가가 알아볼 위험은 전혀 없으나 조그마한 하위문화 예술계 한두 군데에 속한 대부분의 사람은 그의 이름을 아는 식이었다. 마이크 쪽으로 몸을 숙이며 땀 흘리는 모습을 보니 그는 분명 불편해하고 있었다. 「제 여동생은 캠코더로 영상을 촬영하곤 했습니다. 다음에 보여 드릴 영상은 동생이 세상을 떠난 뒤 제가 동생의 창고에서 발견한 건데요. 이 영상에는 저로서 설명할 수 없는 문제가 담겨 있습니다.」그는 잠시 침묵하며 키보드의 노브를 조정했다. 「제가 이 영상에 어울릴 곡을 썼는데, 문제의 부분이 나오기 직전에는 음악 소리를 죽이겠습니다. 그래야

기술적 불완전성의 아름다움을 제대로 감상할 수 있을 테니까요.」

음악이 먼저 시작됐다. 현악기 소리가 꿈결처럼 부풀어 올랐다. 표면 바로 아래 존재하는 잡음을 암시하는 듯했다. 그다음이 영상이었다. 작곡가의 동생이 희미한 숲길을 따라 카메라를 들고 오래된 숲의 단풍나무를 향해 걸어갔다. 그녀는 나뭇가지 아래로 다가가 카메라 각도를 위쪽으로, 햇빛을 받아 산들바람에 흔들흔들 반짝이는 초록색 잎으로 돌렸다. 음악이 너무 갑자기 끊겨 침묵이 다음 비트[5]처럼 느껴졌다. 그다음 비트는 어둠이었다. 화면이 아주 잠깐 캄캄해지더니 소리가 중첩되며 짧은 혼란이 이어지다가 — 바이올린음, 대도시 기차역 내부의 어렴풋한 불협화음, 유압기가 생각나는 이상한 **쉭** 소리 — 순식간에 그 순간이 끝나고 나무가 돌아왔다. 작곡가의 동생이 미친 듯이 주위를 둘러봤는지 어지러운 카메라 워크가 이어졌다. 어쩌면 그녀는 손에 카메라가 있다는 사실을 잊어버린 것만 같았다.

작곡가의 음악이 다시 시작됐다. 영상은 작곡가의 최

5 beat. 음악에서는 박자를, 영화나 연극에서는 한 장면scene보다 작은 단위를 뜻한다.

근 작품 중 하나로 매끄럽게 바뀌었다. 작곡가가 직접 찍은 영상, 마치 시비라도 걸듯 추한 토론토의 어느 길모퉁이를 담은 5~6분짜리 영상이었다. 다만 오케스트라의 현악기가 숨겨진 아름다움이라는 개념을 전달하려 애쓰고 있었다. 작곡가는 빠른 손동작으로 키보드를 눌러 일련의 음을 연주했고 한 비트 뒤에는 그 음이 바이올린음으로 다시 나타났다. 그렇게 그는 토론토의 어느 길모퉁이가 머리 위 화면에서 움직이는 동안 음악을 층층이 쌓아 올렸다.

관중석 앞줄에서는 미렐라 케슬러가 눈물을 흘리고 있었다. 그녀는 작곡가의 동생 — 빈센트 — 과 친구였으며 빈센트가 죽었다는 사실을 몰랐다. 그녀는 곧 극장을 나섰고 여성 휴게실에 잠시 머물며 마음을 다잡으려 노력했다. 심호흡하고, 화장도 한 겹 더하고. 「진정해.」 그녀는 거울에 비친 자기 얼굴을 보며 큰 소리로 말했다. 「진정해.」

미렐라는 작곡가와 이야기를 나눔으로써 빈센트의 소재를 알아낼 수 있으리라는 기대를 품고 콘서트장을 찾았다. 묻고 싶은 질문이 몇 가지 있었다. 왜냐하면, 지금은 동화처럼 보일 만큼 머나먼 인생의 한 형태에서는 미렐라에게 남편이 — 이름은 패이살이었다 — 있었고 미렐라와 패이살은 빈센트와 빈센트의 남편 조녀선의 친구였기 때문이다. 몇 년이 화려하게 흘렀다. 여행과 돈으로 이루어진 세월이었다. 그런 뒤에 불이 꺼졌다. 조녀선의 투자 신탁 회사는 알고 보니 폰지 사기를 벌이고 있었다. 패이살은 재정 파탄을 마주하며 살아갈 수 없어 스스로 목숨을 끊었다.

미렐라는 그 이후 빈센트와 이야기한 적이 없다. 빈센트가 몰랐을 리 없잖은가? 하지만 패이살이 죽고 10년이 지났을 무렵, 그녀는 1년째 만나던 여자 친구 루이자와 함께 어느 식당에서 밥을 먹다가 처음 스며든 의구심에 몸을 떨었다.

둘은 첼시의 국숫집에서 저녁을 먹고 있었다. 루이자가 미렐라에게 재키 이모가 보낸 예상치 못한 생일 축하 엽서에 관해 들려줬다. 미렐라는 그 이모를 만난 적이 한 번도 없었는데, 어느 순간에든 루이자네 가족의 절반은 반목하고 있었기 때문이다. 「재키 이모는 거의 항상, 뭐랄까, 끔찍해.」 루이자가 말했다. 「하지만 내 의견으로는 솔직히 성격이 그렇게 된 데도 다 이유가 있어.」

「왜, 무슨 일이 있었는데?」

「내가 한 번도 말한 적 없나? 전설적인 얘기야. 재키 이모 남편이 비밀리에 딴살림을 차렸대.」

「진짜? 드라마네.」

「그게 다가 아니야.」 루이자가 몸을 앞으로 숙였다. 결정적 한마디를 날리기 위해서였다. 「남편이 두 번째 가족을 **길 건너에** 살게 했대.」

「뭐?」

「그렇다니까. 끝내주지. 자,」 루이자가 말했다. 「이걸 상상해 봐. 파크 애비뉴에 아파트를 보유하고 전업주부인 아내에, 사립 학교에 다니는 두 아이를 둔 헤지 펀드 매니저가 있어. 어퍼이스트사이드에서도 최고급 동네에 살아. 그런데 어느 날 재키 이모가 아메리칸 익스프레스 카드 청구서를 확인해 봤더니, 자식 중 누구도 다니지 않는 사립 학교에 등록금을 낸 기록이 있는 거야. 그래서 이모가 마이크 이모부한테 청구서를 보여 주면서 〈이건 무슨 말도 안 되는 청구서야?〉라고 물은 거지. 이모부는 그 자리에서 심장 마비에 걸릴 뻔했대.」

「계속 말해 봐.」

「그때 내 사촌들은 8학년인가 9학년인가 그랬는데,

알고 보니 마이크 이모부는 길 건너에 사는 유치원생의 아버지이기도 했던 거야. 다섯 살짜리 아이의 등록금을 엉뚱한 카드로 결제한 거지.」

「잠깐, **문자 그대로** 길 건너에 살았다고?」

「응, 서로 마주 보는 건물에. 두 집 경비원들은 아마 몇 년 동안 비밀을 알고 있었을걸.」

「그걸 어떻게 모를 수가 있지?」 미렐라가 물었다. 바로 그 순간 과거가 그녀를 통째로 삼켜 버렸다. 어느새 미렐라는 빈센트 이야기를 하고 있었다.

「직장에 오래 머무는 남자는 뭐든 숨길 수 있어.」 루이자가 말했다. 루이자는 아직 이모 이야기를 하고 있었고 미렐라가 다른 곳에 가버렸다는 점은 눈치채지 못했다. 「내가 일 안 하는 게 너한텐 다행이야.」

「다행이지.」 미렐라는 그 말을 따라 하며 루이자의 손에 입을 맞췄다. 「대체 무슨 말도 안 되는 얘기람.」

「내가 꽂힌 건, 바로 길 건너에 딴살림을 차렸다는 부분이야.」 루이자가 말했다. 「지리 면에서 너무 **뻔뻔하잖아.**」

「아주 게으른 짓이었던 건지 아주 효율적인 방법이었던 건지 모르겠다.」 미렐라는 여전히 루이자와 함께 식당에서 국수를 먹고 있는 척하려고 애썼지만 실제로는 먼 곳에 있었다. 빈센트는 남편의 범죄에 관해 아무것도 몰랐다고 맹세했다. 미렐라가 지워 버린 음성 메시지에서도, 법정 증언 때도.

「미렐라.」 루이자의 손이 미렐라의 손목에 가만히 닿았다. 「돌아와.」

미렐라는 한숨을 쉬며 젓가락을 내려놓았다.

「내가 빈센트라는 친구 얘기 한 적 있어?」

「폰지 사기꾼 아내?」

「응. 너희 이모 얘기 들으니까 그 친구가 생각나. 패이살이 죽고 내가 그 친구를 만난 적이 딱 한 번 있어. 말했던가?」

루이자의 눈이 휘둥그레졌다. 「아니.」

「패이살이 죽고 1년 좀 넘었을 때니까 2010년 3월이나 4월이었을 거야. 친구 몇 명이랑 바에 갔는데 바텐더가 빈센트였어.」

「세상에. 그래서 뭐라고 했어?」

「아무 말도 안 했어.」 미렐라가 말했다.

미렐라는 처음에 빈센트를 알아보지 못했다. 돈의 시절에 빈센트는 다른 모든 트로피 와이프처럼 긴 웨이브

머리였으나, 바에서 마주쳤을 때는 머리가 아주 짧았으며 안경을 썼고 화장은 하지 않았다. 그때는 빈센트의 변장이 어떤 증거처럼 보였지만 — **당연히 숨으려 들겠지, 이 괴물아** — 지금은 일종의 모호함이 그 장면에 들어왔다. 짧은 머리, 안경, 화장기 없는 얼굴에 관한 대안적이고 합리적인 설명은, 그녀의 남편에게 사기당한 투자자 몇 명이 어느 순간에든 바에 들어올 수 있었다는 것이다. 그 시절 맨해튼은 사기당한 투자자들로 엉망진창이었으니까.

「난 빈센트를 모르는 척했어.」 미렐라가 현재로 돌아와 루이자에게 말했다. 「아마 복수심에서 그랬겠지. 아주 마음에 드는 순간은 아니었어. 빈센트는 늘 조너선이 무슨 짓을 해왔는지 몰랐다고 했지만, 난 그냥 **당연히 알았겠지. 어떻게 모를 수가 있어. 넌 알면서도 페이살이 모든 걸 잃게 놔뒀어. 이젠 페이살이 죽었고**라고 생각했어. 그 시절에 내가 할 수 있는 생각은 그게 전부였어.」

루이자가 고개를 끄덕였다. 「알았다고 생각하는 게 합리적이지.」 그녀가 말했다.

「그런데 몰랐다면?」

「몰랐을 수가 있나?」 루이자가 물었다.

「나도 당시에는 그럴 리 없다고 생각했어. 하지만 너한테 가엾은 재키 이모 얘기를 듣고 나니까, 글쎄, 다섯 살짜리 애를 숨길 수 있다면 폰지 사기도 숨길 수 있겠다 싶어.」

루이자는 식탁 너머로 손을 뻗어 미렐라의 손을 잡았다. 「그 친구하고 얘기해 봐.」

「어떻게 찾아야 할지 모르겠어.」

「지금은 2019년이잖아.」 루이자가 말했다. 「투명 인간은 없어.」

하지만 빈센트는 투명 인간이었다. 그 시절에 미렐라는 유니언 스퀘어 근처에 있는 최고급 타일 쇼룸에서 접수원으로 일했다. 손님이 돈을 쓸 때면 한 번에 수만 달러를 쓰기에 고객 수가 많지 않아도 괜찮은 매장이었다. 루이자와 저녁을 먹은 다음 날 아침, 미렐라는 자동차 크기의 접수대 뒤에서 조용히 시간을 보내며 빈센트의 이름을 검색해 봤다. 처음에는 빈센트 남편의 성으로 검색했다. 〈빈센트 알카이티스〉를 검색해 보니 오래된 단체 사진들 — 파티나 행사에 참석한 미렐라와 함께 찍힌 것도 있었다 — 과 회색 정장을 입고 멍한 얼굴로 남편의 선고 공판에 참석한 빈센트에 관한 페이지들이 나왔다.

그 외에는 아무것도 없었다. 가장 최근 사진이 2011년 것이었다. 〈빈센트 스미스〉라고 검색하자 다른 사람이 수십 명 떴는데, 대부분은 남자였고 그중 미렐라가 찾는 빈센트는 없었다. 미렐라는 소셜 미디어에서도, 다른 어디에서도 빈센트를 찾지 못했다.

미렐라는 답답한 마음에 의자 등받이에 기댔다. 책상 위 높은 곳에서 조명이 지지직댔다. 미렐라는 일할 때 화장을 아주 진하게 했다. 오후에 피곤해지면 얼굴이 무겁게 느껴지기도 했다. 흰 타일로 덮인 판매 층의 흰 평원에서는 단 한 명의 영업 사원이 고객과 다니며 그 회사만의 합성 소재로 만들어진, 돌처럼 생겼으나 실제로 돌은 아닌 타일의 상상할 수 있는 모든 색깔을 보여 주고 있었다.

빈센트는 오래전에 부모를 여의었고 형제가 한 명 있었다. 그의 이름을 퍼 올리려니 미렐라는 기억 속 깊은 곳으로 뛰어들어야 했다. 보통은 피하려고 노력하는 영역이었는데. 미렐라는 다가오는 고객이 없는지 확인하려 문을 힐끗 본 뒤 눈을 감고 두 차례 심호흡한 다음 구글 검색창에 〈폴 스미스 + 작곡가〉라고 입력했다.

그렇게 해서 미렐라는 4개월 뒤 자기도 모르게 브루

클린 음악 아카데미에 찾아가 무대 뒷문 밖에서 폴 제임스 스미스를 기다리게 되었다. 미렐라는 폴이 빈센트를 찾을 방법을 알려 주리라 기대했다. 하지만 이제 보니 빈센트는 죽은 것 같았다. 그 말은 기대했던 것과 아주 다른 대화를 나누게 되었다는 뜻이었다. 무대 뒷문은 조용한 주택 거리를 향해 나 있었다. 미렐라는 기다리며 어슬렁거렸다. 멀리 가지는 않고 양쪽으로 몇 발짝씩만 움직였다. 늦은 1월이었으나 계절에 맞지 않게 따뜻했다. 0도는 훨씬 넘었다. 함께 기다리는 사람은 다른 한 명뿐이었다. 미렐라와 비슷하게 30대 중반쯤인 남자로, 청바지에 별 특징 없는 블레이저를 입고 있었다. 옷이 너무 컸다. 남자가 미렐라에게 고개를 끄덕이기에 미렐라도 고개를 마주 끄덕였다. 그들은 어색한 기다림 속에 자리 잡았다. 시간이 좀 흘렀다. 스태프 두어 명이 그들을 쳐다보지도 않고 떠났다.

그러다 마침내 빈센트의 형제가 나타났다. 좀 초췌해 보였다. 하긴, 공평하게 말하자면 그곳 가로등의 주황색 불빛을 받으면 누구라도 딱히 건강해 보이지 않았다.

「폴 ─」 미렐라가 말했다. 동시에 다른 남자가 〈실례지만 ─〉이라고 입을 뗐다. 그들은 미안하다는 듯 서로 시선을 주고받은 뒤 입을 다물었다. 폴이 둘을 번갈아 봤다. 세 번째 남자가 빠르게 다가왔다. 중절모에 트렌 치코트를 입은 창백한 남자였다.

「안녕하세요.」 폴이 그들 모두에게 일상적인 말투로 인사했다.

「안녕하세요!」 새로 등장한 사람이 인사했다. 그가 모 자를 벗고 거의 벗어진 머리를 드러냈다. 「대니얼 매카 너기입니다. 엄청난 팬이에요. 멋진 공연이었습니다.」

한 발짝 나서서 남자와 악수하는 폴은 키가 2~3센티 미터는 커지고 조도도 몇 와트는 강해진 듯 보였다. 「이 거 참, 감사합니다.」 그가 말했다. 「팬을 만나는 건 언제 나 멋진 일이죠.」 그는 기대감에 차서 미렐라와 지나치 게 큰 옷을 입은 남자를 돌아봤다.

「개스퍼리 로버츠입니다.」 지나치게 큰 옷을 입은 남 자가 말했다. 「멋진 공연이었습니다.」

「불쾌해하지 않으셨으면 좋겠네요.」 중절모를 쓴 남 자가 말했다. 「당신 손이 더럽다거나 뭐 그런 식으로 생 각하는 건 전혀 아닙니다. 그냥 우한 폐렴 소식이 뉴스 에 뜬 뒤로 퓨렐[6]에 완전히 빠져서요.」 그는 미안하다는

6 손 소독제 상표명.

70

듯 미소 지으며 손을 문질렀다.

「코로나19의 주된 전파 방식은 접촉성 매개물을 통하는 게 아니에요.」 개스퍼리가 말했다. **접촉성 매개물? 코로나19?** 미렐라는 두 단어 모두 들어 본 적이 없었다. 다른 두 사람도 인상을 쓰고 있었다. 「아, 그렇지.」 개스퍼리가 혼잣말하듯 말했다. 「겨우 1월이구나.」 그는 순간 집중력을 되찾았다. 「폴 작가님, 제가 술을 한잔 사드릴 테니 작품에 관해 몇 가지 짧게 질문드려도 될까요?」 그의 말투에는 미렐라로서는 어느 지역에 속하는지 알아들을 수 없는 희미한 억양이 배어 있었다.

「멋진데요.」 폴이 말했다. 「술이라면 확실히 환영입니다.」 그가 미렐라를 돌아봤다.

「미렐라 케슬러예요.」 그녀가 말했다. 「당신 동생이랑 친구였어요.」

「빈센트하고요?」 그가 조용히 말했다. 미렐라는 그의 표정을 잘 읽을 수 없었다. 슬픔도 있었지만, 뭔가 비밀스러운 느낌도 잠시 스쳤다. 잠깐 아무도 입을 열지 않았다. 「저기,」 그가 억지로 쾌활하게 말했다. 「다 같이 한잔할까요?」

그들은 공연장에서 몇 블록 떨어진 작은 프랑스 식당에 모였다. 미렐라의 시점에서는 높은 벽돌로 쌓은 옹벽에 간신히 담긴 언덕처럼 보이는 공원의 맞은편이었다. 미렐라는 브루클린을 전혀 몰랐으므로 그곳의 모든 면이 신비스럽게 느껴졌다. 식당 문을 나서면 맨해튼의 첨탑들이 왼쪽 어딘가에 보이리라는 애매한 개념 말고는 아무런 참조점도 없었다. 빈센트가 죽었다는 소식에 처음 느낀 충격은 약간 희미해지며 끝없는 피로로 바뀌었다. 미렐라는 이름조차 잊어버린 중절모 남자 옆에, 개스퍼리 맞은편에 앉았고 개스퍼리 옆에는 폴이 앉았다. 중절모는 폴의 뛰어남과 그가 끼친 뚜렷한 영향, 워홀에게 진 예술적 빚 등등에 관해 끝없이 떠들어 댔다. 그는 처음부터 폴의 작품을 사랑했다. 마이애미 바젤에서 선보인 비디오 아티스트와의 — 그 사람 이름이 뭐더라? — 획기적이고 실험적인 협업과, 갑자기 폴이 다른 작가와 협업하는 대신 직접 촬영한 영상을 사용하기 시작한 일이 얼마나 큰 도약이었는지 등등에 관한 이야기가 이어졌다. 폴은 빛이 났다. 칭찬을 무척 좋아하는 듯했다. 하긴 누군들 그러지 않을까. 미렐라는 창문을 마주하고 있었으며 시선은 계속해서 개스퍼리의 어깨를 넘어 공원으로 흘러갔다. 지진이 나서 옹벽이 무너지면 공원이 길 건너까지 쏟아져 식당을 파묻어 버릴까? 그녀는 빈센트의 이름을 듣고 테이블로 관심을 돌렸다.

「그러니까 작가님의 동생인 빈센트 씨가 오늘 밤 공연에서 쓰신 그 이상한 영상을 촬영한 분이라는 거죠?」 개스퍼리가 한 말이었다. 개스퍼리라니, 한 번도 들어본 적 없는 이름이라 기억에 남았다.

폴이 웃었다. 「제 영상 중 이상하지 **않은** 걸 하나만 대보세요.」 그가 말했다. 「작년에 인터뷰를 하나 했는데, 진행자가 저더러 계속 **수이 게네리스**[7]라고 하는 겁니다. 어느 순간에는 〈저기, 그냥 **이상하다**라고 하면 되잖아요. 이상하다, 괴상하다, 특이하다, 뭐든 골라 보세요〉라고 말하고 싶어지더라니까요.」 폴은 자기 이야기에 큰 소리로 웃었다. 중절모도 같이 웃었다.

개스퍼리가 미소 지었다. 「숲길이 나오는 영상을 말한 거예요.」 그가 고집스럽게 말했다. 「어둠이랑 이상한 소리가 나오는 영상이요.」

「아, 그렇죠. 그건 빈센트의 영상이에요. 빈센트가 저한테 써도 된다고 했어요.」

7 sui generis. 라틴어로 〈독특하다〉라는 뜻.

「어린 시절에 살던 곳 근처에서 촬영된 건가요?」 개스퍼리가 물었다.

「조사를 제대로 해오셨네요.」 폴이 기분 좋다는 듯 말했다.

개스퍼리가 고개를 갸웃했다. 「브리티시컬럼비아 출신이시죠?」

「네. 카이엣이라 불리는, 밴쿠버섬 북쪽의 작은 동네죠.」

「아, 프린스에드워드섬 근처 말이군요.」 중절모가 자신감 있게 말했다.

「사실 거기서 자라지는 않았어요.」 폴은 그 말을 듣지 못한 듯 말했다. 「빈센트가 거기서 자랐죠. 우리는 아빠는 같은데 엄마는 달랐거든요. 난 여름 방학 때나 2년에 한 번씩 크리스마스 때 거기 갔을 뿐입니다. 어쨌거나 맞아요, 영상은 카이엣에서 촬영됐습니다.」

「그…… 영상에 찍힌 그 순간이요.」 개스퍼리가 말했다. 「더 나은 단어가 떠오르지 않아서 그러는데, 그 특이현상 말입니다. 그런 현상을 직접 본 적이 있으세요?」

「LSD에 취했을 때만요.」 폴이 말했다.

「아.」 중절모가 갑자기 얼굴이 밝히며 대답했다. 「작가님 작품에 환각이 영향을 미친 줄은 몰랐는데요.」 그가 고백이라도 하듯 몸을 앞으로 숙였다. 「저도 환각제에 꽤 깊이 발을 담갔어요. 어마어마한 용량을 쓰면 세상에 관한 어떤 깨달음이 생기기 시작하죠. 너무 많은 게 환상이라니까요, 안 그래요?」

개스퍼리가 난처하다는 듯 그를 쳐다봤다. 미렐라는 빈센트에 관해 물을 기회를 기다리며 그를 지켜봤다. 그녀의 눈에 개스퍼리는 딱히 뭐라 표현할 수 없는 방식으로 낯설게 느껴졌다.

「그리고 일단 **그 점을** 파악하고 나면,」 중절모가 말했다. 「모든 게 딱 맞아떨어져요. 안 그래요? 친구 하나가 담배를 끊으려고 애썼거든요. 아마 여섯 번인가 여덟 번은 시도해 봤을 거예요. 그런데 안 되더라고요. 못 끊은 거죠. 그러다가 어느 날 그 녀석이 LSD를 했는데, **짜잔**. 다음 날 저녁에 전화해서는 〈댄, 기적이야. 오늘은 담배를 **피우고 싶지도** 않았어〉라더라고요. 분명히 말하지만, 그건 ──」

「빈센트는 어떻게 된 거예요?」 미렐라가 폴에게 물었다. 무례한 행동이라는 점은 알았지만 상관없었다. 미렐라는 그 자리에 앉은 채 1분 1분 늙어 가며 슬픔 속으로 가라앉고 있었고, 친구에게 무슨 일이 일어났는지 알고 싶었다. 그래야 이 사람들을 떠날 수 있을 테니까.

폴은 미렐라가 그 자리에 있다는 사실을 잊었던 사람처럼 눈을 깜빡이며 그녀를 봤다.

「배에서 떨어졌어요.」그가 말했다.「한 1년 반…… 아니, 2년 전이었죠. 지난달이 2년째였어요.」

「무슨 배요? 유람선을 타고 있었나요?」

중절모는 그저 자기 술잔을 노려보고 있었으나 개스퍼리는 대화에 엄청난 관심을 보이며 귀 기울였다.

「아뇨, 빈센트는……. 뉴욕에서 빈센트한테 일어난 일에 관해 얼마나 알고 계시는지 모르겠네요.」폴이 말했다.「남편과 겪은 그 미친 일 말이죠. 알고 보니 그 사람이 사기꾼이었는데 —」

「내 남편이 그 사람 폰지 사기에 말려들어 투자했어요.」미렐라가 말했다.「다 알아요.」

「세상에.」폴이 말했다.「혹시 그분이 —」

「잠깐만요.」중절모가 끼어들었다.「조녀선 알카이티스 애긴가요?」

「네.」폴이 대답했다.「그 얘기 아세요?」

「그 범죄는 **미친** 짓이었어요.」중절모가 말했다.「사기 규모가 얼마더라, 2백억 달러였나요? 3백억? 그 소식이 터졌을 때 제가 어디 있었는지도 기억나요. 어머니한테 전화가 왔는데, 알고 보니 아버지 은퇴 자금이 ——」

「배 얘기를 하셨는데요.」 미렐라가 말했다.

폴이 눈을 깜빡였다. 「맞아요. 네.」

「말을 좀 끊으시네요.」 중절모가 미렐라에게 말했다. 「기분 나쁘게 듣진 마시고요.」

「당신한테 한 말 아니에요.」 미렐라가 말했다. 「난 폴한테 물은 거예요.」

「네, 그래서 빈센트랑 몇 년 동안 연락이 끊겼어요.」 폴이 말했다. 「알카이티스가 빈센트를 버리고 이 나라를 뜨자 빈센트는 훈련받고 자격증을 딴 뒤 화물선 조리사가 되어 바다로 나갔던 것 같아요.」

「아.」 미렐라가 말했다. 「와.」

「흥미로운 인생 같죠?」

「빈센트는 어떻게 됐어요?」

「제대로 아는 사람은 아무도 없어요.」 폴이 말했다. 「그냥 배에서 사라졌어요. 사고였던 것 같아요. 시신은 없었어요.」

미렐라는 얼굴로 흘러넘치는 눈물이 느껴지기 전까

지는 자신이 울게 될 줄 몰랐다. 식탁의 모든 남자가 극히 불편한 표정이었다. 개스퍼리만이 미렐라에게 냅킨을 건넬 생각을 했다.

「익사한 거네요.」 미렐라가 말했다.

「네. 그러니까, 그런 거 같아요. 육지에서 수백 킬로미터는 떨어진 곳이었으니 잘은 모르죠. 날씨가 나쁠 때 실종됐고요.」

「빈센트가 가장 두려워하던 게 익사였어요.」 미렐라는 냅킨으로 얼굴을 쿡쿡 찍었다. 조용한 가운데 주위에서 식당의 작은 소음이 부풀어 올랐다. 근처 테이블에서 어느 부부가 프랑스어로 나직하게 말다툼하고 있었고 주방에서는 달그랑거리는 소리가 들려왔으며 화장실 문 닫히는 소리도 났다.

「뭐,」 미렐라가 말했다. 「얘기해 주셔서 감사합니다. 술도 감사하고요.」 누가 술값을 낼지는 몰랐지만 미렐라는 본인이 내는 것이 아니라는 점만은 알고 있었다. 그녀는 일어서서 뒤도 돌아보지 않고 식당을 나섰다.

밖에 나오자 방향 감각을 잃었다. 미렐라는 우버를 타고 집에 가야 한다는 사실을 알았다. 그냥 집에 가서 잠이나 자야 했다. 잘 알지도 못하는 동네에서 어두워진

다음에 걸어다니는 바보 같은 짓은 하지 말아야 했다. 하지만 빈센트가 죽었다. 미렐라는 몇 분 정도 앉아 있을 만한 곳을 찾기로 했다. 그냥 생각을 정리하기 위해서. 미렐라가 보기에 그 동네는 잘 길든 것 같았다. 또 그녀는 아무것도 두렵지 않았다. 그래서 길을 건너 공원에 들어갔다.

공원은 조용했으나 어느 모로 보든 사람이 없지는 않았다. 사람들이 빛의 웅덩이들을 가로지르며 움직였다. 서로의 어깨에 팔을 두른 커플과 작게 무리 지어 다니는 친구들, 혼자 노래하는 여자 한 명. 미렐라는 공기 중에 자유롭게 떠다니는 악의를 느꼈지만 그 악의가 그녀를 겨냥한 것은 아니었다. 어떻게 빈센트가 죽을 수 있지? 불가능한 일이었다, 그 모든 것. 미렐라는 벤치까지 애써 다가가 누가 말을 걸더라도 못 들은 체할 수 있도록 헤드폰을 끼고 투명 인간이 되고자 했다. 잠시 앉아 있을 것이다. 앉아서 빈센트를 생각할 것이다. 아니면 빈센트 생각을 멈출 방법을 찾을 때까지 앉아 있을 것이다. 그다음 집에 가서 잠자리에 들 것이다. 하지만 미렐라의 생각은 빈센트의 남편 조너선에게로, 두바이의 호화 호텔에 살고 있을 그에게로 옮겨 갔다. 실제로 조너선이 어디 있든 그가 두바이에서 지내며 룸서비스를 이용하고 침구를 갈아 달라고 하고 호텔 수영장에서 수영한다고 상상하자 — **빈센트는 죽었는데** — 혐오스러웠다.

한 남자가 미렐라 앞으로 걸어와 벤치에 앉았다. 돌아보니 개스퍼리였다. 미렐라는 헤드폰을 벗었다.

「실례합니다.」 개스퍼리가 말했다. 「당신이 공원에 들어가는 모습을 봤어요. 여기가 나쁜 동네는 아니지만…….」 그는 말을 맺지 않았다. 굳이 그럴 필요가 없었다. 해가 진 뒤 여자 혼자 공원에 있기에는 어디든 나쁜 동네였다.

「당신은 누구죠?」 미렐라가 물었다.

「일종의 조사관입니다.」 개스퍼리가 말했다. 「자세히 말하면 내가 미쳤다고 생각할걸요.」

이제 보니 개스퍼리에게는 어딘가 익숙한 점이 있었다. 그의 옆얼굴을 보니 뭔가가 아스라히 떠올랐다. 하지만 어디에서 그를 봤는지 알 수 없었다.

「뭘 조사하는데요?」

「저기, 솔직히 난 스미스 씨에게든 그 사람 예술에든

80

아무 관심이 없어요.」 개스퍼리가 말했다.

　「그건 나도 마찬가지예요.」

　「그렇지만 뭐랄까, 영상에서 화면이 캄캄해진 순간 같은 특이 현상에는 관심이 있습니다. 그 점에 관해 물어보려고 무대 뒷문 밖에서 기다린 거예요.」

　「이상한 순간이죠.」

　「혹시 친구분이 그런 순간에 관해 말씀하신 적 있는지 여쭤봐도 될까요? 어쨌든 그건 친구분이 찍은 영상이었으니까요.」

　「아뇨.」 미렐라가 말했다. 「내 기억에는 없어요.」

　「그럴 수 있죠.」 개스퍼리가 말했다. 「그 영상을 찍었을 때 친구분은 꽤 어렸을 거예요. 우리가 어렸을 때 보는 것들이 항상 우리 안에 남지는 않죠.」

　우리가 어렸을 때 보는 것.

　「전에 당신을 본 거 같아요.」 미렐라가 말했다. 그녀는 어슴푸레한 빛으로 그의 옆얼굴을 보고 있었다. 개스퍼리가 고개를 돌려 그녀를 보자 미렐라는 확신이 생겼다. 「오하이오에서.」

　「유령을 본 표정이네요.」

　미렐라가 벤치에서 일어섰다. 「당신은 고가 도로 아

래 있었어요.」 그녀가 말했다. 「오하이오에서, 내가 어렸을 때. 당신 맞죠?」

개스퍼리가 인상을 썼다. 「다른 사람과 헷갈리신 듯한데요.」

「아뇨, 당신이었던 거 같아요. 당신이 고가 도로 아래 있었어요. 경찰이 오기 직전에, 당신이 체포당하기 전에요. 당신은 내 이름을 불렀어요.」

하지만 개스퍼리는 진심으로 혼란스러운 표정이었다. 「미렐라, 나는 —」

「가야겠어요.」 미렐라는 도망쳤다. 뛰지는 않았지만 뉴욕시에서 지낸 몇 년 동안 갈고닦은, 누구도 막을 수 없이 날아가는 듯한 방식으로 걸었다. 그녀는 쏜살같이 공원에서 나가 다시 거리를 따라 나아갔다. 중절모와 빈센트의 형제는 프랑스 식당의 어항 같은 불빛 속에서 여전히 대화에 심취해 있었다. 개스퍼리는 그녀를 따라오지 않았다. 미렐라는 그가 흰 셔츠를 입고 있어 다행이라고 생각했다. 어둠 속에서 그 옷은 그야말로 빛날 테니까. 그녀는 주택가의 그림자 속으로 뛰어들었다. 가로등 불빛을 받으며 아름답게 서 있는 오래된 브라운스톤 건물들과 철제 울타리, 오래된 나무들을 날듯이 지났다.

점점 더 빠르게, 앞쪽 상가에서 나오는 밝은 빛을 향해, 노란 택시가 전차처럼, 일종의 기적처럼 — 브루클린에서 노란 택시라니! — 미끄러지듯 교차로를 가로지르는 곳으로. 미렐라는 택시를 잡아탔다. 잠시 후 택시는 속도를 높여 브루클린 브리지를 건너고 있었다. 미렐라는 뒷자리에서 조용히 울었다. 기사는 백미러로 그녀를 힐끗 봤지만 — 아, 이 붐비는 도시의 낯선 사람들이 보여주는 품위란! — 아무 말도 하지 않았다.

2

미렐라는 어렸을 때 어머니와 언니 수재녀와 함께 오하이오 준(準)교외의 두 세대용 주택에 살았다. 주택 단지는 줄지어 늘어선 상점들과 대형 슈퍼마켓으로 이루어진 구역에 자리 잡고 있었다. 농지가 월마트 주차장 뒤쪽까지 이어졌다. 몇 킬로미터 떨어진 곳에는 감옥이 있었다. 어머니는 투잡을 뛰었으므로 집에서 보내는 시간이 거의 없었다. 이른 아침이면 — 겨울에는 해 뜨기 한참 전이었다 — 미렐라와 수재녀의 어머니는 몇 시간 자고 일어나 딸들의 시리얼에 우유를 부어 주고 침침한 눈으로 커피를 마시며 그들의 머리를 매만져 준 뒤 학교까지 태워다 줬다. 그녀는 딸들에게 작별의 입맞춤을 해 줬고 자매는 이후 열 시간 동안 학교에 있다가 — 아침 일찍 학교에 데려다주면 정규 수업을 듣고 그다음에는 방과 후 프로그램에 참여했다 — 오후가 끝날 무렵 집에서 8백 미터쯤 떨어진 지점까지 그들을 실어다 줄 버스에 올랐다.

고약한 8백 미터였다. 그들은 고가 도로 아래를 걸어서 지나야 했다. 미렐라는 고가 도로를 무서워했지만 다섯 살 때부터 열여섯 살에 학교를 그만둔 뒤 버스를 타고 뉴욕시로 향할 때까지 그 동네에 살던 시절 내내 정말로 끔찍한 사건은 딱 한 번밖에 벌어지지 않았다. 그때 미렐라는 아홉 살이었다. 그러니 수재녀는 열한 살이었다. 그들은 스쿨버스가 떠나던 순간 총성을 들었으나 그 소리가 선명하게 기억난 것은 나중의 일이다. 당시 둘은 겨울의 노을빛을 받으며 서로를 쳐다봤고 수재녀는 어깨를 으쓱했다. 「그냥 자동차가 폭발음을 냈거나 그랬겠지.」 수재녀가 그렇게 말했고, 수재녀가 하는 말이라면 무엇이든 믿었을 미렐라는 언니 손을 잡았다. 그들은 함께 걸었다. 눈이 내리고 있었다. 고가 도로 아래쪽 입구는 그들을 삼키려 기다리는 어두운 동굴이었다. **괜찮아.** 미렐라는 자신을 타일렀다. **괜찮아, 괜찮아.** 언제나 괜찮았으니까. 하지만 그때만큼은 괜찮지 않았다. 자매가 어둠 속으로 들어갔을 때 다시 한번 소리가 났다.

이번에는 불가능할 정도로 큰 소리였다. 그들은 멈춰
섰다.

　남자 두 명이 몇 미터 앞에 누워 있었다. 한 명은 꼼짝
도 하지 않았다. 다른 한 명은 움찔거렸다. 어슴푸레한
가운데 그 정도 거리를 두고 있으니 그들에게 무슨 일이
일어났는지 정확히 보이지 않았다. 세 번째 남자가 벽에
기댄 채 축 늘어져 있었다. 그의 손에는 권총이 느슨하
게 걸려 있었다. 네 번째 남자는 도망치고 있었고 — 그
의 발소리가 울렸다 — 미렐라는 고가 반대쪽 끝의 경사
면을 서둘러 올라 사라지는 그를 아주 잠깐, 언뜻 봤을
뿐이다.

　오랫동안 그들 모두가 — 미렐라와 수재너, 총을 든
남자, 땅에 누운 두 명의 죽었거나 죽어 가는 남자들 —
겨울의 한 장면 속에 얼어붙어 있었다. 얼마나? 영원처
럼 느껴졌다. 몇 시간, 며칠처럼. 총을 든 남자는 진정제
를 맞은 듯 졸린 표정이었다. 그의 고개가 앞으로 한두
번 끄덕여졌다. 그런 뒤에 파랗고 빨간 경광등이 그를
휩쓸었다. 남자는 그 불빛에 정신을 차린 듯했다. 그는
자기 손에 들린 총을 빤히 봤다. 어쩌다 총이 거기에 와
있는지 모르겠다는 모습이었다. 그러더니 그는 고개를

돌려 소녀들을 똑바로 바라봤다.

「미렐라.」 그가 말했다.

그런 뒤에 고함이 들리고 혼란이 찾아왔다. 검은 제복을 입은 남자들이 밀려들었다. **「총 버려! 총 버려!」** 사건의 발생은 객관적 사실이었다. 그녀와 수재녀는 정말로 경찰에게 조사를 받았고, 다음 날 신문에는 정말로 그 이야기가 실렸다(〈고가 도로 아래서 총격으로 두 명 사망, 용의자 구속〉). 그렇지만 이후 몇 년간 미렐라는 마지막 부분이 그저 상상일 뿐이라고, 그 남자가 정말로 자신의 이름을 부르지는 않았다고 스스로를 속였다. 쉬운 일이었다. 어떻게 그가 미렐라의 이름을 알았겠는가? 수재녀는 무슨 말을 들었다는 것을 전혀 기억하지 못했다.

하지만 이렇게 오랜 시간이 지난 뒤 맨해튼으로 가는 택시 뒷자리에서는, 완전히 다른 안전한 인생에서는, 도저히 떨쳐 버릴 수 없는 확신이 느껴졌다. 터널에 있던 남자는 개스퍼리 로버츠였다.

미렐라는 눈을 감고 긴장을 풀어 보려 했으나 손에 들고 있던 휴대 전화가 진동했다. 여자 친구가 보낸 메시지였다. **제스네 파티 갈 거야?**

잠시 후에야 기억났다. 미렐라는 답장을 보내고 ── **가
는 중이야** ── 기사의 시선을 끌기 위해 백미러 안에서 손
을 흔들었다.

「저기요.」

「네?」 미렐라가 방금까지 울고 있었기에 기사는 약간
경계하는 목소리로 대답했다.

「목적지를 바꿔도 될까요? 소호에 가야 하는데요.」

3

미렐라는 파티장 전체를 가로지른 뒤에야 루이자를 찾을 수 있었다. 루이자는 아스팔트 지붕의 일부일 뿐인 테라스에서 담배를 피우고 있었다. 미렐라는 루이자에게 입 맞춘 뒤 좁다란 돌 벤치에 앉아 있는 그녀 옆에 어색하게 자리 잡았다.

「좀 어때?」 루이자가 물었다. 그들은 따로 살았지만 아주 많은 시간을 함께 보냈다.

「나쁠 건 없어.」 미렐라가 말했다. 얘기하고 싶지 않았다. 루이자에게 거짓말하기란 심란할 정도로 쉬웠다. 미렐라는 사람들을 비교하는 일은 옳지 않다는 것을 알았다. 그야 다들 아는 사실이니까. 하지만 그 순간만큼은, 난감하게도 루이자가 빈센트에 비해 무한히 덜 흥미롭게 느껴졌다. 루이자에게는 일종의 타락하지 않은 품성이 있었다. 삶의 날카로운 모서리에 누군가가 쿠션을 대줬던 것 같은 분위기가 났다. 지금은 그 점이 전보다 덜 매력적으로 느껴졌다. 「좀 피곤해.」 미렐라가 말했다. 「잠을 잘 못 잤어.」

「어쩌다가?」

「모르겠어, 그냥 어쩌다가 나쁜 밤을 보낼 때가 있잖아.」

그날 저녁의 또 다른 어려움은, 그곳이 제스의 파티가 열리는 장소고 제스는 루이자가 아니라 미렐라의 친구라는 데 있었다. 미렐라의 과거 인생에서, 모든 것이 달랐던 한참 전 인생에서 그녀는 같은 테라스에 패이살과 함께 있었다. 그 공간은 지금도 그때처럼 장식용 조명과 화분에 심은 야자수로 장식돼 있었으나 그럼에도 어느 구멍의 밑바닥처럼 느껴졌다. 패이살과 함께할 때 사귄 친구가 남아 있어 나쁜 점은 그런 것이었다. 여기저기에 위험한 장소가, 다른 삶에 관한 기억으로 빨려 들어갈 장소가 있다는 것. 그 테라스도 그런 장소 중 하나였다. 다른 밤, 다른 파티에서 — 14년 전이던가? 13년 전? — 그녀와 빈센트는 약간 취한 채 그곳에 서서 조그마한 밤하늘 조각을 똑바로 올려다보고 있었다. 빈센트가 북극

성이 보인다고 맹세했기 때문이었다.

「바로 저기 있어.」 빈센트가 말했다. 「봐, 내 손가락을 따라와. 그렇게 밝지는 않아.」

「저건 위성이야.」 미렐라가 말했다.

「뭐가 위성이야?」 패이살이 발코니로 나오며 물었다. 그들은 따로따로 도착했다. 그때가 그날 미렐라가 패이살을 처음 본 순간이었다. 미렐라는 패이살에게 입 맞추면서도 빈센트가 그들 쪽을 힐끔거리는 모습을 놓치지 않았다. 그런 뒤 빈센트는 다시 하늘로 시선을 돌렸다. 미렐라와 빈센트의 차이는, 미렐라의 경우 남편을 정말로 사랑한다는 데 있었다.

「저기.」 미렐라가 손가락질하며 말했다. 「움직이잖아?」

패이살이 눈을 가늘게 떴다. 「난 당신 말을 믿는 수밖에 없겠어.」 패이살이 말했다. 「새 안경이 필요한 거 같아.」 그는 미렐라의 허리를 끌어안은 채 비좁은 공간을 둘러봤다. 「와.」 그가 말했다. 「불나면 못 빠져나가고 다 타버릴 것처럼 짜릿한 보헤미안 취향의 공간이네.」

사실이었다. 사방에 건물이 솟아 있었다. 벽 세 개는 다른 건물의 벽이었고, 네 번째 벽에는 파티장으로 이어지는 문이 달려 있었다. 오랜 세월이 흘러 루이자와 함께 앉은 미렐라는 하늘을 올려다보는 패이살을 보지 않으려고 잠시 눈을 감았다.

「종일 뭐 했어?」 루이자가 물었다.

미렐라가 루이자의 질문을 좋아하던 시절도 있었지만 ─ 한때 미렐라는 이렇게까지 **관심이 많은** 사람과 함께한다는 것이 엄청난 선물이라고 생각했다. 그녀가 하루 동안 한 모든 일에 관심을 주는 사람, 질문을 던질 만큼 신경 써주는 사람이 있다니 ─ 오늘 밤에는 간섭으로 느껴졌다.

「산책했어. 빨래도 하고. 거의 인스타그램 봤지.」 지금 생각하니 개스퍼리 로버츠가 고가 아래의 그 남자일 리는 없었다. 그건 수십 년 전 일이고 개스퍼리 로버츠는 나이를 먹지 않았으니까.

「만족스러웠어?」

「당연히 아니지.」 미렐라가 대답했다. 생각보다 말이 날카롭게 나갔다. 루이자가 놀란 눈으로 그녀를 봤다.

「어디 좀 가야겠다.」 루이자가 말했다. 「오두막을 빌려서 며칠 동안 도시를 떠나 지내는 거야.」

「좋아.」 하지만 미렐라는 그 제안을 듣고 흘러넘친 불행한 기분에 깜짝 놀랐다. 이제 보니 그녀는 루이자와 함께 오두막에 가기를 전혀 바라지 않았다.

「그런데 먼저,」 루이자가 말했다. 「술을 한 잔 더 마셔야겠어.」 루이자가 들어가고 미렐라는 잠시 혼자 남겨졌다. 한 여자가 다가와 불을 빌려 달라며 그 대가로 미렐라에게 운세를 봐주겠다고 했다. 미렐라는 상대가 시키는 대로 손바닥을 위로 해 두 손을 내밀었다. 손이 떨려 민망했다. 어떻게 이렇게까지 갑자기, 깨끗하게 루이자와의 사랑에서 빠져나올 수 있었을까? 어떻게 오하이오의 터널에 있던 남자가 그 오랜 세월이 지나 뉴욕에 나타날 수 있었을까? 어떻게 빈센트가 죽었을 수 있지? 점쟁이는 손바닥이 거의 닿도록 미렐라의 손 위에 자기 손을 두고 눈을 감았다. 미렐라는 관찰당하지 않고 상대를 지켜볼 수 있다는 점이 마음에 들었다. 그녀는 미렐라가 처음 생각했던 것보다 나이가 많은 듯했다. 서른몇 살로 보였다. 이제 막 얼굴에 주름이 생기기 시작했다. 그녀는 스카프를 복잡한 방식으로 매고 있었다.

「어디에서 왔죠?」 그녀가 물었다.

「오하이오요.」

「아뇨, 원래 말이에요.」

「오하이오인데요.」

「아. 외국 억양이 느껴진다고 생각했어요.」

「그 억양도 오하이오 억양이에요.」

점쟁이의 눈은 여전히 감겨 있었다.

「비밀이 있군요.」 그녀가 말했다.

「다들 그렇지 않나요?」

점쟁이의 눈이 뜨였다. 「당신 비밀을 말해 주면 나도 내 비밀을 말해 주죠. 그런 다음엔, 서로를 다시 볼 일이 없을 거예요.」 그녀가 말했다.

매력적인 제안이었다. 「알았어요.」 미렐라가 말했다. 「당신 먼저 말해요.」

「내 비밀은 사람이 싫다는 거예요.」 그녀가 무척 진심 어린 투로 말했다. 미렐라는 처음으로 그녀가 마음에 들었다.

「모든 사람이요?」

「한 세 명 정도만 빼고요.」 그녀가 말했다. 「당신 차례 예요.」

「내 비밀은, 한 남자를 죽이고 싶다는 거예요.」 사실이었을까? 미렐라는 확신할 수 없었다. 진실의 느낌이 깃들어 있기는 했다.

점쟁이의 눈이 미렐라의 얼굴을 빠르게 훑었다. 그 말이 농담인지 알아보려는 듯했다. 「특정한 사람인가요?」 그녀가 물었다. 점쟁이는 자신 없는 미소를 지어 보였지만 — **농담이죠? 농담이라고 좀 말해 줄래요?** — 미렐라는 마주 미소 짓지 않았다.

「네.」 미렐라가 말했다. 「특정한 사람이에요.」 말을 하자 그것은 현실이 되었다.

「이름이 뭔데요?」

「조너선 알카이티스요.」 그 이름을 언제 마지막으로 크게 소리 내 말했더라? 이번에는 좀 더 조용하게 그 이름을 홀로 되풀이했다. 「사실 그냥 그 사람하고 얘기하고 싶을 뿐인지도 몰라요. 모르겠네요.」

「꽤 큰 차이인데요.」 점쟁이가 말했다.

「그러게요.」 미렐라는 어두운 밤하늘과 근처에서 벌어지는 파티의 소란, 담배 연기의 악취, 점쟁이의 얼굴을 막으려 눈을 감았다. 「결정을 해야 할 듯하네요.」

「그래요.」 점쟁이가 대답했다. 「음, 불 빌려줘서 고마워요.」 그녀는 미렐라에게서 미끄러지듯 멀어져 잃어버린 세계로 향하는 관문 같은 입구를 지나 파티장으로 사라졌다. 추운 밤이었고 달이 뉴욕시 위로 밝게 떠 있었다. 미렐라는 잠시 서서 그 광경을 바라보다가 파티장으로 돌아갔다. 파티는 한때 꿨던 꿈처럼 느껴졌다. 모든 것이 추상적인 색채와 소란과 빛일 뿐이었다. 루이자가 거실에서 춤추고 있었다. 미렐라는 가만히 서서 그녀를 잠시 지켜보다가 사람들을 헤치고 나아갔다.

「머리가 아파.」 미렐라가 말했다. 「가야겠어.」

루이자가 미렐라에게 입 맞췄고, 미렐라는 다 끝났다는 것을 알았다. 아무것도 느껴지지 않았다. 「전화해.」 루이자가 말했다.

「Adieu(영원히 안녕).」 미렐라는 인파를 헤치고 되돌아가며 말했고, 프랑스어를 모르기에 그 말의 함의도 몰랐던 루이자는 키스를 날렸다.

3장
지구에서의 마지막 북 투어 / 2203

북 투어의 첫 번째 목적지는 뉴욕시였다. 올리브는 서점 두 곳에서 열린 사인회에 참석한 뒤 만찬회에 가기 전 한 시간쯤 짬을 내 센트럴 파크를 산책했다. 해 질 녘의 시프 메도[8]는 은빛이 감도는 불빛과 풀밭 위의 젖은 낙엽으로 이루어져 있었다. 하늘은 저고도 비행선으로 붐볐고 먼 곳에서는 통근용 우주선이 식민지를 향해 쏜살같이 날아가며 별똥별의 빛을 그렸다. 올리브는 방향 감각을 되찾느라 잠시 멈췄다가 쌍둥이 건물인 다코타의 아주 오래된 실루엣 쪽으로 걸어갔다. 그 뒤로 1백 층짜리 탑들이 솟아 있었다.

다코타에서는 새 출판 담당자인 아레타가 올리브를 기다리고 있었다. 아레타는 애틀랜타 공화국에서의 모

8 Sheep Meadow. 센트럴 파크의 한 구역.

든 행사를 책임졌다. 아레타는 올리브보다 약간 어렸고 올리브를 초조하게 하는 방식으로 예의 발랐다. 올리브가 로비에 들어서자 아레타는 재빨리 자리에서 일어났고 그녀와 대화하던 사람의 홀로그램은 깜빡이다 꺼졌다. 「공원 산책은 즐거우셨나요?」 그녀는 긍정적인 대답이 돌아오리라 예상하고 벌써 미소 지으며 물었다.

「훌륭했어요, 감사합니다.」 올리브가 말했다. **지구에 살 수 있으면 좋겠다는 생각이 들더군요**라는 말은 덧붙이지 않았다. 언젠가 담당자에게 무슨 말을 했더니 만찬회 때 그 말이 소환된 적이 있었다. 「올리브 작가님이 여기로 오면서 뭐라고 하신 줄 아세요?」 연설을 기다리는 사서들로 가득한 식당의 테이블에서, 몬트리올의 한 사서가 숨 가쁘게 알렸다. 「연설하기 전에 좀 긴장되신대요!」 그래서 이제 올리브는 조금이라도 개인적인 이야기는 누구에게도 하지 않는 것을 원칙으로 삼는다.

「음,」 아레타가 말했다. 「행사장으로 가야 할 듯해요. 예닐곱 블록쯤 떨어진 곳인데, 저희 혹시 그냥……?」

「걷는 거 좋아해요.」 올리브가 말했다. 「괜찮으시다면요.」 그들은 밖으로 나가 은빛 도시로 함께 걸어 들어갔다.

정말 지구에 살 수 있으면 좋겠다고 생각했을까? 올리브는 그 질문에 관해 마음을 정하지 못했다. 그녀는 상상력 넘치게도 〈제2식민지〉라는 이름이 붙은 두 번째 달 식민지의 150제곱킬로미터짜리 공간에서 평생을 살았다. 올리브는 고향이 아름답다고 생각했지만 — 제2식민지는 흰 돌과 첨탑, 나무가 쭉 늘어선 거리와 작은 공원, 번갈아 배치된, 높은 빌딩들의 구역과 아주 좁은 잔디밭이 딸린 조그만 주택들의 구역, 보행자 통행용 아치 아래 흐르는 강으로 이루어진 도시였다 — 그와 달리 계획되지 않은 도시에는 특유의 매력이 있었다. 제2식민지는 대칭성과 질서로 위안을 줬다. 하지만 때로는 질서가 무자비하게 느껴졌다.

그날 밤 맨해튼에서 강연이 끝난 뒤 사인을 받기 위해 줄 선 사람들 가운데 한 젊은 남자가 올리브와 눈높이를 맞추려 탁자 옆에 무릎을 꿇고 말했다. 「사인받을 책이 있는데,」 — 목소리가 살짝 떨렸다 —「정말로 말씀드리고 싶은 건, 작가님 작품이 제가 작년에 안 좋은 시기를 지나는 데 도움을 줬다는 거예요. 감사합니다.」

「아.」 올리브가 말했다. 「감사합니다. 영광이네요.」

하지만 그런 순간에 **영광**이라는 말은 항상 불충분하게 느껴졌다. 그 불충분함 때문에 단어가 잘못된 것 같은 느낌이 들었고, 그래서 올리브는 왠지 사기꾼이 된 기분, 올리브 루엘린 역할을 연기하는 배우가 된 기분이 들었다.

「다들 때로 사기꾼이 된 거 같다고 느끼지.」 다음 날, 아버지가 덴버 비행선 터미널에서 올리브의 어머니와 함께 사는 아주 작은 마을로 가던 길에 말했다.

「아, 그건 알아요.」 올리브가 말했다. 「진짜 문제라는 얘긴 아니에요.」 올리브가 이해하기로 자신의 삶은 진짜 문제는 하나도 없는 삶이었다.

「그래.」 아버지가 미소 지었다. 「네가 요즘 좀 방황한다고 생각했어.」

「약간은 그럴지도 몰라요.」 올리브에게는 투어가 다시 시작되기 전 부모님과 보낼 마흔여덟 시간이 주어져 있었다. 그들은 농업 구역을 지나고 있었다. 거대한 로봇들이 들판 위에서 천천히 움직였다. 지구의 햇빛은 제2식민지에서보다 날카로웠다. 「이 모든 것에 감사해요.」 올리브가 말했다. 「방황이든 아니든 말이죠.」

「그래. 그래도 실비나 디온과 떨어져 지내는 건 힘들 겠구나.」

이제 그들은 올리브의 부모님이 사는 작은 마을의 외 곽에서 로봇 수리 공장 구역을 지나고 있었다.

「그냥 생각하지 않으려고 애쓰는 중이에요.」 올리브 가 대답했다. 회색 공장들이 물러나며 밝게 칠해진 작은 가게들과 집들에 자리를 내줬다. 마을 광장의 시계가 햇 빛을 받아 반짝였다.

「계속 생각나게 놔두면 멀리 산다는 사실을 견딜 수 가 없어.」 아버지의 시선은 길에 붙박여 있었다. 「다 왔 다.」 아버지가 말했다. 그들은 올리브의 부모님이 사는 길에 접어든 터였다. 그곳에, 아주 가까운 거리에, 현관 문 앞에 어머니가 서 있었다. 올리브는 호버크라프트가 멈추는 순간 뛰어내려 어머니 품에 안겼다. **멀리 산다는 사실을 견딜 수 없다면 왜 나랑 이렇게 멀리 떨어져 사는 거 죠?** 올리브는 그 순간에도, 부모님과 지내는 이틀 동안 에도 그런 질문을 던지지 않았다.

올리브의 부모님 집이 그녀가 어린 시절에 살던 집은 아니었지만 — 올리브가 어린 시절에 살던 집은 그녀가 대학으로 떠나고 몇 주 뒤 부모님이 지구로 가서 은퇴하기로 했을 때 팔렸다 —— 그곳에는 평화가 있었다. 「널 봐서 참 좋았어.」 어머니는 올리브가 다시 떠날 때 그렇게 속삭였다. 어머니는 잠깐 올리브를 안고 있다가 그녀의 머리카락을 쓰다듬어 줬다. 「곧 다시 오니?」

호버크라프트가 집 밖에서 기다리고 있었다. 운전기사는 올리브의 북미 출판사 중 한 곳에서 고용한 사람이었다. 그날 밤 올리브는 콜로라도스프링스의 서점에서 열리는 행사에 참석해야 했고, 그다음에는 이른 아침 비행기로 데저렛의 축제에 가야 했다.

「다음에는 실비와 디온을 데려올게요.」 올리브는 그렇게 말하고 다시 투어를 떠났다.

북 투어의 역설은, 올리브가 간절한 열정을 품고 남편과 딸을 그리워했으나 토요일 아침 8시 30분 솔트레이크시티의 텅 빈 거리에서 화창한 가을 하늘 아래 혼자 있는 것도 무척 좋아한다는 데 있었다. 새들이 흰 빛 속에서 원을 그리고 있었다. 맑고 푸른 하늘을 올려다보며 그것이 돔이 아니라는 사실을 안다는 데는 특별한 구석이 있다.

다음 날 오후 텍사스 공화국에서 올리브는 또 산책을 하고 싶어졌다. 지도를 보니 호텔에서 — 주차장을 사이에 두고 다른 라 퀸타 호텔을 마주 보는 라 퀸타 호텔이었다 — 길 하나만 건너면 식당과 가게로 이루어진 단지가 있었다. 하지만 그 길이 횡단보도가 없고 차량이 끊임없이 오가는 8차선 고속도로라는 점은 지도에 표시돼 있지 않았다. 차량의 대부분은 현대적인 호버크라프트였으나 반항이라도 하듯 바퀴를 달고 있는 복고풍 픽업 트럭도 가끔 보였다. 올리브는 가게와 식당 무리가 반대편에서 신기루처럼 빛나는 가운데 잠시 고속도로를 따라 걸었다. 목숨을 걸지 않고서는 길을 건널 방법이 없었으므로 길을 건너지 않았다. 호텔로 돌아왔을 때 그녀는 뭔가가 발목을 긁는다고 느꼈다. 아래를 보니 양말에 조그만 쇳조각이 삐죽삐죽 박혀 있었다. 놀라울 정도로 날카로워서 미니어처 무기처럼 보이는 흑갈색 별 모양 조각이었다. 올리브는 그것들을 아주 조심스럽게 빼내야 했다. 그녀는 조각들을 책상에 내려놓고 모든 각도에서 사진을 찍었다. 너무도 완벽하게 단단하고 반짝거려서 생명 공학의 산물로 볼 수도 있었지만, 하나를 분해해 보니 진짜였다. 아니, **진짜**라는 말은 어울리지 않았

다. 만질 수 있는 것은 모두 진짜니까. 올리브가 알게 된
사실은 그것이 자라나는 존재라는 점, 달 식민지에는 없
는 어느 신비한 식물에서 떨어져 나왔다는 점이었다. 올
리브는 딸 실비에게 주려고 그중 몇 개를 양말로 감싼
뒤 여행 가방에 조심스럽게 보관했다. 실비는 다섯 살이
었다. 그 애는 그런 것들을 모았다.

「작가님 책을 보고 너무 혼란스러웠어요.」 댈러스에
서 한 여성 독자가 말했다. 「서사적으로 봤을 때 온갖 가
닥이, 온갖 캐릭터가 있었죠. 저는 그 요소들이 서로 연
결되기를 기다렸지만 결국 연결되지 않았어요. 책이 그
냥 끝나더군요. 저는 마치…….」 그 독자는 어두컴컴한
관객석의 조금 먼 자리에 있었으나 올리브는 그녀가 책
을 휙휙 넘기다가 더는 책장이 남아 있지 않다는 것을
알게 되었다는 시늉을 한다는 사실을 알아봤다. 「**응? 몇
면이 빠졌나?** 하는 생각이 들었어요. 그냥 **끝나 버리더라
고요.**」

「네.」 올리브가 말했다. 「그럼, 정리하려고 여쭤보는
건데, 질문하고 싶으신 게…….」

「전 그냥, 뭐랄까, **뭐지,**」 독자가 말했다. 「제 질문은

그냥…….」그녀가 두 손을 쫙 폈다. **나 좀 도와줘요, 할 말이 다 떨어졌어요** 하는 식이었다.

그날 밤에 묵은 호텔 방은 완전히 흑백으로 꾸며져 있었다. 올리브는 어머니와 체스 두는 꿈을 꿨다.

책이 그렇게 갑자기 끝났던가? 올리브는 텍사스 공화국에서 캐나다 서부로 가는 사흘 동안 그 질문에 집착했다.

「비관적으로 굴지 않으려고 애쓰는 중이야.」올리브가 남편과 통화하며 말했다. 「하지만 사흘 동안 잠을 거의 못 잤고, 오늘 밤 강연에서도 엄청나게 깊은 감동을 전해 줄 수 있을 거 같지가 않아.」레드디어에서 한 통화였다. 호텔 창밖으로는 주거용 탑의 불빛이 어둠 속에서 반짝였다.

「비관적으로 굴지 않으면 되지.」디온이 말했다. 「내가 사무실에 핀으로 꽂아 놓은 그 인용문을 생각해 봐.」

「〈약해지지만 않는다면 훌륭한 삶이다.〉」올리브가 말했다. 「당신 사무실 얘기가 나와서 말인데, 일은 좀 어때?」

디온이 한숨을 쉬었다. 「새 프로젝트를 배정받았어.」
디온은 건축가다.

「새로운 대학교야?」

「응, 비슷해. 물리학 연구 센터인데, 동시에……. 엄격
한 비밀 유지 계약서에 사인한 건이라 아무한테도 말하
면 안 돼, 알았지?」

「당연하지. 아무한테도 말 안 할게. 그런데 대학교 건
축이 뭐가 그렇게 비밀스러워?」

「그게 딱히…… 정확히 대학교라고 할 수 있을지 모르
겠어.」 디온은 난처해하는 목소리였다. 「청사진에 심각
하게 이상한 점이 몇 가지 있거든.」

「어떻게 이상한데?」

「뭐, 일단은 학교 건물과 경찰 본부를 잇는 지하 터널
이 있어.」 그가 말했다.

「왜 대학교에 경찰과 이어지는 터널이 필요한데?」

「나도 모르지. 게다가 건물 뒤쪽은 정부 청사와 맞닿
아 있어.」 디온이 말했다. 「그게, 그러니까, 처음에는 별
생각 없었거든. 거기는 시내 중심부에 있는 부지고, 그
러니까, 대학을 정부 청사 옆에 지으면 안 될 이유도 없

잖아. 그런데 두 건물이 독립돼 있지가 않더라고. 둘 사이에 통로가 너무 많아서 기능적으로 같은 건물이나 마찬가지야.」

「당신 말대로네.」올리브가 말했다. 「이상해 보인다.」

「뭐, 내 포트폴리오에는 좋은 프로젝트겠지.」

올리브는 디온의 말투를 듣고 그가 화제를 바꾸고 싶어 한다는 사실을 알아차렸다. 「실비는 어때?」

「잘 지내.」디온은 즉시 식료품 주문과 실비가 학교에서 먹는 점심밥에 관한 몇 가지 사소한 문제로 대화의 방향을 돌렸다. 이를 통해 올리브는 자기가 없는 동안 사실 실비가 딱히 잘 지내지는 못한다는 사실을 알았다. 그 말을 전하지 않은 디온의 친절함이 고마웠다.

아침이 되자 올리브는 인터뷰를 하러 저 멀리 북쪽에 있는 도시로 날아갔다. 그런 뒤 저녁에는 강연을 했다. 이어서 사인받으려는 사람들이 그녀 앞에 길게 늘어섰다. 늦은 만찬도 했다. 그러고는 세 시간을 자고 오전 3시 45분에 공항으로 가는 차에 탔다.

「무슨 일을 하시나요, 올리브 씨?」운전기사가 물었다.

「작가예요.」 올리브가 말했다. 그녀는 눈을 감고 창문에 머리를 기댔지만 운전기사가 말을 이었다.

「뭘 쓰시는데요?」

「책이요.」

「더 말씀해 주세요.」

「음,」 올리브가 말했다. 「『매리언배드』라는 소설 때문에 여행하는 중이에요. 팬데믹에 관한 책이죠.」

「그게 최신작인가요?」

「아뇨, 그 뒤로 두 권을 더 썼어요. 그런데 지금 『매리언배드』가 영화화되는 중이라 신판 북 투어를 하고 있어요.」

「아주 흥미롭네요.」 운전기사는 그렇게 말하더니 자기가 쓰고 싶은 책에 관해 이야기하기 시작했다. SF 판타지 대서사시의 일종 같았다. 마법사, 악마, 말하는 쥐가 나온다는 점만 빼면 현대 세계를 다룬 작품이었다. 쥐는 착했다. 마법사들을 도왔다. 쥐를 등장시킨 것은 그가 그때까지 읽은, 말하는 동물이 도움을 주는 이야기 속 동물이 하나같이 너무 크다고 생각했기 때문이다. 말이든 용이든 그 무엇이든. 하지만 용이나 말과 함께하는데 어떻게 세상을 은밀히 헤쳐 나가겠는가? 성립할 수 없는 이야기였다. 예컨대 주점에 말을 데리고 들어간다고 생각해 보라. 운전기사는 안 될 말이라고, 필요한 것은 주머니에 들어가는 크기의 조연이라고 말했다. 예를 들면 쥐라든지.

「그러게요, 제 생각에도 쥐가 더 개연성 있네요.」 올리브가 말했다. 눈을 뜨고 있으려 노력했지만 무척 어려웠다. 앞서가는 거대한 수송 트럭이 계속해서 중앙선을 넘으려 했다. 인간이 모는 것일까, 아니면 소프트웨어 결함일까? 어느 쪽이든 불안했다. 운전기사는 이제 다중 우주의 가능성에 관해 이야기하고 있었다. 이 세상에서 쥐가 말을 하지 못한다는 건 사실이죠. 그렇다고 논리적으로 쥐가 **어디에서도** 말을 하지 못한다는 결론이 반드시 뒤따른다고 할 수 있을까요? 운전기사는 그 점을 지적하고는 대답을 기다리는 듯 보였다.

「음, 쥐의 해부학적 구조는 잘 몰라요.」 올리브가 말했다. 「쥐의 후두든 성대든 뭐든 인간의 언어를 처리하기에 적합한가 같은 문제 말이죠. 하지만 생각해 봐야겠네요. 다른 우주의 쥐는 해부학적 구조도 다를 수 있으니⋯⋯.」 (그쯤에서 올리브가 말을 웅얼거렸는지도 모르겠다. 아니면 아예 말을 하지 않았을 수도 있다. 깨어 있기가 너무 힘들었다.) 수송 트럭의 뒷면이 아름다웠다. 다이아몬드 무늬로 짜인 강철이 헤드라이트 불빛을 받아 반짝이며 빛났다.

「제 말은, 우리가 아는 한,」 운전기사가 말하고 있었다. 「작가님의 책이 사실인 우주도 있다는 거예요. 그러니까 논픽션으로요!」

「그건 아니었으면 좋겠네요.」 올리브가 대답했다. 눈을 절반밖에 뜰 수가 없었다. 시야의 불빛이 줄무늬를 그리며 세로 형태의 뾰족한 창으로 변했다. 계기반과 후미등, 트럭 뒷면에 비치는 것들.

「그러니까 작가님 책이,」 운전기사가 말했다. 「팬데믹에 관한 거라고요?」

「네. 과학적으로는 있을 수 없는 독감이죠.」 올리브는 더 이상 눈을 뜨고 있을 수 없어 항복했다. 눈을 감고, 누군가가 목소리를 내면 듣고 깨어날 수 있는 반쪽짜리 잠에 몸을 맡겼는데…….

「그 새로운 뭔가에 관한 소식은 들으셨어요?」 운전기사가 물었다. 「호주에 나타났다는 새 바이러스 얘기요.」

「들은 거 같아요.」 올리브가 눈을 감은 채 말했다. 「꽤 잘 통제된 거 같던데요.」

「그게 말이죠, 제 책에서는 일종의 세계 종말도 일어나요.」 운전기사는 시공간 연속체에 일어난 재앙에 가까운 파열에 관해 얼마간 떠들어 댔으나 올리브는 너무 피곤해 그 이야기를 따라가지 못했다.

「제가 작가님을 너무 오래 깨워 뒀네요!」 차가 공항에 접어들자 그녀가 밝은 목소리로 말했다. 「잠을 하나도 못 주무셨겠어요!」

열두 시간 뒤 올리브는 『매리언배드』 강연을 하고 있었다. 팬데믹의 역사에 관해 진행한 조사에 많은 부분을 기댄 강연이었다. 그 시점에는 강연에 너무 익숙해진 나머지 의식이라는 면에서는 거의 필요한 것이 없었으므로 올리브의 생각은 이리저리 떠돌고 있었다. 그녀는 계속해서 운전기사와의 대화를 떠올렸다. 자신이 **꽤 잘 통제된 거 같던데요**라고 말한 일이 기억났기 때문이다. 감염학적 관점에서 보자면, 감염병 발발과 관련해 **꽤 잘 통제됐다**는 말은 본질적으로 **전혀 통제되지 않았다**는 말과 같지 않을까? **집중해.** 올리브는 스스로를 타이르고 강단과 밝은 조명, 마이크라는 현실로 자신을 다시 끌어왔다.

「1792년 봄,」 그녀가 이야기했다. 「조지 밴쿠버 선장은 나중에 브리티시컬럼비아가 되는 해변을 따라 북쪽으로 항해했습니다. 왕실 선박인 디스커버리호를 타고 있었죠. 밴쿠버 선장과 선원들은 북쪽으로 나아가며 자기들도 모르게 점점 불안해졌습니다. 그곳에는 온화한 기후가, 믿을 수 없을 만큼 푸른 풍경이 펼쳐져 있었어요. 그런데 이상하게도 텅 비어 보였습니다. 밴쿠버 선장은 선상 일기에 이렇게 적었습니다. 〈우리는 그 해변을 따라 거의 150마일[9]을 항해했으나 주민을 150명도 보지 못했다.〉」 올리브는 청중이 그 말을 이해할 수 있도록 잠시 멈추고 물을 한 모금 마셨다. 바이러스는 통제되거나 통제되지 않거나 둘 중 하나다. 양자택일이다. 잠을 충분히 자지 못했다. 올리브는 물 잔을 내려놓았다.

「그들은 상륙해 수백 명이 살 수 있는 마을을 여럿 발견했지만 전부 버려져 있었습니다. 더 멀리 나아가 본 그들은 숲이 묘지라는 사실을 깨달았죠.」 이 부분을 설명하기란 딸을 낳기 전에는 쉬웠으나 이제는 거의 불가능하게 느껴졌다. 「인간의 유해가 든 카누들이 나무 위

9 약 240킬로미터.

3~4미터 지점에 매달려 있었습니다.」 그녀가 말했다. **실비가 아닌 인간의 유해야. 실비가 아닌. 실비가 아니야.** 「다른 마을의 해변에서는 백골들이 발견됐고요. 천연두 가 이미 도착했었기 때문입니다.」

그날 밤 강연 이후 사인회에서 자기 이름을 적고 또 적으며 올리브의 생각은 재앙 쪽으로 계속 흘러갔다. **잰 더 님, 행복하세요. 올리브 루엘린. 클로디오 님, 행복하세 요. 올리브 루엘린. 소헤일 님, 행복하세요. 올리브 루엘린. 혜승 님, 행복하세요. 올리브 루엘린. 팬데믹이 한 번 더 닥 칠까?** 그날 아침 뉴질랜드에서 새로운 감염 사례군이 나 타났다.

그날 밤에 묵은 호텔 방은 대체로 베이지색이었다. 사 치스러운 꽃잎이 달린 지구의 분홍색 꽃 — 작약이던 가? — 그림이 침대 위에 걸려 있었다.

「그 전해,」 올리브는 다른 청중을 대상으로 말했다. 다른 도시에서 열린 같은 강연이었다. 「1791년에는 〈컬 럼비아 레디비바〉라는 무역선이 같은 바다를 항해했습니다. 그들은 해달 가죽을 교역했죠.」해달이라는 동물은 대체 어떻게 생겼을까? 올리브는 해달을 한 번도 본 적이 없었다. 나중에 해달을 검색해 보기로 마음먹었다. 「그들도 비슷한 경험을 했습니다. 그들은 사람들이 사멸한 땅을 발견했습니다. 또한 우연히 마주친 극소수의 생존자들은 끔찍한 사연과 상처를 지니고 있었습니다. 〈원주민들이 천연두라는 인류의 재앙을 맞닥뜨렸다는 사실은 분명했다〉라고, 선원 존 보이트는 적었습니다. 다른 선원인 존 호스킨스는 흥분해 분노를 터뜨렸습니다. 〈악명 높은 유럽인들이여, 기독교인의 이름에 추문을 일으키는 자들이여, 너희가 야만인이라 여기는 사람들이 사는 지역에 그 무엇보다 혐오스러운 질병을 가져다 놓고 떠난 자들이 너희인가?〉」

물 한 모금. 청중은 조용했다. (승리처럼 느껴지는 찰나의 생각: **내가 이 사람들을 장악했어.**)「하지만 물론,」올리브가 말을 이었다. 「모든 일에는 시작이라는 게 있죠. 천연두가 유럽에서 두 아메리카 대륙으로 전파되려면, 일단 유럽에 전파돼야 했습니다.」

그날 밤 올리브는 침대에서 나왔다가 협탁에 부딪혔

다. 머릿속에 전날 밤에 묵은 호텔 방의 배치도가 있었기 때문이다.

다음 날 아침, 한 도시에서 다른 도시로 가는 기나긴 이동 시간에 운전기사는 올리브에게 집에 아이들이 있냐고 물었다.

「딸이 하나 있어요.」 올리브가 말했다.

「몇 살인가요?」

「다섯 살이요.」

「그럼 여기서 뭘 하시는 거예요?」 운전기사가 물었다.

「뭐, 전 이 방법으로 아이한테 들어가는 돈을 벌어요.」 올리브는 최대한 부드러운 목소리로 대답했고 **좆까, 남자한테는 절대 그딴 질문 안 할 거면서**라는 말은 덧붙이지 않았다. 어쨌든 차에 타고 있는 사람은 둘, 그 남자와 올리브뿐이었으니까. 창밖으로 나무들이 스쳐 지나가는 모습을 지켜봤다. 숲 보호 구역을 통과하고 있었다. 실비가 여기에, 곁에 있다고 상상하면서. 원한다면 손을 뻗어 그 따뜻하고 작은 손을 잡을 수 있다고 상상하면서.

「어렸을 때 거기서 지냈어요? 식민지에서?」 운전기사

가 어느 정도 시간이 지난 뒤에 불쑥 물었다. 올리브는 앞서 달 식민지에 관해 이야기했었다.

「네. 할머니가 최초 정주민이셨거든요.」

올리브는 가끔 할머니를 떠올리기를 좋아했다. 스무 살에, 새벽의 첫 햇빛을 받으며 밴쿠버 터미널에서 떠올라 비행선을 타고 쏜살같이 어둠 속으로 날아가는 할머니의 모습을.

「예전부터 거기 가고 싶었는데.」 운전기사가 말했다. 「결국 못 갔어요.」

여행할 수 있다는 게 행운이라는 걸 명심해. 어떤 사람들은 절대로 이 행성을 떠나지 못한다는 걸 명심해. 올리브는 실비가 옆에 앉아 있는 모습을 더 잘 상상하려고 눈을 감았다.

「그건 그렇고, 손님한테서 좋은 냄새가 나네요.」 운전기사가 말했다.

다음 네 호텔은 흰색과 회색으로 이루어져 있었으며 배치도가 똑같았다. 모두 같은 체인이었기 때문이다.

「저희 호텔은 이번이 처음이신가요?」 세 번째인가 네 번째 호텔 접수대의 직원이 그렇게 말했고, 올리브는 어떻게 대답해야 할지 알 수 없었다. 매리엇 호텔 한 곳에 묵은 적이 있다면 모든 매리엇 호텔에 머문 것이나 마찬가지 아닌가?

다른 도시.

「천연두가 유럽에서 두 아메리카 대륙으로 전파되려면, 일단 유럽에 전파돼야 했습니다.」올리브는 스웨터를 입기로 한 결정을 후회하고 있었다. 토론토의 빛은 너무 뜨거웠다. 「2세기 중반, 메소포타미아의 도시인 셀레우키아를 점령하고 돌아온 로마군은 수도에 새로운 질병을 전파했습니다. 이후 안토니누스 역병이라 불리게 된 그 질병의 희생자는 열, 구토, 설사 등을 일으켰습니다. 며칠 뒤에는 피부에 끔찍한 발진이 일어났죠. 로마인들은 그 병에 면역력이 없었습니다.」올리브는 강연을 너무 여러 번 했기에 그 시점에는 중립적인 관찰자가 된 기분이었다. 그녀는 어느 정도 떨어진 거리에서 자기가 하는 말과 그 억양을 들었다.

「안토니누스 역병이 로마 제국 전체에서 기승을 부리자,」올리브가 청중에게 설명했다. 「군대는 떼죽음을 당했습니다. 로마 제국의 일부 지역에서는 인구의 3분의

1이 죽었죠. 흥미로운 점은 이렇습니다. 로마인들은 자신들이 셀레우키아에서 저지른 행동으로 그런 재앙을 자초한 건 아닌지 고민했습니다.」

디온이 전화했을 때 그녀는 그날 밤의 호텔 방에 — 대체로 베이지색과 파란색으로 꾸며졌고 일부가 분홍색으로 강조된 방이었다 — 있었다. 특이한 일이었다. 보통은 올리브가 디온에게 전화를 걸었으니까. 디온은 근무 시간이 길고 새 대학교 건축 프로젝트는 소름 끼치며 실비는 까다롭게 굴고 있다고 말했다. 오늘 실비를 데리러 학교에 갔을 때는 실비가 집에 가기 싫다며 난동을 부렸고 모두가 디온을 불쌍히 여겼다. 디온은 사람들의 얼굴에 떠오른 부드러운 표정을 보고 그 점을 알 수 있었다고 했다. 「호주에 번지는 새로운 질병 소식 들었어?」 그가 물었다. 「좀 걱정돼.」

「딱히.」 올리브가 말했다. 「솔직히 너무 피곤해서 생각도 안 나.」

「당신이 집에 올 수 있으면 좋겠다.」

「곧 갈 거야.」

디온은 말이 없었다.

「끊어야겠어.」올리브가 말했다.「잘 자.」

「잘 자.」디온은 그렇게 말하고 전화를 끊었다.

「셀리우키아에서,」하루 이틀 뒤 올리브는 신시내티의 무역 도서관에서 청중을 향해 말했다.「로마군은 아폴로 신전을 파괴했습니다. 역사가 암미아누스 마르켈리누스의 글에 따르면, 그 신전에서 로마군은 비좁은 틈을 발견했다고 합니다. 마르켈리누스는, 로마군이 귀중품이 들었을지 모른다는 기대로 그 구멍을 넓혔을 때 〈그곳에서 치유할 수 없는 질병의 힘을 실은 역병이 나와 (……) 페르시아 국경선에서 라인강과 갈리아 지방에 이르기까지 온 세계를 감염병과 죽음으로 오염했다〉라고 썼습니다.」

잠깐의 침묵. 물 한 모금. 속도 조절이 관건이었다.

「오늘날의 우리에게는 이런 설명이 조금 바보같이 보일지 모르지만, 어쨌거나 로마인들은 닥쳐온 악몽을 거칠게나마 파악하고 있었습니다. 제 생각에 이 설명은 기이하긴 해도 우리가 지닌 두려움의 근원을 건드립니다. 질병에는 지금도 여전히 끔찍한 수수께끼가 깃들어 있죠.」

그녀는 청중을 훑어보다가 강연의 그 시점에는 늘 그렇듯 일부 관객의 얼굴에 떠오른 특정한 표정을, 구체적인 슬픔을 발견했다. 어느 무리에서도 몇 명은 피할 수 없이 불치병에 걸렸을 테고 또 몇 명은 최근에 사랑하는 사람을 질병으로 잃었을 테니까.

「새 바이러스가 걱정되시나요?」 올리브가 신시내티 도서관장에게 물었다. 둘은 관장의 사무실에 앉아 있었는데, 올리브는 그 공간에 들어선 순간 그곳이야말로 그때까지 가본 모든 사무실 중 가장 마음에 든다고 생각했다. 무쇠로 만들어졌으며 수백 년은 된 서가 아래 자리 잡은 공간이었다.

「걱정하지 않으려고 노력하는 중이에요.」 관장이 대답했다. 「그냥 흐지부지되길 바라죠.」

「보통 그러는 거 같아요.」 올리브가 말했다. 사실일까? 올리브는 말하면서도 확신하지 못했다.

관장이 시선을 피하며 고개를 끄덕였다. 팬데믹 이야기는 하고 싶지 않은 것이 분명했다. 「이 도서관의 멋진 점을 말씀드릴게요.」 그녀가 말했다.

「아, 좋아요.」 올리브가 대답했다. 「뭐든 멋진 얘기를 들어 본 게 벌써 꽤 오래전이네요.」

「이 건물은 우리 소유가 아니에요.」 관장이 말했다. 「하지만 이곳을 1만 년 임차 조건으로 계약했죠.」

「맞네요, 그거 멋진데요.」

「19세기의 오만이죠. 1만 년 뒤에도 문명이 존재하리라고 생각했다니, 한번 상상해 보세요. 그런데 그게 다가 아니에요.」 관장은 몸을 앞으로 숙이며 효과를 더하기 위해 잠시 말을 멈췄다. 「임차 계약을 갱신할 수도 있답니다.」

그날 밤 묵은 호텔 방에서는 창문을 열 수 있었다. 열리지 않는 창문이 달린 열몇 군데의 호텔 방을 거치고 나니 그 점이 기적처럼 느껴졌다. 올리브는 창가에 앉아 아름답고 신선한 공기를 마시면서 소설을 읽으며 오랜 시간을 보냈다.

다음 날 아침, 올리브는 신시내티를 떠나다가 공항 라운지에서 일출을 봤다. 활주로에 아른거리는 열기, 분홍빛이 드리운 지평선. **역설은, 집에 가고 싶은 동시에 지구의 일출을 영원히 보는 것도 괜찮겠다는 생각이 든다는 거야.**

「사실,」 올리브는 파리의 강단에서 말했다.「수백 년이 지나고 그 모든 기술적 진보가 이루어졌으며 질병에 관해 엄청나게 많은 과학적 지식이 쌓인 지금도 누구는 병에 걸리고 누구는 걸리지 않는 이유, 또 어떤 환자는 살아남고 어떤 환자는 죽는 이유를 파악하지 못합니다. 질병이 두려운 이유는 혼란스럽기 때문입니다. 질병에는 끔찍한 임의성이 있습니다.」

그날 밤 연회에서 누군가가 올리브의 어깨를 톡톡 두드렸다. 돌아보니 애틀랜타 공화국의 출판 담당자 아레타였다.

「아레타!」 올리브가 말했다.「파리에는 무슨 일이에요?」

「휴가 중이에요.」 아레타가 말했다.「친한 친구 중 하나가 작가님의 프랑스 출판사에서 일해서, 연회 표를 구해 줬어요. 그래서 인사해야겠다고 생각했죠.」

「여기서 만나니 반갑네요.」 올리브가 말했다. 진심이었다. 그때 누군가가 올리브를 이끌고 스폰서와 서점 주인 들이 모여 있는 곳으로 데려갔다. 그래서 올리브는 자신을 둘러싸고 다음 책은 언제 나오는지, 프랑스에서 지내는 것은 즐거운지, 가족은 어디 있는지 알고 싶어 하는 사람들 사이에 잠시 서 있었다.

「남편분이 정말 친절하신가 봐요.」한 여자가 말했다. 「작가님이 이런 일을 하시는 동안 따님을 돌봐 주시다니 말이에요.」

「무슨 말씀이시죠?」올리브가 물었다. 하지만 물론, 올리브는 그 여자의 말뜻을 알아들었다.

「뭐, 작가님이 이런 일을 하시는 동안 따님을 돌봐 주시잖아요.」그 여자가 대답했다.

「죄송한데요.」올리브가 말했다. 「통역기에 뭔가 문제가 있나 봐요. 남편이 자기 아이를 돌보는 게 친절한 일이라고 말씀하시는 줄 알았어요.」올리브는 돌아서면서 자기가 이를 갈고 있다는 것을 알았다. 아레타를 찾았지만 보이지 않았다.

다음 네 호텔 방은 베이지색, 파란색, 다시 베이지색, 대체로 흰색이었다. 네 방 모두 책상 위 화병에 조화가 꽂혀 있었다.

「어떠신가요?」인터뷰 진행자가 물었다. 파리에서 만

난 여자 생각을 멈추기 어려웠지만, 올리브는 애쓰고 있었다. **계속 나아가.** 올리브와 인터뷰 진행자는 탈린[10]의 무대 위에 있었다. 조명이 매우 뜨거웠다.

「무슨 말씀이세요?」 첫 질문치고는 이상했다.

「그렇게 성공적인 책을 쓴다는 건 어떤 느낌인가요? 올리브 루엘린으로 산다는 것 말이죠.」

「아, 사실 초현실적이에요. 전 누구의 눈에도 띄지 않고 달 식민지 바깥에서는 유통되지도 않은 책을 세 권 썼는데 그다음에…… 꼭 평행 우주로 미끄러져 들어온 느낌이에요.」 올리브가 말했다. 「『매리언배드』를 내고 전 어째서인지 사람들이 실제로 제 작품을 읽는, 엽기적이고 뒤집힌 세상으로 떨어졌어요. 특별하죠. 절대 여기에 익숙해지지 않았으면 좋겠어요.」

그날 밤 올리브를 호텔로 데려다준 운전기사는 목소리가 아름다웠고 운전하는 동안 오래된 재즈곡을 불렀다. 올리브는 호버크라프트 창문을 열고 더 온전히 음악 속에서 살기 위해 눈을 감았다. 얼굴에 시원한 바람이 닿았다. 몇 분간 그녀는 완벽하게 행복했다.

10 에스토니아의 수도.

「여행을 하면 시간이 얼마나 느려지는지 놀라울 정도야.」 올리브가 전화로 디온에게 말했다. 그녀는 다른 호텔 방바닥에 누워 천장을 바라보고 있었다. 침대가 더 편했겠지만 허리가 아파서 바닥이 도움이 되었다. 「6개월은 길바닥에 있었던 거 같아. 아직 11월이라니 못 믿겠어.」

「3주째야.」

「그렇다니까.」

통화에 침묵이 내려앉았다.

「있잖아.」 올리브가 말했다. 「난, 이런 특별한 상황에 감사함을 느끼는 동시에 사랑하는 사람과 함께하기를 갈망할 수도 있는 거 같아.」

올리브는 둘 사이의 무언가가 누그러지는 것을 느꼈다. 그러다가 디온이 입을 열었다. 「알아, 자기야.」 디온이 부드럽게 말했다. 「우리도 자기 보고 싶어.」

「당신 프로젝트에 관해 생각해 봤는데,」 올리브가 말했다. 「대학교에 경찰 본부로 이어지는 지하 통로가 필요한 이유라든지 —」

그때 디온의 기기가 울렸다. 「미안.」 디온이 말했다. 「상사야. 나중에 다시 얘기할까?」

「나중에 다시 얘기해.」

　퍼즐의 답이 떠올랐을 때 올리브는 대서양을 가로지르는 비행선에 있었다.

　지구와 식민지 모두에서 연구 팀이 수십 년째 시간 여행을 연구하고 있었다. 그 맥락에서 생각해 보면, 물리학을 연구하는 대학교에 경찰 본부로 이어지는 지하 통로는 물론 정부로 통하는 문자 그대로의 뒷문이 수없이 많다는 것도 말이 되었다. 시간 여행이란 보안 문제 그 자체 아닌가?

　올리브는 탈린에서 운전기사가 불렀던 노래를 계속 검색해 봤으나 찾을 수 없었다. 가사가 잘 기억나지 않았다. 그녀는 기기에 몇 번이고 검색어(사랑 + 비 + 죽음 + 돈 + 가사 + 노래)를 입력했지만 아무 결과도 얻지 못했다.

　미스터리 소설을 주제로 한 리옹의 축제에서 올리브의 프랑스 출판 담당자는 그녀를 인터뷰 진행자가 있는 미디어실로 데려갔다. 인터뷰 진행자는 잡지사 소속이었고 홀로그램 카메라를 여러 대 맞춰 놓고 있었다. 「올리브 작가님,」 인터뷰 진행자가 말했다. 「작가님 작품을 정말로 좋아해요.」

「감사합니다. 그 얘기는 정말 듣기 좋아요.」

「저 의자에 앉으시겠어요?」

올리브는 자리에 앉았다. 스태프가 그녀의 셔츠에 마이크를 달았다.

「이건 제가 축제에 참석한 모든 작가님을 대상으로 하는 특집 인터뷰예요.」 인터뷰 진행자가 말했다. 「그냥 짧은 인터뷰 기사죠. 관객들의 오락거리요.」

「오락거리요?」 올리브는 혼란스러웠다. 프랑스 출판 담당자가 경고하듯 인터뷰 진행자를 쏘아봤다.

「시작할까요?」

「그러죠.」 홀로그램 카메라 열 대가 허공을 가르며 둥실둥실 떠오르더니 별로 이루어진 고리처럼 올리브를 둘러싸며 합성 이미지를 만들었다.

「그러니까, 이 질문들은,」 인터뷰 진행자가 말했다. 「미스터리에 초점을 두고 있어요!」

「그야 이건 미스터리 축제니까요.」 올리브가 말했다.

「바로 그거죠. 자, 첫 번째 질문이에요. 작가님이 제

일 좋아하시는 알리바이는?」

「제가 가장 좋아하는…… 알리바이요?」

「네.」

「사실 딱히……. 전 그냥 다른 계획이 있다고 말해요. 뭔가를 하기 싫으면요.」

「결혼하셨다고 알고 있는데요.」 인터뷰 진행자가 말했다. 「남편분을 만나고서 그분을 사랑한다고 느끼시게 된 첫 단서는 뭐였나요?」

「음,」 올리브가 대답했다. 「말이 될지 모르겠지만 그냥 알아봤다는 느낌이었던 거 같아요. 처음 남편을 만났을 때가 기억나요. 전 남편을 보고 그가 제 인생에서 중요한 존재가 되리라는 걸 알았어요. 그런데 이런 게 단서일까요?」

「작가님이 생각하시는 완벽한 살인은?」

「사람이 고드름에 찔리는 얘기를 읽었던 게 기억나네요.」 올리브가 말했다. 「뭐랄까, 완벽한 거 같아요. 살인 도구가 녹아 버리는 범죄라니. 그런데 제 작품과 관련된 질문도 있는지 여쭤봐도 될까요?」

「딱 하나만 더 할게요. 자, 마지막 질문입니다. 수갑을 차고 하는 섹스, 안 차고 하는 섹스?」

올리브는 일어서며 셔츠의 마이크를 떼어 냈다. 그녀는 마이크를 의자에 조심스럽게 올려놓았다. 「노 코멘트입니다.」 그녀는 그렇게 말하고 인터뷰 진행자가 눈에 맺힌 눈물을 보기 전에 방을 나섰다.

상하이에서 올리브는 자신과 책에 관해 말하며 총 세 시간을 보냈다. 그 말은 딸이 사는 세상이 망하는 모습을 상상하지 않으려 애쓰면서 세상의 종말에 관해 이야기했다는 뜻이다. 그런 다음 호텔로 돌아갔다. 복도에서 그녀는 똑바로 걷기가 어려운 상태라는 것을 알아챘다. 술은 전혀 마시지 않았지만 때로 취기와 피로는 똑같이 느껴진다. 올리브는 비틀비틀 복도를 따라 걸어간 다음 휘청거리며 방으로 들어갔다. 문을 닫고 조명 스위치 위 차가운 벽에 이마를 댄 채 문 바로 안쪽에 오래 서 있었다. 잠시 후 그녀는 **너무 지나쳐, 너무 지나쳐, 너무 지나쳐**라고 말하는 자기 목소리를 들었다.

「올리브,」 어느 정도 시간이 흐르자 호텔 방의 AI 시스템이 조용히 말했다. 「도움이 필요한가요?」 올리브가 대답하지 않자 AI는 관화와 광둥어로 같은 질문을 되풀이했다.

「올리브, 아무 상관도 없는 얘기지만, 저는 당신 에이전트의 베이비시터였어요.」다음 날 싱가포르의 사인회에서 한 여자가 말했다.

「독자들이 『매리언배드』에서 어떤 메시지를 얻길 바라시나요?」다른 인터뷰 진행자가 물었다.

올리브와 인터뷰 진행자는 함께 도쿄의 무대에 서 있었다. 인터뷰 진행자는 홀로그램이었다. 구체적으로 언급하지 않은 개인적 이유로 나이로비를 떠날 수 없었기 때문이다. 올리브는 그 개인적 이유가 질병이라고 생각했다. 인터뷰 진행자의 영상은 계속 버벅거렸지만 소리는 끊기지 않고 전달됐다. 그 말은 영상이 버벅거리는 것이 연결 상태가 나빠서가 아니라, 인터뷰 진행자가 계속 자신의 콘솔에 달린 〈기침〉 버튼을 누르기 때문이라는 뜻이었다.

「전 그냥 재미있는 책을 쓰려고 노력했어요.」올리브가 말했다.「메시지는 없습니다.」

「정말인가요?」인터뷰 진행자가 물었다.

「헌책에도 사인해 주시나요?」사인회에서 한 여자가

물었다.

「그럼요, 당연하죠.」

「그리고,」 그 사람이 물었다. 「이게 당신 손 글씨인가요?」

올리브가 아닌 누군가가 이미 그 사람의 『매리언배드』에 뭔가를 적어 놓았다. 〈해럴드, 어젯밤은 좋았어. 쪽쪽쪽쪽, 올리브 루엘린.〉

올리브는 그 메시지를 빤히 바라보며 아주 조금 현기증을 느꼈다. 「아뇨.」 올리브가 말했다. 「누가 쓴 건지 모르겠네요.」

(올리브는 이후 며칠 동안 그림자 올리브가 일종의 평행 투어를 떠나 여기저기 돌아다니면서 올리브의 책에 특징 없는 메시지를 적어 넣는다는 생각에 정신이 팔리곤 했다.)

케이프타운에서 올리브는 1년 반 동안 남편과 함께 여행 중인 한 작가를 만났다. 그 작가는 『매리언배드』보다 몇 배는 더 팔린 책의 북 투어를 하는 중이었다.

「얼마나 오래 여행해야 결국 집에 갈 수밖에 없게 되

는지 알아보려는 중이에요.」 그 작가가 말했다. 그의 이름은 이브라힘을 줄인 이비였고, 남편의 이름은 잭이었다. 세 사람은 어느 저녁에 호텔의 루프톱 테라스에 함께 앉아 있었는데, 그곳은 문학제에 참가한 작가들로 가득했다.

「집에 가기를 피하시는 건가요?」 올리브가 물었다. 「아니면 그냥 여행하는 게 좋으신 거예요?」

「둘 다요.」 잭이 말했다. 「전 돌아다니는 게 좋아요.」

「우리 아파트가 그저 그렇기도 하고요.」 이비가 말했다. 「그 아파트를 어떻게 할지 아직 정하지 못했어요. 이사할까? 다시 꾸밀까? 둘 다 가능하죠.」

위쪽에는 거대한 화분에 나무가 열몇 그루 심겨 있었다. 나뭇가지에서 작은 전구들이 반짝였다. 어딘가에서 음악이, 현악 사중주가 들려왔다. 올리브는 투어용 드레스로 지정한 화려한 옷을 입은 채였다. 발목까지 내려오는 은색 옷이었다. **정말 멋진 순간 중 하나야.** 올리브는 그렇게 생각하면서 나중에 써먹을 수 있도록 그 순간을 머릿속에 조심스레 저장해 뒀다. 산들바람이 재스민 향을 실어 왔다.

「**내가** 오늘 좋은 소식을 들었어.」 잭이 말했다.

「말해 봐.」이비가 말했다. 「난 온종일 도서 축제라는 터널에 들어가 있었던 셈이야. 예상치 못한 뉴스 정전 사태를 겪은 거지.」

「첫 번째 〈먼 식민지〉에서 막 공사가 시작됐어.」잭이 말했다.

올리브가 미소 지었다. 거의 말할 뻔했다. 하지만 그녀는 잠시 입을 다물었다. 〈먼 식민지〉 계획은 올리브의 조부모가 어렸던 시절에 시작됐다. 올리브는 지금의 순간을 언제까지나 기억하리라고 생각했다. 그 파티를, 무척 마음에 들지만 영영 다시 만나지 못할지도 모를 그 사람들을. 그녀는 착공 소식을 들었을 때 어디에 있었는지 실비에게 말해 줄 수 있을 터였다. 언제 마지막으로 진정한 경외감을 느꼈더라? 꽤 오래전이었다. 올리브의 마음에 행복이 흘러넘쳤다. 그녀가 잔을 들었다.

「알파 켄타우리를 위하여.」그녀가 말했다.

부에노스아이레스에서, 올리브는 그녀에게 문신을 보여 주고 싶어 하는 어느 여자를 만났다. 「이상한 짓이 아니었으면 좋겠네요.」그 여자는 그렇게 말하더니 소매를 말아 올려 아름답고 흰 글씨체로 왼쪽 어깨에 새겨

진 책 속 구절을 보여 줬다. **우리는 그렇게 될 줄 알고 있었다.**

올리브는 목에 숨이 탁 걸렸다. 그것은『매리언배드』에 나오는 구절일 뿐 아니라『매리언배드』에 나오는 문신이기도 했다. 소설 후반부에서, 올리브가 만든 등장인물인 개스퍼리자크가 왼팔에 그 구절을 새겼다. 허구의 문신이 나오는 책을 썼더니 그 문신이 이 세상에서 실현됐다. 그 일을 겪고 나자 거의 모든 일이 가능해 보였다. 올리브는 전에도 그런 문신을 다섯 개쯤 봤으나 그렇다고 상황이 덜 특별해지지는 않았다. 허구가 이 세상에 피를 흘려 넣고 누군가의 살갗에 흔적을 남긴 모습을 보는 일이.

「믿을 수가 없네요.」올리브가 조용히 말했다. 「현실에서 그 문신을 보다니 믿을 수가 없어요.」

「작가님 책에 나오는 구절 중에 제가 가장 좋아하는 거예요.」여자가 말했다. 「너무 많은 일이 정말 이 말대로잖아요?」

하지만 돌이켜 보면 모든 일이 명백하지 않은가? 올리브는 초원에 깔린 푸르른 황혼 속에서 저고도 비행선

을 타고 다코타 공화국을 향해 미끄러지듯 나아갔다. 창
밖을 보며 풍경에서 위안을 찾으려 했다. 타이탄에서 열
리는 축제의 초대장을 받았다. 타이탄에는 어렸을 때 이
후로 한 번도 가본 적이 없었다. 돌고래 수족관의 군중
과 묘하게 아무 맛도 나지 않던 팝콘, 낮의 하늘에 끼어
있던 따뜻하고 누런 아지랑이와 ── 그녀는 소위 〈현실
주의자 식민지〉라 불리는 도시에 가봤다. 그곳은 타이탄
의 대기가 띤 진정한 색깔을 경험하겠다며 투명 돔을 설
치하기로 한 정주민들의 전초 기지 중 하나였다 ── 사람
들의 이상한 패션을 어렴풋이 기억하고 있었다. 그 패션
이란 모든 청소년이 얼굴을 픽셀처럼 칠하는 것이었다.
그 커다란 색색의 사각형들은 안면 인식 소프트웨어를
무력화한다고 알려져 있었으나 그들을 정신 나간 광대
처럼 보이게 하는 부작용도 있었다. 타이탄에 가야 할
까? **집에 가고 싶어.** 지금 실비는 어디에 있을까? **그래도
이게 매일 출근하는 생활보다는 낫지. 그것만 명심해.**

「어딘가에서 읽은 기억이 나는데,」 인터뷰 진행자가
물었다. 「작가님의 첫 책 제목이 사실 작가님의 마지막
직장에서 유래했다면서요?」

「네.」 올리브가 대답했다. 「어느 날 직장에서 그 제목을 우연히 떠올렸어요.」

「작가님의 첫 소설이라면 물론 『황금 너울과 함께 춤추는 별들』인데요. 그 책의 제목에 관해 말씀해 주시겠어요?」

「네, 그럼요. 저는 AI 트레이닝 분야에서 일했어요. 그러니까, 아시겠지만 번역기가 내놓은 이상한 결과물을 교정하는 일이었죠. 갑갑하고 작은 사무실에 앉아 시급을 받으면서 일하던 게 기억나는데…….」

「제2식민지였나요?」

「네, 제2식민지요. 제 일은 사무실에 종일 앉아 운 나쁘게 나온 문장들을 교정하는 거였어요. 그런데 제가 차갑게 멈추게 된 문장이 하나 있었죠. 어색하고 오류가 있을지는 몰라도 무척 마음에 들었거든요.」 올리브는 그 이야기를 너무 많이 했기에 연극 대사를 읊는 듯 느껴졌다. 「짧은 시가 적힌 촛대에 꽂혀 있는 봉헌용 초들을 묘사한 문장이었어요. 그 문장이 어째서인지 〈운문을 위한 일곱 가지 모티프〉로 번역됐는데, 그중 한 초에 관한 묘사가 〈황금 너울과 함께 춤추는 별들〉이었어요. 그 구절의 아름다움에, 글쎄요, 차갑게 멈추게 되더라고요.」

차갑게 멈추다. 이틀 뒤 그녀는 도시 국가 로스앤젤레스의 축제에서 다른 작가 한 명과 함께 패널 토론에 참여했다. 그 구절의 함의가 방금 떠올랐다. 사람을 갑자기 멈춰 세운 뒤 차갑게 만드는 것이 뭘까? 당연히 죽음이었다. 그 생각을 한 번도 해보지 않았다는 사실을 믿을 수 없었다. 로스앤젤레스에는 돔이 씌워져 있었다. 그런데도 창문으로 들어오는 빛에 눈이 멀 것 같았다. 그 말은 올리브가 청중을 볼 수 없다는 뜻이었다. 솔직히 이상적인 상황이었다. 올리브를 쳐다보는 그 모든 얼굴이라니. 아니, 올리브만 쳐다보지는 않았다. 상대 작가의 이름은 제시카 말리였고 올리브는 제시카가 함께 있어 기뻤다. 사실 제시카가 별로 마음에 들지는 않았지만 말이다. 제시카는 모든 것에 불쾌감을 느꼈다. 불쾌해할 만한 일을 찾으며 세상을 돌아다니다 보면 어쩔 수 없이 그렇게 되겠지.

「글쎄요, 세상에는 문학 박사가 아닌 사람도 있으니까요, 짐.」 제시카는 올리브가 감지할 수조차 없었던 어떤 시비에 반응해 인터뷰 진행자에게 말했다. 그의 표정이 그 순간 올리브의 생각을 그대로 비췄다. **음, 급발진하시네요.** 그때 청중 가운데 한 남자가 『매리언배드』에 관해 질문하겠다고 일어섰다. 거의 모든 질문이 『매리언배드』에 관한 것이었는데, 그 자리에는 제시카도 있었으므로 어색한 일이었다. 제시카는 다가올 달 식민지 시대를 다룬 책을 썼다. 올리브는 『달/뜨다』를 읽지 않은 척했다. 그 책이 너무 싫었으니까. 올리브는 실제 식민지에서 살아 봤다. 그곳은 제시카의 책이 암시하는 시적인 모습과는 전혀 달랐다. 달 식민지에서 보낸 어린 시절은 괜찮았다. 끔찍하지도 음울하지도 않았다. 거리 양옆에 나무가 쭉 늘어선 쾌적한 동네의 작은 집, 괜찮긴 하지만 그리 특별하지 않은 공립 학교, 신중하게 조정된 돔 조명을 받고 예정된 비를 맞으며 영상 15도~22도가 유지되는 기후에서 사는 것. 올리브는 **지구를 그리워하며** 어린 시절을 보내지도 않았고, 미안하지만 인생을 **지속적인 부재**로 경험하지도 않았다.

「저는 올리브 작가님께 『매리언배드』에 나오는 예언자의 죽음에 관해 여쭙고 싶었습니다.」 청중 가운데 한 남자가 말했다. 제시카가 한숨을 쉬며 의자에 살짝 늘어졌다. 「훨씬 더 거창한 순간일 수도 있었는데, 작가님은 그 사건을 클라이맥스보다는 비교적 작은 일로 만들기로 하셨더군요.」

「그런가요? 전 클라이맥스라고 생각했는데요.」올리브가 최대한 부드럽게 말했다.

남자는 그녀를 놀리듯 미소 지었다. 「하지만 정말로 작은 사건, 거의 무의미한 사건으로 만드는 편을 선택하셨던걸요. 영화적이고 정말로 거창한 순간일 수 있었는데 말이죠. 왜 그러셨나요?」

제시카가 허리를 세우고 앉았다. 전투의 가능성에 흥분한 것이다.

「글쎄요.」올리브가 말했다. 「거창한 순간을 이루는 요소에 관해서는 사람마다 다르게 생각하는 거 같네요.」

「말 돌리기의 달인이시군요.」제시카는 올리브를 보지 않으면서 툴툴댔다. 「일종의 말 돌리기 닌자 같아요.」

「감사합니다.」올리브는 그 말이 칭찬이 아니라는 사실을 알았지만 그렇게 말했다.

「다음 질문으로 넘어가겠습니다.」인터뷰 진행자가 말했다.

「제가 계속해서 생각하는 구절이 뭔지 아세요?」코펜하겐의 축제에서 또 다른 패널 토론에 함께 참여한 시인이 물었다. 「〈닭들이 홰에 앉으려 집에 돌아온다〉예요.

절대 착한 닭들이 아니었거든요. 〈당신이 착하게 굴었으
니 당신의 닭들이 홰에 앉으려 집에 돌아온다〉라는 게
아니었어요. 절대 착한 닭들이 아니었죠. 언제나 나쁜
닭들이었어요.」

산발적인 웃음과 갈채. 청중 가운데 한 남자가 기침
발작을 일으켰다. 그는 미안하다는 듯 허리를 숙이고 재
빨리 떠났다. 올리브는 축제 소책자 귀퉁이에 **착한 닭은
없다**라고 적었다.

『매리언배드』에서 예언자의 죽음이 지나치게 용두사
미였던 것일까? 그럴 수도 있을 것 같았다. 올리브는 코
펜하겐 축제 현장 근처 호텔 바에 혼자 앉아 차를 마시
며 치즈를 너무 많이 뿌린 시든 샐러드를 먹고 있었다.
한편으로, 예언자의 죽음은 **실제로** 극적이었다. 어쨌든
머리에 총을 맞았으니까. 하지만 일종의 전투 장면이 필
요했는지도 몰랐다. 어쩌면 그의 죽음이 정말로 너무 일
상적이었을 수도 있다. 예언자는 한 문단 만에 완벽히
건강한 상태에서 죽은 상태로 바뀌었고, 이야기는 예언
자 없이도 진행되었으니……

「더 필요하신 게 있으신가요?」 바텐더가 물었다.

「그냥 계산서 주세요.」 올리브가 말했다.

……다른 한편으로는, 그것이 현실 아닐까? 우리 대부분은 상당히 비(非)클라이맥스적인 방식으로 죽지 않을까? 우리가 떠났다는 사실이 대부분의 사람에게는 눈에 띄지 않고, 우리의 죽음은 주변 사람들의 서사에서 하나의 플롯 포인트가 될 뿐인 것 아닐까? 하지만『매리언배드』는 분명 허구의 창작물이었다. 그러니까 현실은 당면한 문제와 아무 상관이 없었다. 어쩌면 정말 예언자의 죽음이 잘못된 것이었는지도 몰랐다. 이제 올리브는 계산서 위로 펜을 들고 있었는데, 문제가 하나 있었다. 방 번호를 잊은 것이다. 그녀는 프런트로 가서 방 번호를 알아 와야 했다.

「고객님 생각보다 자주 일어나는 일이랍니다.」 프런트 직원이 말했다.

다음 날 아침 비행선 터미널에서 올리브는 자기 직업에 관해 들려주고 싶어 하는 출장 여행자 옆에 앉았다. 그 직업이란 가짜 강철을 알아내는 일과 관계된 무언가였다. 올리브는 오랫동안 귀 기울였다. 그 독백 덕분에 실비를 향한 크나큰 그리움으로부터 생각을 돌릴 수 있었다. 「그쪽은 어떤 일을 하세요?」 여행자가 마침내 물었다.

「책을 써요.」 올리브가 말했다.

「어린이책이요?」 그가 물었다.

애틀랜타 공화국으로 돌아가 그곳 출판 담당자를 다시 만나자 올리브는 오랜 친구라도 본 기분이었다. 아레타와 올리브는 저지시티에서 열린 서점 만찬회 때 함께 앉았다.

「지난번에 본 이후로 어떻게 지내셨어요?」 아레타가 물었다.

「괜찮았어요.」 올리브가 말했다. 「다 잘돼 가요. 불만은 없네요.」 그러고서, 올리브는 피곤하기도 하고 그때쯤에는 아레타를 조금은 안다고 생각했기 때문에, 개인적인 일은 전혀 드러내지 않는다는 자기만의 규칙을 깨고 덧붙였다. 「그냥, 사람이 너무 많아서요.」

아레타가 미소 지었다. 「출판 담당자들은 딱히 수줍음이 많은 편이 아니죠.」 그녀가 말했다. 「하지만 이런 만찬회 자리에서는 가끔 좀 위압감을 느껴요.」

「저도 그래요.」 올리브가 말했다. 「얼굴이 지치네요.」

그날 밤의 호텔 방은 흰색과 파란색이었다. 남편과 딸에게서 멀리 떨어져 지낼 때의 문제는 모든 호텔 방이 직전에 묵은 방보다 더 비어 보인다는 점이었다.

투어의 마지막 인터뷰는 다음 날 오후 필라델피아에서 진행됐다. 올리브는 호텔의 아름다운 회의실에서 동년배거나 약간 어린, 짙은 색 정장을 입은 남자를 만났다. 회의실은 벽이 유리로 된 높은 층에 있었다. 발밑으로 도시가 펼쳐졌다.

「다 왔네요.」 아레타가 밝게 말했다. 「올리브, 이쪽은 『우발 사건 매거진』의 기자 개스퍼리 로버츠예요. 제가 급히 전화를 걸어야 할 데가 좀 있어서, 두 분 말씀 나누세요.」 그녀는 물러났다. 올리브와 인터뷰 진행자는 각각 똑같이 생긴 초록색 벨벳 의자에 앉았다.

「만나 주셔서 감사합니다.」 남자가 말했다.

「저야말로요. 성함에 관해 여쭤봐도 될까요? 지금까지 개스퍼리라는 사람을 만나 본 적이 있는지 잘 모르겠네요.」

「더 이상한 걸 말씀드릴게요.」 그가 말했다. 「사실 제 이름은 개스퍼리자크예요.」

「정말요? 전 제가 『매리언배드』에서 그 등장인물의 이름을 지어낸 줄 알았어요.」

그가 미소 지었다. 「저희 어머니는 작가님 책에서 그 이름을 우연히 발견하고 깜짝 놀라셨죠. 어머니도 본인이 그 이름을 지어낸 줄 아셨거든요.」

「제가 어디선가 당신 이름을 우연히 보고 의식적으로는 기억하지 못했나 보네요.」

「뭐든 가능하긴 하죠. 우리가 뭘 알고 모르는지 가리기가 가끔은 어렵잖아요?」 올리브는 그의 부드러운 말씨가 마음에 들었다. 그에게는 정확히 어느 지역의 것인지 알 수 없는 희미한 억양이 있었다. 「종일 인터뷰하신 거예요?」

「반나절은요. 당신이 다섯 번째예요.」

「이런. 그럼 짧게 할게요. 괜찮다면 『매리언배드』의 특정 장면에 관해 여쭙고 싶은데요.」

「네, 얼마든지요.」

「우주 항구 장면입니다.」 그가 말했다. 「등장인물 윌리스가 바이올린 소리를 듣고…… 옮겨지는 장면이요.」

「이상한 문단이죠.」 올리브가 말했다. 「그 장면에 관한 질문을 아주 많이 받아요.」

「뭔가를 여쭤보고 싶었는데요.」 개스퍼리가 머뭇거렸다. 「이게 약간…… . 캐물으려는 건 아니고요. 어떤 요소가 있는데…… . 혹시 개인적 경험에서 영감을 얻어 그 부분을 쓰신 건지 궁금했어요.」

「전 자전적 소설에는 한 번도 관심을 둔 적이 없어요.」 올리브가 말했다. 하지만 이제 그녀는 개스퍼리와 눈을 마주치기가 힘들었다. 올리브는 늘 꽉 잡은 자기 손을 내려다보면 왠지 마음이 진정된다고 느꼈는데, 손 때문인지 아니면 셔츠나 셔츠에 달린 나무랄 데 없이 흰 소맷부리 때문인지는 알 수 없었다. 옷은 갑옷이다.

「저기,」 개스퍼리가 말했다. 「작가님을 불편하거나 곤란하게 하려는 건 아닙니다. 하지만 작가님이 혹시 오클라호마시티 비행선 터미널에서 이상한 경험을 하셨는지 궁금해요.」

조용한 가운데 올리브는 건물에서 나는 조용한 윙윙 소리를 들을 수 있었다. 환기구와 배관 시설에서 나는 소리였다. 개스퍼리에게 투어가 끝날 때쯤 잡힌 것이 아니었다면, 그렇게까지 지쳐 있지 않았다면 아마 올리브는 인정하지 않았을 것이다.

「이 얘기를 하기 싫은 건 아닌데,」 올리브가 말했다.

「인터뷰 최종고에 이 내용이 들어가면 제가 너무 괴짜처럼 보일까 봐 걱정돼요. 잠깐 오프 더 레코드로 진행해도 될까요?」

　「네.」 그가 대답했다.

4장
나쁜 닭들 / 2401

1

어떤 항성도 영원히 타오르지는 않는다. 〈그것이 세상의 종말이다〉라고 진심으로 말할 수도 있겠지만, 그런 식으로 부주의하게 언어를 사용했을 때 놓치게 되는 것은 세상이 결국은 문자 그대로 끝나고 말리라는 사실이다. 그것이 무엇이든 간에 〈문명〉이 아니라 실제 행성이 사라진다.

비교적 작은 다른 종말이 절멸이 아니라는 뜻은 아니다. 나는 시간 연구소에서 훈련받기 1년 전에 친구 이프럼의 집에서 열린 디너파티에 갔다. 이프럼은 지구에서 막 휴가를 마치고 돌아온 참이었고 당시 네 살이던 딸 메이잉과 함께 묘지에서 산책한 이야기를 들려줬다. 이프럼은 수목 관리사였다. 그는 오래된 묘지를 찾아가 나무 구경하기를 좋아했다. 그날 둘은 다른 네 살짜리 여자아이의 무덤을 발견했다고 한다. 그 무덤을 보자 이프럼은 그냥 떠나고 싶어졌다. 그는 묘지에 익숙했고 일부러 묘지를 찾아갔다. 묘지가 우울하기보다는 그냥 평화롭게 느껴진다고 늘 말해 왔다. 그러다 그 하나의 무덤 때문에 괴로워진 것이다. 이프럼은 그 무덤을 보고 견딜 수 없이 슬퍼졌다. 게다가 그날은 지구 최악의 여름날이기도 했다. 불가능할 만큼 습도가 높았다. 이프럼은 공기를 충분히 들이마실 수 없을 것만 같은 느낌이 들었다. 매미들의 지루한 노래에서 압박감이 느껴졌다. 땀이 등줄기를 타고 흘렀다. 이프럼은 딸에게 이제 갈 시간이라고 했지만 딸은 묘비 옆에 잠시 머물렀다.

「이 애의 부모님이 이 애를 사랑했다면,」 메이잉이 말했다. 「세상이 끝난 것처럼 느껴졌겠다.」

너무도 으스스할 정도로 날카로운 의견이었기에 이프럼은 가만히 서서 딸을 빤히 바라보며 자기도 모르게 **넌 어디서 온 거야?**라고 생각했다고 한다. 그들은 어렵사리 묘지에서 빠져나와 — 이프럼은 〈메이잉이 빌어먹을 꽃과 솔방울을 하나하나 다 살펴봐야 했거든〉이라고 했다 — 다시는 그곳에 돌아가지 않았다.

그런 세상이 우리의 일상적인 삶에서 종말을 맞은 세

상이다. 멈춰 세워진 아이들, 모든 것을 절멸해 버리는 상실. 하지만 지구가 종말을 맞을 때는 실제로, 문자 그대로 절멸이 이루어질 것이다. 그러므로 식민지를 세운다. 달에 세워진 최초의 식민지는 하나의 원형으로서, 다른 태양계에 주둔지를 세울 앞으로의 수백 년을 대비한 예행연습차 만들어졌다. 「결국은 주둔지를 세워야 할 테니 말입니다.」 중국 주석은 첫 번째 식민지 건설이 선포된 기자 회견에서 말했다. 「결국 우린 원하든 원하지 않든 주둔지를 세워야 할 겁니다. 인류의 역사와 성취 전체가 수백만 년 뒤에 찾아올 초신성에 빨려 들어가기를 바라는 게 아니라면 말입니다.」

나는 누나 조이의 연구실에서, 실제 종말이 일어나고 3백 년이 흐른 뒤에 그 기자 회견 영상을 봤다. 강단에 선 주석과 그녀 주변에 도열한 관료들, 무대 아래 모여든 기자들. 그중 한 명이 손을 들었다. 「초신성으로 인한 종말은 확실한 겁니까?」

「당연히 아니죠.」 주석이 말했다. 「뭐든 될 수 있습니다. 떠돌이 행성이든 소행성 폭풍이든 뭐든이요. 요점은 우리가 하나의 항성 주위를 공전하고 있으며 모든 항성은 결국 죽는다는 겁니다.」

「하지만 항성이 죽는다면,」 내가 조이에게 말했다. 「지구의 위성도 같이 죽는 게 당연하잖아.」

「당연하지.」 조이가 말했다. 「하지만 우린 그냥 원형이야, 개스퍼리. 어떤 개념의 증명일 뿐이라고. 〈먼 식민지〉들에 사람이 정주하기 시작한 게 180년 전이야.」

2

첫 번째 달 식민지는 오래전 어느 세기에 아폴로 11호
의 우주 비행사들이 착륙했던 지점 근처, 고요의 바다[11]
에 있는 조용한 평지에 세워졌다. 그들이 꽂은 깃발이
여전히 그곳에, 저 멀리에 있다. 바람 한 점 없는 표면의
약하디약한 작은 조각상이 되어.

식민지로의 이민에는 상당한 관심이 몰렸다. 그즈음
지구는 너무 붐볐고 너무 많은 지역이 홍수나 더위로 살
수 없게 변해 버렸다. 식민지 설계자들은 대규모 주거
단지가 들어설 수 있도록 공간을 마련했고 전부 빠르게
매진됐다. 제1식민지의 공간이 소진되자 개발업자들은
두 번째 식민지를 세워 달라는 로비를 펼쳐 성공을 거뒀
다. 하지만 제2식민지는 지나치게 서둘러 지어졌고, 한

11 달 표면의 북쪽에 있는 평탄한 저지대를 일컫는 말.

세기 만에 메인 돔의 조명 시스템이 망가졌다. 조명 시스템은 지구에서 본 하늘의 외양을 흉내 내도록 만들어져 있었는데 — 고개를 들었을 때 허공이 아니라 파란색이 보인다는 것은 좋은 일이다 — 그 시스템이 망가지자 더는 가짜 대기도, 구름처럼 보이기 위해 움직이던 픽셀도, 신중하게 조율해 사전에 프로그래밍한 일출과 일몰도, 파란색도 존재하지 않게 되었다. 그렇다고 빛이 없어졌다는 말은 아니다. 다만 빛은 극히 지구답지 않게 변했다. 밝은 날이면 식민지 주민들은 고개를 들어 우주를 바라봤다. 절대적 어둠과 밝은 빛의 병치에 어떤 이들은 현기증을 느꼈다. 그 현기증이 신체적 현상인지 심리적 현상인지에 관해서는 논란이 있었지만 말이다. 더 심각한 문제는 돔 조명이 망가지면서 스물네 시간으로 이루어진 하루라는 환상이 사라졌다는 것이었다. 이제 태양은 빠르게 떠올라 2주에 걸쳐 하늘을 가로질렀고 곧장 2주간 밤이 이어졌다.

수리 비용은 엄두도 내지 못할 만큼 비쌌다. 어느 정도 적응이 이루어졌지만 — 사람들은 해가 뜬 밤에도 잘 수 있도록 침실 창문에 덧문을 달았고, 거리 조명은 햇빛 없는 낮에 맞춰 기능이 향상됐다 — 부동산 가격이 떨어졌고 여유가 있는 사람은 대부분 제1식민지나 근래 완성된 제3식민지로 이사했다. 〈제2식민지〉는 일상어에서 서서히 사라졌다. 다들 그곳을 〈밤의 도시〉라고 불렀다. 그곳에서는 하늘이 언제나 검었다.

나는 밤의 도시에서 자랐다. 학교로 걸어가는 길가에는 2백 년 전, 인간이 달에 최초로 정착한 때로부터 그리 멀지 않은 시기에 살았던 작가 올리브 루엘린의 어린 시절 집이 있었다. 올리브의 집은 양옆에 나무가 늘어선 거리의 작은 주택으로, 나는 그곳이 한때는 예쁘장했다는 점을 알 수 있었다. 하지만 올리브 루엘린이 어린 시절을 보낸 이후로 동네는 내리막길을 걸었다. 지금 그 집은 폐허가 되었다. 창문이 절반은 막히고 사방에 그라피티가 그려졌다. 하지만 현관 옆의 명판만은 남았다. 나는 그 집에 아무 관심도 없었는데, 어느 날 어머니가 루엘린의 가장 유명한 책인 『매리언배드』 속 등장인물의 이름을 따서 내 이름을 지었다고 말해 줬다. 나는 그 책을 읽지 않았지만 — 책을 좋아하지 않았다 — 누나 조이는 읽었고 책에 나오는 개스퍼리자크가 나와는 전혀 다르다고 알려 줬다.

나는 그 말이 무슨 뜻인지 묻지 않기로 했다. 조이가

책을 읽었을 때 나는 열한 살이었다. 그러니까 조이는 열세 살이나 열네 살이었을 것이다. 그때쯤 조이는 이미 시도하는 모든 일에서 출중해질 것이 분명한, 진지하고 몰입력 강한 사람이었다. 반면 열한 살 무렵에 나는 내가 원하는 인간 유형으로 자라나지 못하리라는 의구심을 처음 품게 되었다. 만일 조이가 내게 다른 개스퍼리자크는, 예를 들어 놀랄 만큼 잘생기고 대체로 인상적이며 학업에 극히 집중하면서 사소한 절도 따위 절대 저지르지 않는 인물이라고 말한다면 끔찍할 터였다. 어쨌든 나는 비밀리에 일종의 존경심을 품고 올리브 루엘린의 어린 시절 집을 바라보기 시작했다. 그 집과 연결된 기분이 들었다.

그 집에는 한 가족이 살고 있었다. 남자아이 하나, 여자아이 하나, 그들의 부모. 그들은 창백하고 불쌍해 보이는 사람들로, 못된 짓을 꾸민다는 인상을 주는 기이한 재능이 있었다. 가족 전체가 전성기를 지났다는 분위기를 풍겼다. 가족의 성은 앤더슨이었다. 부모는 현관에서 아주 오랜 시간을 보내며 조용히 말다툼하거나 우주를 응시했다. 남자아이는 시무룩했고 학교에서 쌈박질을 하고 다녔다. 내 또래인 여자아이는 앞뜰에서 홀로그램을 가지고 놀기를 좋아했다. 그것은 구식 거울형 홀로그램이었고 때로 그 애와 춤췄다. 사실 내가 보기에 앤더슨가의 여자아이가 집과 조금이라도 가까운 곳에서 미소 지은 순간은, 그 애가 빙빙 돌고 펄쩍 뛰자 홀로그램 분신도 빙빙 돌고 펄쩍 뛰었던 때가 유일했다.

열두 살 때 나는 앤더슨가의 여자아이와 같은 반이 되었고 그 애 이름이 탤리아라는 사실을 알게 되었다. 탤리아 앤더슨은 누구였나? 그 애는 그림 그리기를 좋아했다. 운동장에서 뒤로 공중제비를 넘었다. 그 애는 집보다 학교에서 훨씬 행복해 보였다.

「나 너 알아.」 어느 날 갑자기 그 애가 불쑥 말했다. 함께 급식실에 줄을 서 있을 때였다. 「항상 우리 집 옆으로 걸어가잖아.」

「가는 길이라서.」 내가 말했다.

「어디로 가는 길이라는 거야?」

「뭐, 어디로 가든 그쪽이야. 난 막다른 길 끝에 있는 집에 살거든.」

「알아.」 탤리아가 말했다.

「내가 어디 사는지 어떻게 알아?」

「나도 너희 집 옆으로 걸어가거든.」 탤리아가 말했다.

「난 외곽 순환 도로에 가려고 너희 옆집 잔디밭을 가로질러.」

　우리 집 잔디밭 끝에는 나뭇잎으로 이루어진 장막이 있었다. 그걸 밀고 들어가면 외곽 순환 도로가 나왔다. 밤의 도시 돔 내부를 빙 두르는 도로였다. 그 길을 건너면 깊이가 15미터를 넘지 않는 낯설고 거친 지역이 나왔다. 길과 돔 사이에 좁고 길게 자리한 황야였다. 덤불, 먼지, 길 잃은 식물, 쓰레기. 일종의 잊힌 장소였다. 어머니는 우리가 거기서 노는 것을 좋아하지 않았다. 그래서 조이는 한 번도 감히 외곽 순환 도로를 건너지 않았지만 — 조이는 늘 시키는 대로 했고 그런 모습을 보면 미쳐 버릴 것 같았다 — 나는 살짝 느껴지는 그 거친 느낌이, 잊힌 왕국에 내재한 위험이 좋았다. 그날 방과 후에 나는 몇 주 만에 처음으로 빈 도로를 건넜고, 두 손을 돔에 댄 채 잠시 서서 밖을 내다봤다. 합성 유리가 너무 두꺼워 반대편의 모든 것이 꿈결처럼, 뭔가로 틀어막은 것처럼 멀어 보였다. 여기저기에 생긴 분화구를, 유성을, 잿빛을 봤다. 제1식민지의 불투명한 돔이 가까운 거리에서 빛났다. 나도 모르게, 탤리아 앤더슨은 달 풍경을 내다보며 무슨 생각을 했을지 궁금해졌다.

 텔리아 앤더슨은 그해가 절반쯤 지났을 무렵 우리 반에서 나갔고 동네도 떠나 버렸다. 나는 30대 중반이 되어 우리가 둘 다 제1식민지의 그랜드 루나 호텔에 채용될 때까지 그녀를 다시 보지 못했다.

 나는 어머니가 돌아가시고 한 달쯤 뒤부터 호텔에서 일하기 시작했다. 어머니는 오랫동안, 몇 년이나 아팠고 결국 조이와 나는 병원에서 살다시피 했다. 마지막 주에 우리는 매일 밤낮을 병원에서 지냈다. 어머니가 잠든 채로 중얼거리는 동안 기진맥진한 동지가 되어 보초를 섰다. 죽음은 임박해 있었으며 의사들의 예상보다 훨씬 더 오래 임박한 채로 머물렀다. 어머니는 우리가 아주 어릴 때부터 우체국에서 일했지만 마지막 몇 시간 동안은 자신이 다시 물리학 실험실의 박사 후 과정 연구생이 되었다고 생각했다. 그래서 등식과 시뮬레이션 이론에 관해 혼란스럽게 중얼거렸다.

 「엄마가 무슨 말 하는지 알겠어?」 어느 순간 내가 조이에게 물었다.

 「거의.」 조이가 말했다. 그 시간에 조이는 눈을 감은 채 침대 옆에 앉아 음악이라도 듣듯 어머니의 말을 듣고 있었다.

「나한테 설명해 줄 수 있어?」 유리창에 코를 바싹 들이대고 비밀 클럽 밖에 서 있는 기분이었다.

「시뮬레이션 이론? 그래.」 조이는 눈을 뜨지 않았다. 「지난 몇 년 사이에 홀로그램과 가상 현실이 얼마나 발전했는지 생각해 봐. 지금 우리가 현실에 관한 상당히 설득력 있는 시뮬레이션을 가동할 수 있다면, 1백 년이나 2백 년쯤 지났을 때는 그런 시뮬레이션이 어떤 수준일지 생각해 보라고. 시뮬레이션 이론을 통해 우리는 모든 현실이 시뮬레이션일 가능성을 배제할 수 없다는 점을 알 수 있어.」

나는 이틀 동안 깨어 있었기에 꿈꾸는 듯한 기분이 들었다. 「그래. 하지만 우리가 컴퓨터 안에 살고 있는 거라면, 그건 누구의 컴퓨터일까?」 내가 물었다.

「누가 알겠어? 수백 년 뒤 미래의 인간일까? 외계의 지성일까? 주류 이론은 아니지만 시간 연구소에서는 때때로 나오는 얘기야.」 조이가 눈을 떴다. 「세상에, 이 말은 하지 않은 걸로 하자. 피곤해. 말하면 안 되는 거였는데.」

「뭘 말하지 않은 걸로 하자는 거야?」

「시간 연구소 얘기.」

「알았어.」 내가 말했다. 조이의 눈이 다시 감겼다. 나도 눈을 감았다. 어머니는 중얼거리기를 멈춘 상태였다. 이제는 각 호흡 사이에 너무 긴 시간이 흐르는, 들쭉날쭉한 호흡만이 존재했다.

결국 끝이 찾아왔을 때 조이와 나는 잠들어 있었다. 조이는 이른 아침의 지친 회색빛을 받으며 나를 깨웠다. 우리는 오랫동안 조용히, 경의를 표하며 침대 위 어머니의 고요해진 형상 앞에 함께 앉아 있었다. 우리는 간신히 인사하고 작별의 포옹을 나눈 다음 각자 갈 길을 갔다. 나는 비좁은 내 아파트로 돌아갔다. 오직 고양이와만 대화하는 가운데 며칠이 흘렀다. 장례식과 더 많은 고요함이 이어졌다. 새로운 직장이 필요했고 ─ 직업 없이 상당히 오랜 시간을 보낸 탓에 저금한 돈이 떨어져 갔다 ─ 장례식이 끝난 뒤 한 달이 지났을 무렵, 금발에 왠지 낯익은 인사부 직원의 지하 사무실을 찾아 〈호텔 탐정〉이라고 광고에 적혔으나 정확한 업무 내용은 불명인 자리를 받아들였다.

「완전히 솔직하게 말하자면, 저는 호텔 탐정이 무슨

일을 하는 건지 잘 알지는 못해요.」내가 그녀에게 털어
놓았다.

「그냥 호텔 보안 업무예요.」그녀가 말했다. 나는 그
녀의 이름을 잊었다는 사실을 깨달았다. 내털리던가? 너
태샤?「이 일자리에 그런 이름을 붙이자는 건 내 생각이
아니었어요. 진짜로 탐정이 되는 건 아니에요. 말하자면
그냥 보안 요원이죠.」

「저에 관해 오해하시는 게 아니었으면 좋겠는데요.」
내가 말했다.「전 범죄학 학위를 받기 몇 달 전에 학교를
그만뒀어요.」

「좀 솔직하게 말씀드려도 될까요, 개스퍼리 씨?」그
녀에게는 분명 낯익은 구석이 있었다.

「그러시죠.」

「당신의 업무는 주변에서 벌어지는 일에 관심을 기울
이다가 뭐든 수상한 점이 보이면 경찰을 부르는 게 다
예요.」

「그건 할 수 있죠.」

「확신이 없어 보이는데요.」그녀가 말했다.

「자신감이 없는 건 아니에요. 그러니까, 제가 그 일을
할 수 없을 거라고 생각하지는 않아요. 그냥, 전……. 다

른 누군가가 이 일을 할 수는 없었나요?」

「놀랄 일이죠. 사람 찾기가 어려운 건, 관심을 기울여야 한다는 부분 때문이에요.」 그녀가 말했다. 「일반적으로 말하자면 주의 산만이 문제죠. 첫 면접에서 본 시험 기억나요?」

「그럼요.」

「주의 집중력을 측정하기 위한 시험이었어요. 개스퍼리 씨의 점수가 높았고요. 말해 봐요, 당신 생각도 시험 결과와 같은가요? 주의를 기울일 수 있어요?」

「네.」 나는 그 말을 하며 기뻤다. 자신에 관해 그런 식으로 생각해 본 적은 없었지만, 그 순간 내가 평생 면밀히 주의를 기울여 온 것 같다고 느꼈기 때문이다. 나는 그리 많은 부분에서 성공을 거두지 못했으나 지켜보는 것만은 늘 잘했다. 전처가 다른 사람과 사랑에 빠졌다는 사실도 그렇게, 그냥 주의를 기울여서 알았다. 명백한 단서는 없었다. 그냥 미묘한 변화가⋯⋯. 하지만 인사부 직원이 말을 이었으므로 나는 과거에 빠져들었던 자신을 되감아 올렸다.

「잠깐만요.」 내가 말했다. 「당신을 알아요.」

「이번에 만나기 전부터 말인가요?」

「텔리아.」내가 말했다.

그녀의 얼굴에서 뭔가가 달라졌다. 가면이 벗겨졌다. 다시 입을 열었을 때 그녀의 목소리는 달라져 있었다. 세상이 덜 즐거운 듯했다. 「지금은 내털리아라는 이름을 쓰지만, 맞아.」그녀는 잠시 조용히 나를 바라봤다. 「우리 같은 학교 다녔지?」

「막다른 길 끝.」내가 말했다. 면접을 시작하고 처음으로 그녀가 내게 진짜 미소를 지었다.

「난 외곽 순환 도로에 몇 시간이나 서 있곤 했어.」그녀가 말했다. 「유리 너머를 보면서.」

「그리로 돌아간 적 있어? 밤의 도시로?」

「절대.」그녀가 말했다.

3

밤의 도시로는 절대. 그 문구는 유쾌하게 느껴지는 리듬이 있었으므로 머릿속에 저절로 박혔다. 나는 일을 시작한 첫 주에 그 문구를 자주 떠올렸다. 일이 손쓸 수 없을 만큼 지겨웠기 때문이다. 호텔은 허세 넘치는 복고풍 분위기를 풍겼으므로 나도 그에 맞춰 고풍스럽게 마름질한 정장을 입고 중절모라 불리는 이상한 형태의 모자를 썼다. 복도를 걸어다니고 로비를 지켰다. 지시받은 대로 모두에게, 모든 것에 주의를 기울였다. 나는 예전부터 다른 사람들 구경하기를 즐겼는데 호텔 투숙객들은 알고 보니 놀라울 정도로 따분했다. 그들은 체크인하고 체크아웃했다. 특이한 시간에 로비에 나타나 커피를 달라고 했다. 취해 있거나 취해 있지 않았다. 사업차 오거나 가족과 함께 휴가를 왔다. 그들은 여행으로 지치고 기진맥진해 있었다. 개를 몰래 들여오려 했다. 첫 6개월 동안 경찰을 불러야 했던 경우는 딱 한 번, 웬 여자가 호텔 방에서 비명 지르는 소리를 들었을 때였다. 그때도 내가 직접 경찰에 전화하지는 않았다. 나는 야간 매니저에게 연락했고 그가 경찰을 불렀다. 그 투숙객이 구급차에 실려 가는 순간에 나는 현장에 없었다.

일은 조용했다. 생각이 이리저리 헤맸다. **밤의 도시로는 절대.** 밤의 도시에서 탤리아는 어떤 삶을 살았을까? 훌륭한 삶이 아니었던 것은 분명했다. 어떤 바보라도 그 점은 알 수 있었다. 그곳에는 형편이 비교적 괜찮은 가족들도 있었다. 탤리아네 가족이 올리브 루엘린의 집에서 떠나자 다른 가족이 들어왔지만, 전반적으로 버려진 듯한 인상을 풍겼다는 점 말고는 그들에 관해 기억나는 바가 없었다. 호텔에서는 가끔만 탤리아를 볼 수 있었다. 그녀가 퇴근길에 로비를 지나 귀가할 때였다.

그 시절 나는 제1식민지의 맨 가장자리에 있는, 밋밋하고 작은 아파트들로 이루어진 블록의 밋밋하고 작은 아파트에 살았다. 그 지역은 주변부와 너무 가까워 돔이 아파트 단지의 지붕을 간신히 비껴갈 정도였다. 나는 어두운 밤에 가끔 길을 건너 외곽 순환 도로로 간 다음 합성 유리 너머로 멀리서 반짝이는 제2식민지를 바라보는 것을 즐겼다. 그 시절 내 삶은 내 아파트만큼 밋밋하고 제한적이었다. 나는 어머니 생각을 너무 많이 하지 않으려고 애썼다. 낮에는 내내 잤다. 고양이가 늘 늦은 오후에 나를 깨웠다. 해가 질 즈음에는 저녁이라고 불러도 아침이라고 불러도 말이 되는 식사를 한 다음 제복을 입고 호텔로 가 일곱 시간 동안 사람들을 응시했다.

내가 호텔 일을 6개월쯤 했을 때 누나가 서른일곱 살이 되었다. 조이는 대학에서 연구하는 물리학자였고 전공은 양자 블록체인 기술과 관련된 무언가였다. 조이가 몇 차례 진심으로 공들여 그 분야를 설명해 주려 했지만 나는 절대 이해할 수 없었다. 나는 생일을 축하해 주려고 연락했다가, 저쪽에서 전화를 받기 직전에야 조이가 정교수로 채용됐을 때 축하 연락을 하지 않았었다는 사실을 떠올렸다. 그러니까 한 달쯤 전이던가? 익숙한 죄책감을 느꼈다.

「생일 축하해.」 내가 말했다. 「다른 것도.」

「고마워, 개스퍼리.」 조이는 내 실수를 물고 늘어지는 법이 없었다. 나는 그 점이 왜 그토록 끔찍한 기분으로 이어지는지 완전히는 이해하지 못했다. 사랑하는 사람들이 나라는 존재를 견디려면 그들의 영혼에 어느 정도 자비심이 있어야 한다는 사실을 받아들이는 데는 낮은 수준의 구체적인 고통이 따랐다.

「어때?」

「서른일곱 살 된 거?」 지친 목소리였다.

「아니, 정교수 된 거. 느낌이 달라?」

「안정적인 느낌이야.」 조이가 말했다.

「생일 계획은 뭐야?」

조이는 잠시 말이 없었다. 「개스퍼리,」 조이가 입을 열었다. 「혹시나 해서 하는 말인데, 오늘 저녁에 내 연구실로 올 수 있어?」

「당연하지.」 내가 말했다. 「당연히 돼.」

누나가 나를 연구실로 부른 적이 한 번이라도 있던가? 딱 한 번 있었다. 몇 년 전 처음으로 그 연구실을 쓰게 되었을 때였다. 그 대학교는 내 아파트에서 그리 멀지 않으나 근본적으로 다른 우주이기도 했다. 대체 언제 마지막으로 조이를 봤더라? 벌써 몇 달 전이었다는 사실을 깨달았다.

직장에 병가를 낸 다음 잠시 소파에 누워 갑자기 생긴

자유를 즐겼다. 고양이 마빈이 가슴으로 묵직하게 기어
오르더니 다리를 쭉 뻗고 갸르릉거리며 잠들었다. 내 앞
에 밤이 펼쳐져 있었다. 멋지게 비어 있는 그 시간이 가
능성으로 반짝였다. 나는 마빈을 내려놓고 샤워한 다음
좋은 옷을 입었고 빵집에 들러 컵케이크를 네 개 샀다.
레드벨벳케이크였다. 조이가 여전히 가장 좋아하는 케
이크였으면 좋겠는데. 오후 7시쯤에는 태양이 돔 저편
을 주황색과 핑크색으로 쓸어 내며 저물고 있었다. 제
1식민지에서 1년을 살았으나 지금도 돔 조명은 극장 조
명처럼 보였다. 컵케이크로 충분할까? 꽃을 사야 하나?
너무 과하지 않은 노란색 꽃다발을 샀고 오후 7시 30분
쯤에는 시간 연구소 정문에 도착했다. 선글라스를 벗고
홍채 스캔을 받았으며, 여섯 번 더 홍채 스캔을 받은 뒤
까지도 손에 어색하게 선글라스를 들고 있었다. 그리고
조이가 자기 연구실을 어슬렁어슬렁 돌아다니는 모습을
마주했다. 조이는 생일을 기념하는 사람처럼 보이지 않
았다. 어딘가에 정신이 팔린 듯한 분위기를 풍기며 내가
준 꽃다발을 받아 들었다. 꽃다발을 책상에 내려놓는 태
도를 보고, 나는 누나가 손에서 떠나보낸 순간 그 꽃들
을 잊었다는 점을 알 수 있었다. 혹시 방금 누군가와 헤

어지기라도 한 것은 아닌지 궁금해졌지만 조이의 연애사는 예전부터 금지된 화제였다.

「아, 세상에.」 내가 컵케이크를 내밀자 조이가 말했다. 「저녁을 완전히 잊고 있었네.」

「고민 있어 보이네.」

「너한테 뭘 좀 보여 줘도 돼?」

「그럼.」

조이가 연구실 벽에 붙어 있던 눈에 띄지 않는 콘솔을 건드리자 프로젝터 영상이 떠올라 연구실 절반을 채웠다. 한 남자가 무대 위에 서 있었고 부피가 크고 고풍스러운 무슨 기계들이 그 남자를 둘러싸고 있었다. 알아볼 수 없는 장치였다. 남자의 머리 위에는 구식 화면이, 그러니까 흰색 직사각형이 어슴푸레한 빛 속에 떠 있었다. 우리가 보는 영상은 꽤 오래된 것 같았다.

「친구가 나한테 이걸 보내 줬어.」 조이가 말했다. 「그 친구는 미술사학과에서 일해.」

「저 사람은 누구야? 영상에 나오는 사람 말이야.」

「폴 제임스 스미스. 21세기의 작곡가 겸 비디오 아티스트야.」

조이가 재생 버튼을 누르자 연구실이 3백 년 된 음악

으로 채워졌다. 장르가 불분명하고 뒤죽박죽이었다. 앰비언트[12]인 듯했다. 나는 음악을 잘 몰랐지만 그 남자의 작품이 살짝 짜증 난다고 느꼈다.

「자, 이제 저 사람 위쪽의 흰 화면에 집중해.」 조이가 말했다.

「뭘 봐야 하는데? 비어 있잖아.」

「잘 봐.」

화면이 살아났다. 영상 속 영상은 지구의 숲에서 촬영된 것이었다. 품질이 그다지 좋지 않았다. 촬영자가 숲 길을 따라 거대하고 잎사귀가 많은 나무를 향해 걷고 있었다. 식민지에서는 자라지 않는 지구 품종 나무였다. 음악이 멈추더니 남자가 고개를 들어 머리 위의 화면을 봤다. 화면이 어두워졌다. 이상한 불협화음 — 바이올린 소리, 잘 알아들을 수 없는 군중의 웅성거림, 비행선이 이륙할 때 유압기가 내는 것 같은 **쉭** 소리 — 이 들리다가 멈췄다. 다시 숲이 나왔고 잠시 영상은 촬영자가 손에 든 카메라를 잊기라도 한 듯 어지러워졌다. 숲은 흐려지며 사라졌으나 음악은 이어졌다.

12 구조나 리듬보다는 특정한 분위기, 혹은 분위기를 조성하는 음색 등에 우선순위를 두는 음악 사조.

「잘 들어.」 조이가 말했다. 「음악이 어떻게 바뀌는지 들어 봐. 영상 속 바이올린음이 스미스의 음악에 들어 있다는 걸 알겠지? 같은 모티프야, 다섯 음으로 된 같은 패턴.」

처음에는 들리지 않았으나 곧 들렸다. 「응. 그게 왜 중요한데?」

「그게 중요한 이유는…… 저 이상함이, 뭔지는 몰라도 저 결함이 공연의 일부였다는 뜻이기 때문이야. 기술적 문제가 아니야.」 조이는 영상을 멈췄다. 나로서는 이해할 수 없는 방식으로 혼란스러워하는 것 같았다. 「공연은 계속 이어져.」 조이가 말했다. 「하지만 나머지 부분은 흥미롭지 않아.」

「저걸 보여 주겠다고 날 부른 거야?」 나는 그냥 확인차 물었다.

「내가 믿는 사람과 이 얘기를 해야만 해서.」 조이가 자기 기기를 집어 들었고 곧 내 기기에서 서류가 들어왔다는 알림음이 울렸다.

조이가 내게 책을 보냈다. 올리브 루엘린이 쓴 『매리 언배드』였다.

「엄마가 가장 좋아하던 소설이네.」 내가 말했다. 해

질 녘 현관에서 책을 읽던 어머니를 떠올리고 있었다.

「그 책 읽어 본 적 있어, 개스퍼리?」

「책을 별로 안 좋아해서.」

「그냥 형광펜으로 칠해 놓은 문단으로 넘어가서, 뭐라도 알아보겠는지 말해 봐.」

읽어 본 적도 없는 책의 한가운데로 뛰어들자니 혼란스러웠다. 나는 조이가 형광펜으로 표시해 둔 부분의 몇 문단 앞부터 읽기 시작했다.

우리는 그렇게 될 줄 알고 있었다.

우리는 그렇게 될 줄 알고 있었기에 그에 따라 준비했다. 최소한 이어진 수십 년 동안 우리 아이들에게 ─ 또 우리 자신에게 ─ 그렇게 말했다.

우리는 그렇게 될 줄 알고 있었지만 그 말을 딱히 믿지는 않았기에, 소극적이고 얌전한 방식으로 준비했다. 「왜 선반에 통조림 생선이 한가득이야?」 윌리스는 남편에게 물었고 남편은 비상사태 대비와 관련해 애매한 말을 했다.

오래된 두려움 때문이었다. 큰 소리로 표현하기에는 민망할 정도로 비합리적인 두려움. 두려워하는 것의 이름을 말하면 그 존재의 관심을 끌게 될까? 인정하기는 어렵지만 초기 몇 주 동안 우리는 **팬데믹**이라는 단어를 말하면 그 감염병이 우리 쪽으로 방향을 틀지도 모른다는 두려움 때문에 애매하게 굴었다.

우리는 그 병이 다가온다는 사실을 알면서도 쾌활하게 굴었다. 무모한 허세로 두려움을 굴절시켰다. 런던에서의 첫 발발이 완전히 통제됐다는 영국 총리의 발표가 있고 사흘 뒤, 밴쿠버에서 감염 집단이 출현했다는 보도가 터졌다. 그날 윌리스와 도브는 평소처럼 출근했고 둘의 아들 아이작과 샘은 학교에 갔다. 그리고 그들 모두가 제일 좋아하는 레스토랑에서 만나 저녁을 먹었다. 그날 밤 레스토랑은 붐볐다. (돌이켜 보면 공포 영화의 한 장면이었다. 눈에 보이지 않는 병원체의 구름이 이 식탁에서 저 식탁으로 부유하며, 지나다니는 서빙 직원들을 뒤따라 빙빙 돌고 있었다고 생각해 보라.) 「밴쿠버에서 터졌다면 여기도 있는 게 틀림없어.」 도브가 윌리스에게 말했다. 윌리스는 이렇게 말했다. 「돈도 걸 수 있어.」 그리고 그는 도브의 물 잔을 채워 줬다.

「밴쿠버에서 뭐가 터졌는데?」 아이작이 물었다. 아이작은 아홉 살이었다.

「아무것도 아니야.」 둘이 동시에 말했다. 그 말이 거짓말처럼 느껴지지 않았으므로 그들은 죄책감도 느끼지 않았다. 팬데믹은 전쟁처럼, 멀리서 들리던 대포 소리가 매일 점점 더 커지고 지평선 위에 폭탄의 섬광이 번쩍이면서 다가오지 않는다. 감염병은 본질적으로 **돌이켜 볼** 때나 다가온다. 감염병은 방향 감각을 잃게 한다. 감염병은 멀리 떨어져 있다가 주변 사방에 있다. 중간 단계는 없는 것처럼.

도브는 지역 극장이 폐쇄된 뒤 침실 거울 앞에서 대사를 연습했다. 「이것이 예고된 종말인가?」[13]

우리는 그렇게 될 줄 알고 있었으나 비일관적으로 행동했다. 우리는 비품을 모았지만 — 혹시 모르니까 — 아이들을 학교에 보냈다. 아이들이 집에 있는데

---

13 셰익스피어 희곡 『리어왕』 5막 3장 중 켄트 백작의 대사.

대체 어떻게 일을 마무리하라는 것일까?

(우리는 여전히 일을 처리한다는 면에서 생각하고 있었다. 돌이켜 봤을 때 가장 충격적인 점은 우리 모두가 요점을 그렇게까지 완전히 놓쳤다는 사실이다.)

「세상에.」윌리스는 학교가 문을 닫기 며칠 전에, 그러나 팬데믹 소식이 뉴스 헤드라인으로 나오기 시작한 뒤에 말했다. 「이 모든 일이 너무 복고적이야.」

「그러게.」도브가 말했다. 둘은 40대였다. 그 말은 둘 다 에볼라 X를 기억할 만한 나이였다는 뜻이다. 하지만 과거 64주간의 격리는 어린 시절의 기억이라는 아른거리는 영역으로 서서히, 알 수 없이 사라졌다. 끔찍하지도 유쾌하지도 않았던 어린 시절. 만화와 상상 속 친구들로 채워졌던 몇 개월. 그 시기를 잃어버린 한 해라고 부를 수는 없었다. 그 시절에도 멋진 순간은 있었으니까. 그들의 부모는 끔찍한 상황에서 그들을 보호할 수 있을 정도로 유능했다. 외롭긴 했지만 견딜 수 없을 정도는 아니었다는 뜻이다. 아이스크림이 아주 많았고 스크린 타임도 늘어났다. 모든 것이 끝나자 그들은 기뻐했지만 몇 년이 지나자 그 일을 별로 생각하지 않았다.

「**복고**가 무슨 뜻이야?」 샘이 물었다.

윌리스는 둘째 아들을 힐끗 보며 이 애를 학교에 보내는 것이 별로 좋은 생각 ── 나중에 그는 이 생각에 매달리게 되었다 ── 은 아닐지 모르겠다 싶었다. 그러나 구세계는 아직 흘러가 버리지 않았으므로, 아침에 그는 샘과 아이작의 점심 도시락을 챙겨 그들을 학교에 내려 주고 밝은 햇빛이 비치는 바깥으로 물러나 비행선 터미널로 가는 운송 장치를 잡아탔다. 전혀 해롭지 않은 푸른 하늘 아래서 보내는 평범한 날일 뿐이었다.

그는 터미널에서 잠시 멈춰 어느 음악가의 연주를 들었다. 한 바이올린 연주자가 휑뎅그렁한 입구 복도 중 한 곳에서 푼돈을 벌겠다고 연주하고 있었다. 눈을 감고 연주하는 나이 든 남자였다. 그의 발치에 놓인 모자 안에 동전이 쌓여 갔다. 그는 아주 오래된 듯 보이는 바이올린을 연주했는데 ── 꼭 진짜 나무로 만들어진 듯했다 — 윌리스는 어느 면으로 보나 음향학 전문가는 아니었지만 그 소리에 일종의 온기가 배어 있는 것 같다고 느꼈다. 윌리스는 음악을, 그 소리가 아침 통근 시간의 군중이 만드는 속삭임 위로 솟아오르는 것을 듣고 있었으나 그때…….

……찰나의 어둠, 기이하고 갑작스러운 빛…….

……숲, 신선한 공기, 주변에서 솟아나는 나무들, 여름날로 이루어진 찰나의 환각…….

……그런 다음 그는 오클라호마시티 비행선 터미널에, 서쪽 입구의 서늘하고 흰 공간에 돌아와 방향 감각을 잃은 채 눈을 깜빡이고 있었다. **방금 뭔가가 나를 덮쳤는데.** 그는 자기도 모르게 생각하고 있었다. 하지만 그 말은 충분한 설명이 될 수 없었다. **뭐가 덮쳤다는 것인가?** 그 번뜩이던 어둠과 주변에 솟아나던 숲은, 대체 무엇이었을까?

모든 것이 순간 실감 났다. 죽음 이후의 삶.

어둠은 죽음이었다고, 그는 자신에게 말했다. 숲은
죽음 이후였다.

월리스는 죽음 이후의 삶을 믿지는 않았으나 무의
식은 믿었다. 그는 의식적으로는 알지 못하면서도 안
다는 것을 믿었고, 거의 아무런 생각도 없이 엉뚱한
방향으로, 출근길 반대 방향으로 걸어가고 있었다.
어디로 가는지도 알지 못하다가 자기도 모르는 사이
에 아이들의 학교 문 앞 계단에 서 있었다.

「그런데 왜 아이들을 학교에서 데려가시겠다는 겁
니까?」교장이 물었다. 「저도 뉴스를 유심히 보고 있
습니다, 월리스 씨. 밴쿠버에는 아주 작은 발병 집단
만이 있을 뿐이에요.」

나는 파일을 닫고 기기를 주머니에 넣었다. 설명할 수
없는 방식으로 불안감을 느꼈다.
「알겠어?」조이가 물었다. 「저 영상이 책의 이 문단을
반영한다는 점 말이야.」
그 말이 맞았다. 21세기 숲에 있는 한 사람이 찰나의

어둠을 보고 2백 년 뒤 비행선 터미널에서 나는 소리를 듣는다. 23세기 비행선 터미널에 있는 한 사람이 찰나의 어둠을 보고 자신이 숲에 서 있다는 압도적인 느낌에 충격받는다.

「그 사람이 영상을 봤을 수도 있지.」내가 말했다. 「내 말은, 올리브 루엘린 말이야. 올리브 루엘린이 저 영상을 보고 자기 작품에 넣었을 수도 있어.」나는 그런 가능성을 제시한 자신이 자랑스러웠다.

「나도 그 생각을 해봤어.」누나가 말했다. **당연히 그랬겠지.** 그 말을 소리 내어 하지는 않았다. 그런 점이 나와 누나의 가장 큰 차이였다. 누나는 언제나 모든 것을 생각했다. 「그런데 또 다른 게 있어. 우리 팀에서 지난 한 달간 저 작곡가가 어린 시절을 보낸 지역을 조사했는데, 오늘 오후에 편지를 한 통 발견했어.」조이는 프로젝터 영상 속 파일들을 스크롤했으나 사생활 보호 모드로 설정돼 있어 내가 보는 각도에서는 손으로 구름을 휘젓는 것만 같았다. 「여기 있다.」조이가 말했다.

어떤 프로젝터 영상이 우리 둘 사이의 허공으로 휙 떠올랐다. 외국 문자로 쓰인 수기 서류였다.

「이게 뭔데?」

「저런 현상이 일어났다는 걸 뒷받침하는 증거일지도 몰라. 편지야.」조이가 말했다. 「1912년에 쓰였어.」

「이건 무슨 문자야?」내가 물었다.

「진심으로 하는 말이야?」

「뭐, 내가 읽을 줄 알아야 해?」나는 더 가까이에서 들여다보고 한 단어를 알아봤다. 아니, 두 단어를. 영어에 가까웠으나 뒤틀리고 비스듬한 형태였다. 그 문자에는 어떤 아름다움이 있었으나 글자의 형태가 뭔가 잘못돼 있었다. 영어의 원형이랄까?

「개스퍼리, 이건 필기체야.」조이가 말했다.

「필기체가 뭔지 몰라.」

「그래.」조이가 말했다. 내가 조이에게 기대하게 된, 사람 미치게 하는 인내심을 담아. 「음성으로 바꿔 줄게.」

조이가 구름 속에서 뭔가를 켜자 한 남자의 목소리가 방을 가득 채웠다.

버트 형에게

4월 25일에 보내 준 친절한 편지 고마워. 편지는 달팽이 같은 속도로 대서양과 캐나다를 가로질러서 오늘 저녁에야 내 손에 들어왔어.

어떻게 지내냐고? 솔직히 잘 모르겠다는 게 내 답이야, 형. 내가 투숙하는 쾌적한 하숙집, 그러니까 빅토리아의 촛불 켜진 방에서 이 편지를 쓰고 있어 ── 신파극의 쇄도를 용서해 주길. 나한테 이 정도 자격은 있다고 생각해. 나는 사업으로 자리를 잡겠다는 모든 생각을 포기했고 그저 집으로 돌아가고 싶을 뿐이야. 하지만 이곳은 편안한 추방지이고 송금액으로 하루하루 필요한 돈은 댈 수 있어.

캐나다에서 아주 이상한 시간을 보냈어. 아니, 이런 말은 적당하지 않겠네. 여기서 꽤나 지루한 시간을 보냈는데 ── 캐나다가 아니라 나의 탓이야 ── 딱 한 번 황야에서 이상한 촌극을 겪었어. 그 이야기를 해보려고 해. 나는 나이얼의 동창인 토머스 메일럿과 함께 빅토리아에서 북쪽으로 이동했어. 메일럿이라는 성의 철자를 내가 잘못 썼는지도 모르겠네. 어쨌거나 우리는 이틀인가 사흘에 걸쳐 비축품으로 짓눌린 깔끔한 소형 증기선을 타고 해변을 따라 북쪽으로 갔어. 그러다가 결국 성당 하나, 부두 하나, 교실 하나짜리 학교 하나, 한 손에 꼽을 수 있는 주택들이 있는 마을인 카이엣에 도착했지. 토머스는 해변을 따라 조금만 더 가면 있는 벌목장을 향해 계속 나아갔어. 나는 카이엣의 아름다움을 즐기기 위해 잠시 그곳의 하숙집에 남는 편을 선택했고.

9월의 어느 이른 아침, 나는 이야기하기엔 너무 따분한 어떤 이유로 숲에 들어갔다가 몇 걸음 걸어간 끝에 단풍나무 한 그루를 보게 되었어. 잠시 그 자리에 멈춰 서서 숨을 골랐는데, 당시에는 일종의 초자연적인 현상처럼 느껴졌지만 돌이켜 보니 일종의 발작이었을 어떤 사건이 일어났어.

숲속에서 햇빛을 받으며 서 있었는데, 갑자기 어둠이 나타났어. 방에 놓아둔 촛불을 갑자기 혹 불어 끈 것처럼 말이야. 그 어둠 속에서 바이올린 소리와 알 수 없는 소음을 들었어. 그리고 어째서인지 아주 잠깐 실내에 들어간 듯한 이상한 느낌, 기차역처럼 소리가 울리는 휑뎅그렁한 공간에 들어간 듯한 느낌을 받았지. 그러더니 그게 끝나 버리고 나는 숲속에 서 있었어. 아무 일도 일어나지 않은 것만 같았어. 비틀거리며 해변으로 돌아 나가서 바위에 격렬하게 토했어. 다음 날 아침에는 건강이 걱정되기도 하고, 그 동네와 작별하고 문명 비슷한 뭔가가 있는 곳으로 돌아가자고 결심한 터라 빅토리아의 작은 도시로 가는 여행을 시작했지. 지금도 그 도시에 남아 있고.

항구 옆 하숙집에 완벽하게 만족스러운 방을 구했고, 산책, 독서, 체스를 즐기고 가끔 수채화도 그리면서 잘 지내고 있어. 형도 알겠지만 나는 예전부터 정원을 무척 좋아했는데, 여기에는 공공 정원이 있어. 나는 정원에서 엄청난 위안을 얻었고. 아무도 괴롭힐 생각은 없지만 그래도 의사를 찾아가 봤어. 의사는 편두통 진단을 자신해. 두통과는 아무 관련도 없는 특이한 형태의 편두통이라는데, 다른 것보다는 그 설명을 받아들여야겠지. 하지만 그 일을 잊을 수가 없고 그 기억 때문에 불안해.

잘 지냈으면 좋겠어, 형. 내 사랑과 존경을 어머니와 아버지에게도 전해 줘.

에드윈

소리가 멈췄다. 조이는 프로젝터 영상을 벽 속으로 밀어 넣고 내 옆에 앉았다. 그 순간 조이에게는 내가 한 번도 본 적 없는 무게감이 있었다.

「누나, 그렇게까지 동요할 필요는 없을 거 같은데…….

내가 잘 이해했는지 모르겠어.」내가 말했다.

「네 기기, 운영 체제가 뭐야?」

「제퍼.」

「나도. 2년 전 제퍼에 발생했던 이상한 버그 기억나? 하루 이틀밖에 지속되지 않았는데, 기기에서 텍스트 파일을 열면 가끔 최근에 들은 음악이 재생되는 버그였어.」

「당연히 기억나지. 짜증 났어.」나는 그 버그가 어렴풋하게만 기억났다.

「그건 파일 오염이었어.」

나는 거대하면서도 끔찍한 무언가가 내 이해력이 미치는 영역 바로 바깥에서 꿈틀거리는 것을 느꼈다.

「누나 말은…….」

조이는 탁자에 팔꿈치를 괴고 있었다. 그러다 입을 열며 두 손으로 이마를 받쳤다.

「서로 다른 세기의 순간들이 서로의 안으로 피를 흘려 넣고 있다면, 글쎄, 개스퍼리, 이렇게 생각해 볼 수도 있어. 그런 순간들을 오염된 파일이라고 보는 거지.」

「어떻게 순간이 파일과 같을 수 있어?」

조이는 꼼짝도 하지 않았다. 「그냥 그렇다고 한번 상상해 봐.」

나는 노력했다. 일련의 오염된 파일, 일련의 오염된 순간, 일련의 분리된 존재가 그래서는 안 되는데도 서로에게 피를 흘려 넣는 현상.

「하지만 순간이 파일이라면…….」나는 말을 맺지 못했다. 우리가 있는 방이 조금 전보다 훨씬 덜 현실적으로 느껴졌다. **책상은 현실이야.** 나 자신을 타일렀다. **책상 위에 놓인 시든 꽃도 현실이야. 벽에 칠해진 파란색 페인트도. 누나의 머리카락도. 내 손도. 카펫도.**

「내가 왜 생일 파티를 하러 나가지 않았는지 알겠지.」조이가 말했다.

「이건 그냥……. 저기, 나도 이상한 일이라고는 생각해. 이거 엄마가 말하던 거잖아? 시뮬레이션 말이야.」

조이가 한숨을 쉬었다. 「진심으로 하는 말인데, 그 생각도 해봤어. 내가 생각을 제대로 하지 못하고 있을 가능성이 크긴 하지만. 너도 알겠지만, 엄마는 내가 과학자가 된 이유 그 자체였으니까.」

나는 고개를 끄덕였다.

「그리고 있잖아,」조이가 말을 이었다. 「이 모든 일이 그저 정황일 뿐이라는 걸 알아. 난 미치지 않았어. 내가 너한테 보여 준 것들은 어떤 기이한 경험에 관한 일련의 묘사일 뿐이야. 하지만 난 그 **우연성**을, 개스퍼리, 순간 들이 서로를 향해 피를 흘려 넣는 듯 보이는 방식을 일 종의 증거라고 볼 수밖에 없어.」

4

　우리가 시뮬레이션 안에 살고 있다면 그것이 시뮬레이션이라는 사실은 어떻게 알 수 있을까? 나는 새벽 3시에 전차를 타고 대학교에서 집으로 돌아왔다. 움직이는 전차의 따뜻한 불빛을 받으며 눈을 감고 세부 사항에 경이감을 느꼈다. 공기쿠션 위에 놓인 전차의 부드러운 진동. 그 소리 — 간신히 인지할 수 있는, 속삭이는 듯한 전차 움직이는 소리와 여기저기에서 들려오는 조용한 대화 소리, 어딘가의 기기에서 나는 듣기 거북한 어린이용 게임 소리. **우리는 시뮬레이션 안에 살고 있어.** 혼잣말하며 그 생각을 검증해 보려 했지만 여전히 개연성이 없게만 보였다. 나는 옆에 앉은 여자가 두 손으로 조심스럽게 들고 있는 노란 장미 다발의 향기를 맡을 수 있었으니까. **우리는 시뮬레이션 안에 살고 있어.** 하지만 나는 배가 고팠다. 어떻게 그 허기마저 시뮬레이션이라고 믿을 수 있을까?

「이런 요소들이 합쳐지면 우리가 시뮬레이션 안에 살고 있다는 어떤 확정적 증거가 된다는 얘기를 하려는 게 아니야.」한 시간 전 조이가 연구실에서 그렇게 말했다. 「단지 조사해 볼 만한 이유는 충분하다는 얘기지.」

현실을 어떻게 조사하지? 나는 허기가 시뮬레이션이라고 자신을 타일렀지만 그래도 치즈버거를 먹고 싶었다. 치즈버거도 시뮬레이션이다. 소고기도 시뮬레이션이다. (사실 이 말은 문자 그대로 진실이었다. 음식을 얻겠다고 동물을 죽이면 지구에서든 식민지에서든 체포당했으니까.) 다시 눈을 뜨고 생각했다. **장미는 시뮬레이션이야. 장미 향기도 시뮬레이션이야.**

「조사한다면 어떻게?」나는 조이에게 물었다.

「내 생각엔 시간상의 모든 지점을 방문해야 할 거야.」 조이가 말했다. 「1912년에 편지를 쓴 사람, 2019년이나 2020년의 비디오 아티스트, 2203년의 소설가와 대화해 봐야겠지.」

시간 여행이 발명된 이후 즉시 정부 기관을 제외한 모든 곳에서 불법화됐다는 뉴스 기사를 떠올렸다. 거의 모든 것을 궤멸해 버릴 뻔한 소위 〈장미 루프〉의 악몽만을 다룬 범죄학 교과서의 한 장도 떠올랐다. 불량 여행자가 권한을 박탈당하고 그가 끼친 피해가 원상 복구 되기까지 역사가 스물일곱 번이나 바뀐 사건이었다. 나는 달에서 종신형을 살고 있는 205명 중 141명이 시간 여행을 시도했기에 그런 형벌을 받았다는 사실을 알았다. 그들이 성공했냐 실패했냐는 중요하지 않았다. 시도만 해도 종신형이었다.

「개스퍼리, 왜 그렇게 충격받은 표정인지 모르겠어. 건물 명판에 뭐라고 적혀 있지?」 조이가 말했다.

「시간 연구소.」 나는 인정했다.

조이가 나를 바라봤다.

「난 누나가 물리학자인 줄 알았어.」

「뭐…… 맞아.」 조이가 말했다. 두 단어 사이의 그 짧은 침묵에는 태양계만큼이나 먼, 아는 것과 해내는 것 사이의 간극이 있었다. 그 말에서 오랜 친절을, 누나가 나를 향해 너그러운 마음을 뻗어 온다는 익숙한 느낌을 받았다. 나는 누나에게 우리 모두가 천재가 될 수는 없다고 말하고 싶었다. 하지만 그 이야기는 10대 때 이미 나눴고 잘되지 않았으므로 꺼내지 않았다.

우리는 시뮬레이션 안에 살고 있어. 나는 나 자신에게 말했다. 그때 전차가 내 아파트에서 한 블록 떨어진 곳에 멈춰 섰다. 그 생각은, 뭐랄까, 더 나은 표현이 없어서 하는 말이지만 너무도 **현실적이지** 않았다. 나 자신을 속일 수가 없었다. 그 말이 믿어지지 않았다. 2분 뒤면 ─ 손목시계를 힐끗 봤다 ─ 예정된 비가 내릴 터였다. 전차에서 내려 일부러 아주 천천히 걸었다. 예전부터 비를 무척 좋아했다. 비가 구름에서 내리지 않는다는 사실을 안다고 해서 비가 덜 좋아지지는 않았다.

5

이후 몇 주 동안 나는 인생의 리듬에 다시 순응하려 애썼다. 작은 아파트에서 오후 5시에 일어나 음악을 들으면서 요리하고 고양이에게 먹이를 준 뒤, 걸어서 또는 전차를 타고 출근했다. 오후 7시면 호텔에 도착해 선글라스를 낀 채 로비를 내다봤고 — 대부분의 직원은 선글라스를 끼지 않았지만 돔 내 빛 방산을 견딜 수 없는 밤의 도시 태생 광과민성 인간으로서 나는 인사부로부터 특별 허가를 받았다 — 자리에 서서 주변에 있는, 현실이 아닐지도 모를 모든 것들에 관해 생각했다. 로비의 돌바닥. 내 옷의 천. 내 손. 내 안경. 로비를 가로지르는 여자의 발소리.

「안녕, 개스퍼리.」 여자가 말했다.

「텔리아, 안녕.」

「로비 바닥에 아주 집중하고 있네.」

「엄청나게 제멋대로인 질문 하나 해도 돼?」

「제발 해줘.」 탤리아가 말했다. 「지겨운 하루였거든.」

「혹시 너도 모르게 시뮬레이션 이론에 관해 생각할 때가 있어?」 물어볼 만한 질문 같았다. 내가 생각할 수 있는 것이라곤 그 질문이 전부였으니까.

탤리아는 눈썹을 치켜올렸다. 「우리가 시뮬레이션 안에 살고 있을지도 모른다는 개념 말이야?」

「응.」

「사실 그래. 나도 그 생각을 해봤어. 난 우리가 시뮬레이션 안에 살고 있다고 믿지 않아.」 탤리아의 시선은 나를 지나쳐 로비 너머의 거리를 바라보고 있었다. 「모르겠다, 이런 말을 하는 내가 순진한 건지도. 하지만 시뮬레이션이라면 이보다 나아야 하지 않을까? 내 말은, 예를 들어 굳이 저 거리를 시뮬레이션으로 만드는 수고를 할 거였다면 모든 가로등이 제대로 작동하게 할 수는 없었냐는 거지.」

길 건너에서는 가로등이 몇 주째 깜빡이고 있었다.

「무슨 말인지 알겠다.」

「뭐, 아무튼.」 탤리아가 말했다. 「안녕.」

「안녕.」 나는 모든 것을 보면서 그중 현실은 하나도 없다고 자신을 타이르는 연습을 재개했다. 하지만 텔리아의 말에 주의가 흐트러졌다. 그 시절에 아무도 언급하지 않은 주제 중 하나는 바로 달 식민지의 초라함이었다. 나는 우리 모두가 그 초라함에 조금은 당황했다고 생각한다.

「그래, 매력이 좀 떨어졌다는 말이 맞는 거 같아.」 그날 밤 늦게 조이가 말했다. 교대 근무는 새벽 2시에 끝났고 나는 조이에게 전화를 걸어 그리로 만나러 가도 되냐고 물었다. 나는 조이가 깨어 있으리라는 사실을 알았고 — 조이도 밤의 도시에서 완전히 벗어나지는 못했고 내가 그랬듯 밤새 깨어 있는 편을 더 좋아했다 — 이틀간 휴가를 낸 참이었으므로 전차를 타고 조이의 아파트로 갔다. 그 아파트에는 한 손에 꼽을 만큼밖에 가보지 않았기 때문에 그곳이 얼마나 어두운지 잊고 있었다. 조이는 벽을 짙은 회색으로 칠해 놓았다. 구식 종이책을 모아 뒀고 — 대체로 역사책이었다 — 우리가 어렸을 때 같이 만든 액자 그림을 벽에 걸어 뒀다. 그 광경을 보고 감동했다. 당시 우리는 네 살과 여섯 살쯤이었고 우리 자신의 모습을 그렸다. 풍부한 색깔로 그린, 나무 아래서 손을 잡고 있는 소년과 소녀.

「예전에 달 식민지에 있었던 매력은 다 어디로 갔을까?」 내가 물었다. 조이는 내게 위스키를 후하게 부어줬고 나는 알코올에 내성이 별로 없었으므로 그 술을 천천히 홀짝였다. 조이는 이미 두 잔째 마시고 있었다.

「아마 새 식민지로 떠나갔겠지. 타이탄으로 갔을걸. 유로파라든지 〈먼 식민지〉로.」 우리는 주방 식탁에 앉아 있었다. 누나는 시간 연구소 길 건너편에 살았는데, 나는 그 사실을 완전히는 받아들이지 못한 채 머리로만 알고 있었다. 누나에게는 무엇이 있을까? 누나는 어머니와 무척 가깝게 지냈다. 엄마가 떠난 지금 누나에게 남은 것은 일이었다. 어느 모로 보나 일 말고는 거의 아무것도 없었다. 하긴 내가 뭐라고 그런 것을 판단할까? 나는 의자 등받이에 기대어 시간 연구소 지붕 너머로 빛나는 첨탑들을 바라봤다. 〈먼 식민지〉로 이주할 수 있을까? 환상적인 생각이었다. 물론 그 뒤에 이어진 생각은, **우리가 시뮬레이션 안에 살고 있다면 〈먼 식민지〉도 현실은 아니야**라는 것이었다.

「그 사람들은 어떻게 됐을까?」 내가 물었다. 「에드윈 뭐라는 20세기의 편지 작성자랑 올리브 루엘린 말이야.」

조이는 어째서인지 이미 두 번째 잔을 비운 터였고 — 나는 아직 첫 잔을 절반밖에 마시지 못했다 — 이제 세 번째 잔을 따랐다.

「편지 작성자는 전쟁에 나갔다가 망가진 채 영국의 고향으로 돌아간 뒤 정신 병원에서 죽었어. 올리브 루엘린은 지구에서 죽었고. 루엘린이 북 투어를 다니던 중에 팬데믹이 돌았거든.」

「누나,」 내가 말했다. 「조사는 아직 시작 안 했어?」

「시작한 셈이야. 예비 토론이 진행되고 있거든. 시간 여행과 관련된 행정 절차가 워낙 엄격해서.」

「누나가…… 누나가 직접 여행하는 거야?」

「난 몇 년 전에 시간 연구소를 그만둘 뻔했어.」 조이가 말했다. 「다시는 시간 여행을 하지 않아도 된다는 조건으로 남기로 한 거야.」

「**시간** 여행을 해봤구나.」 내가 말했다. 그 순간 내가 누나에게 느낀 경이로운 감정은 무한했다. 「어디에 갔었어?」

「그 얘기는 할 수 없어.」 조이의 표정이 어두웠다.

「더는 시간 여행을 하고 싶지 않은 이유라도 말해 줄 수 있어? 난 시간 여행이…….」

「넌 시간 여행이 재미있을 거라고 생각하겠지.」조이가 말했다.「재미있어. 처음에는 매력적이지. 다른 세계로 가는 관문인걸.」

「맞아, 그렇게 생각해.」

「하지만 개스퍼리, 시간 여행을 가기 전에 2년을 꼬박 공부해야 할 수도 있어. 시간상의 특정한 지점으로 가는 건 어떤 구체적인 문제를 알아보기 위해서거든. 만나리라고 예상되는 모든 사람에 관한 글을 읽어 둬야 해. 시간 연구소에는 오래전에 죽은 사람들을 조사해 여행자를 위한 사건 기록을 만드는 일만 전담으로 하는 직원이 수백 명이나 있어. 시간 여행자는 사건 기록을 전부 숙지할 때까지 그 내용을 연구해야 하고.」조이는 말을 멈추고 술을 마셨다.「그러니까 개스퍼리, 이걸 상상해 봐. 네가 오래전 어느 시점의 파티에 갔는데, 방 안에 있는 모든 사람이 언제 어떻게 죽을지 정확하게 아는 거야.」

「그거 좀 소름 끼친다.」내가 인정했다.

「그리고 그중 일부는 손쉽게 막을 수 있는 방식으로 죽게 되어 있어, 개스퍼리. 넌 어떤 여자랑 대화하게 될 수도 있지. 예컨대 그 사람한테 어린 자식들이 있다고 해보자. 넌 그 사람이 다음 주 화요일에 소풍을 갔다가 물에 빠져 죽으리라는 걸 아는 거야. 하지만 시간 진행을 망가뜨릴 수 없으니 그 사람한테 〈다음 주에 수영하러 가지 마세요〉라는 말은 절대로 할 수 없어. 그냥 죽게 놔둬야 해.」

「물에서 꺼내 줄 수가 없구나.」

「맞아.」

잠시 나는 무슨 말을 해야 할지 알 수 없어 창밖의 지붕과 첨탑을 바라보며 내가 과연 시간 진행을 위해 누군가를 죽게 놔둘 수 있을지 고민했다. 조이는 조용히 술을 마셨다.

「이 일에는 거의 비인간적인 수준의 거리 유지가 필요해.」 마침내 조이가 말했다. 「내가 **거의**라고 했나? **거의** 비인간적인 게 아니라, **실제로** 비인간적이어야 해.」

「그러니까 누군가는 이 현상을 조사하기 위해 시간 여행을 해야 하지만, 그게 누나는 아닌 거구나.」 내가 말했다.

「몇 명이 가게 될 텐데 누가 될지는 몰라. 딱히 인기 있는 일도 아니고.」

「날 보내 줘.」 내가 말했다. 그 순간에는 다음 주 화요일에 물에 빠져 죽을 이론상의 여자가 어쨌든 결국 물에 빠져 죽으리라고만 생각하고 있었으니까.

조이가 놀라서 나를 봤다. 뺨에 두 개의 붉은 점이 떠올라 있었으나 그 부분만 빼면 조이는 전혀 취하지 않은 듯 보였다.

「절대 안 돼.」

「왜?」

「첫째, 이건 끔찍하게 위험한 일이야. 둘째, 넌 자격이 없어.」

「시간을 거슬러 가서 사람들과 대화하는 일에 어떤 배경이 있어야 하는데? 결국 그거잖아, 안 그래? 내 말은, 무슨 자격이 필요하냐고.」

「수년간 훈련받은 뒤에 엄청나게 많은 심리 검사를 거쳐야 해.」

「그건 할 수 있어.」 내가 말했다. 「학교로 돌아갈 수도 있고 뭐든 필요한 훈련도 받을 수 있어. 누나도 알겠지만 나는 범죄학과를 거의 졸업했잖아. 인터뷰하는 방법 정도는 알아.」

조이는 말이 없었다.

「많은 사람에게 알리고 싶진 않잖아.」 내가 말했다. 「안 그래? 우리가 시뮬레이션 안에 살고 있다는 말이 새어 나갔을 때 어떤 공황이 벌어질지 생각해 봐.」

「우리가 시뮬레이션 안에 살고 있다는 건 확인되지 않았고, 난 **공황**이 적절한 단어가 아니라고 생각해. 그보다는 치명적인 앙뉘(권태)라고 해야겠지.」

나는 **앙뉘**라는 단어를 나중에 검색해 보기로 했다. 세상에는 평생 맞닥뜨리면서도 의미를 알 수 없는 단어들이 있다.

「누나,」 내가 말했다. 「난 아무것도 하지 않으면서 살고 있어.」

「그런 말 하지 마.」 조이가 너무 빠르게 말했다.

「이건 그냥……. 이 상황 말이야,」 내가 말했다. 「이건, 뭔지는 모르지만, 아마 이 가능성이라고 해야겠지. 이 가능성이 아마 내 평생 가장 관심이 가는 뭔가일 거야.」

「그럼 취미를 만들어 봐, 개스퍼리. 서예든 궁술이든 뭐든.」

「생각만이라도 한번 해줄 수 있어? 누구든 의논해야 할 사람하고 의논해 줘. 날 후보로 생각해 줄 수 있을까? 지금 우리가 하는 얘기가 시간 여행에 관한 거라면 사실 서두를 필요는 없잖아, 안 그래? 나한테는 준비할 시간이 있어. 뭐든 필요한 일을 할 수 있어. 학교로 돌아가고 심리 훈련을 받고 뭐든 ─」 나는 말이 많아졌다는 사실을 깨닫고 입을 다물었다.

「안 돼.」 조이가 말했다. 「절대 안 돼.」 조이가 잔을 비웠다. 「개스퍼리, 내가 위험하다고 말하는 건, 사랑하는 그 누구에게도 이 일을 시키지 않을 거라는 뜻이야.」

6

　그날 이후 3주간 조이를 만나지 않았다. 조이의 기기
에는 부재중 상태 메시지가 걸려 있었다. 나는 직장에
갔다가 집에 돌아왔고 아파트를 어슬렁거리며 고양이에
게 말을 걸었다. 마침내 호텔에 휴가를 낸 날, 조이에게
음성 메시지를 남겨 연구실로 찾아가겠다고 했다. 조이
는 답장하지 않았지만 나는 늦은 오후에 시간 연구소로
가는 전차에 올랐다. 조이의 일정은 예전에 조이가 말해
줘서 알고 있었다. 희끄무레한 거리가 스쳐 지나가는 광
경을, 돌이 빠진 오래된 석조 건물들과 그 건물들에 바
짝 붙여 지은 금방이라도 무너질 듯한 불법 주거지를 바
라보다가 ― 밤의 도시의 영향력이, 내게는 활력을 불어
넣는 듯 느껴지는 무질서의 기미가 스며들고 있었다 ―
조이가 죽었을지도 모른다는 이상하고도 정신 나간 생

각이 들었다. 누나는 일을 너무 많이 했고 술을 너무 많이 마셨다. 어머니가 돌아가신 첫해였던 당시에 내 생각은 종종 재앙 쪽으로 방향을 틀었다.

나는 하나의 거대한 흰 돌기둥 같은 시간 연구소 앞에 서서 조이에게 한 번 더 전화했다. 조이는 받지 않았다. 오후 6시쯤이었다. 몇 사람이 혼자서, 혹은 둘씩 짝을 지어 건물에서 나왔다. 나도 모르게 그들의 얼굴을 살피며 위험이 따르는 직업에 종사한다는 것은 어떤 느낌일지 상상했다. 그런데 그중 하나가 이프럼의 얼굴이었다.

「이프.」 내가 그를 불렀다.

이프럼은 놀라서 고개를 들었다.

「개스퍼리! 여기서 뭐 해?」

어머니 장례식 때 이프럼과 짧게 대화를 나눴으나 그날은 흐릿하게만 기억났다. 우리는 내가 그의 집에서 열린 디너파티에 참석한 때 이후로, 그러니까 지금으로부터 1년 전 저녁 이후로 오랫동안 제대로 이야기하지 않았다. 아마 돔의 조명 때문이었겠지만 — 조명은 지구의 노을을 거칠게 흉내 내느라 천천히 어두워지면서 점점 은빛으로 변해 갔다 — 이프럼은 기억보다 나이 들어 보였다. 늙은 데다 더 초췌해 보였다.

「나도 같은 질문을 하려 했는데.」 내가 말했다.「수목 관리사가 시간 연구소에서 뭘 하고 있는 거야?」 이프럼은 망설였다. 그 짧은 순간에 나는 어떤 틈을 봤다. 이프럼이 말하고 싶어 하지 않는 뭔가가 있었다. 내가 알아서는 안 될 뭔가가 있었다.「너 여기서 일하는구나?」

그가 고개를 끄덕였다.「응. 이제 좀 됐지.」

「그럼 누나가 하는 프로젝트에 관해서도 알아? 그 시뮬레이션 얘기 말이야.」

「세상에, 개스퍼리. 한 마디도 더 하지 마.」 이프럼은 미소 짓고 있었지만 나는 그의 말이 진심이라는 것을 알 수 있었다.「꽤 됐어. 차 한잔 할까?」

「좋지.」

「내 연구실 보여 줄게.」 이프럼이 말했다.「차를 올려 보내라고 하고.」

우리는 조용히 아트리움을 걸어가 보안 검색대를 지난 다음 엘리베이터를 타고 내 눈에는 모두 똑같아 보이는 흰색 복도들을 연달아 지났다. 그 복도들은 텅 빈 문짝과 불투명한 유리로 이루어진 미로였다.

「여기야.」 이프럼이 말했다.

이프럼의 연구실은 조이의 연구실과 똑같았으나 창

가에 분재가 놓여 있었다. 탁자 위에는 차가 준비돼 있었다. 잔이 세 개였다. 나는 인생의 절반 동안 이프럼을 알고 지냈다. 하지만 이프럼이 하는 일에 관해 물어본 적이 있던가? 이프럼은 자기가 수목 관리사라고 했고, 나는 이따금 그에게 나무에 관한 질문을 던졌다. 하지만 생각보다 친구에 관해 아는 바가 없었던 모양이다. 이프럼의 연구실은 높은 층에 있었고 창밖으로 제1식민지의 첨탑들이 내려다보였다. 저 멀리 그랜드 루나 호텔이 보였다.

「여기서 일한 지는 얼마나 된 거야?」 내가 물었다.

「한 10년쯤.」 이프럼은 차를 따르다 말고 잠시 멈춰 생각에 잠겼다. 「아니, 7년이다. 그냥 10년처럼 느껴질 뿐이야.」

「난 네가 수목 관리사인 줄 알았어.」

「솔직히 그 직업이 그리워. 유감이지만 지금 나무 관리는 그냥 취미야. 이리 와볼래?」

나는 이프럼의 회의용 탁자로 갔다. 그 탁자는 조이의 것과 같았다. 그 순간의 이상함에, 하나의 현실이 슬쩍 달아나 다른 현실로 대체되면서 방향 감각이 사라지는 듯한 느낌에 압도당했다. **널 오랜 세월 알아 왔어.** 나는 그렇게 말하고 싶었다. **넌 수목 관리사이지 시간 연구소에서 일하는 양복쟁이가 아니야. 우린 고등학교를 함께 졸업했다고.**

「나무가 더 쉬웠어?」 내가 물었다.

「지금 일보다? 응. 훨씬 쉬웠지.」 이프럼의 기기가 진동했다. 그는 화면을 보고 움찔했다.

「여기서 일한다는 말은 왜 안 한 거야?」

「그냥…… 어색해.」 그가 말했다. 「**어색하다**라는 말은, 기밀이라는 뜻이야. 문제는 사실 내 직업에 관한 질문에 대답할 수가 없다는 거야. 그래서 그 얘기는 하고 싶지 않아.」

「이상하겠다.」 내가 말했다. 「비밀스러운 일을 한다는 거.」 **이상하다**라는 말은, 멋지다라는 뜻이었다.

「거짓말은 하지 않으려 노력하고 있어. 네가 나한테 어디에서 일하냐고 물어봤다면, 시간 연구소에서 뭔가를 한다고 대답했을 거야. 그 일이 어떤 식으로든 나무와 관련됐다고 받아들이게 했겠지.」

「그래.」 내가 말했다. 우리 주위로 침묵이 뻗어 갔다. 나는 원하는 바를 어떻게 부탁해야 할지 몰랐다. **날 고용해 줘, 들여보내 줘, 너희가 여기서 하는 일이 뭐든 날 끼워**

줘.「이프럼.」내가 입을 열었다. 바로 그때 문이 열리며 누나가 들어왔다. 누나의 표정은 내가 어린 시절 이후 본 적 없는 방식으로 굳어 있었다. 누나는 격분한 상태였다. 맞은편에 앉더니 자기 찻잔은 못 본 체하고 내 눈을 똑바로 봤다. 나는 결국 어쩔 수 없이 시선을 피했다.

「다섯 살 때 이후로 누나랑 눈싸움해서 이겨 본 적이 없어.」내가 이프럼에게 말했다.「네 살이었는지도 모르겠다.」이프럼이 약한 미소로 내게 보답했다. 아무도 입을 열지 않았다. 내 시선은 다시 분재로 향했다.

마침내 이프럼이 자비롭게도 목을 가다듬었다.

「저기 있잖아,」그가 입을 뗐다.「여기에 규칙을 어긴 사람은 없어. 조이가 너랑 그 특이 현상에 관해 얘기했을 때는 아직 그 정보가 기밀이 아니었거든, 개스퍼리.」

조이가 자기 찻잔을 바라봤다.

「물론,」이프럼이 말을 이었다.「그렇다고 네가 시간 연구소 앞에 서서 조이가 한 말을 되풀이해도 된다는 뜻은 아니야.」

「미안.」내가 사과했다.「이프럼, 혹시 물어봐도 될까? 그게 진짜야?」

「무슨 소리야?」

「조이가 나한테 해준 얘기들이 어떤 패턴처럼 보였어. 하지만, 그러니까, 그건 우리 엄마가 말하던 거였거든.」 내가 말했다. 「시뮬레이션 이론 말이야.」

「너희 어머니가 말씀하셨던 거 기억나.」 이프럼이 부드럽게 말했다.

「누군가를 잃고 나면 실제로는 존재하지 않는 어떤 패턴을 보기가 쉬워지는 거 같아.」

이프럼이 고개를 끄덕였다. 「맞아. 거기에 뭐가 있기는 한지 잘 모르겠어.」 그가 말했다. 「하지만 난 너희 어머니랑 가깝지 않았어. 이 문제에 관해서는 꽤 중립적인 위치에 있는 셈이지. 그리고 난 이 문제를 조사할 만한 가치가 충분히 있다고 생각해.」

「내가 도와도 될까?」 내가 물었다.

「**안 돼.**」 조이가 거의 들리지 않는 목소리로 웅얼거렸다.

「네가 여기서 일하고 싶어 한다는 얘기를 조이가 하긴 했어.」 나는 이프럼이 조이를 보지 않으려고 매우 조심한다는 사실을 알아차렸다.

「응.」 내가 말했다. 「그러고 싶어.」

「**개스퍼리.**」 조이가 말했다.

「왜 여기서 일하고 싶은데?」 이프럼이 물었다.

「재미있어 보이니까.」 내가 말했다. 「난 이 일에 관심이 있어. 그러니까, 솔직히 내가 기억하는 그 무엇보다도 이 일에 관심이 있다는 말이야. 이런 말을 한다고 너무 간절해 보이지는 않았으면 좋겠지만.」

「전혀 안 그래.」 이프럼이 말했다. 「그냥 흥미로워하는 것처럼 보일 뿐이야. 우리 모두 흥미를 느껴. 아니었다면 여기 있지도 않았겠지. 우리가 여기서 뭘 하는지 알아?」

「잘은 몰라.」 내가 말했다.

「우린 시간 흐름의 온전함을 보호해.」 그가 말했다. 「특이 현상을 조사하지.」

「다른 특이 현상도 있었어?」

「보통은 아무것도 아닌 걸로 밝혀져.」 이프럼이 말했다. 「내가 연구소에서 맡은 첫 번째 사건은 도플갱어와 관련된 거였어. 우리가 보유한 최고의 안면 인식 소프트웨어에 따르면, 동일한 여성이 각각 1925년과 2093년에 찍힌 사진과 영상에 나타났어. 난 DNA를 수집했고 그 둘이 다른 사람이라는 사실을 확인할 수 있었지.」

「**보통은** 아무것도 아니라면…….」 내가 말했다.

「가끔은 어느 쪽인지 판단할 수가 없었어.」 이프럼이 말했다. 나는 이프럼이 그 점 때문에 불안해한다는 사실을 알 수 있었다.

「특별히 찾는 게 있어?」 내가 물었다.

「몇 가지 있지.」 그는 잠시 침묵을 지켰다. 「특이 현상과 관련한 우리 작업 중에는, 우리가 시뮬레이션 안에 살고 있는지를 계속해서 조사하는 일도 있어.」

「네 생각은 어떤데?」

「나를 포함해서, 시간 여행이 지나치게 잘 이루어진다고 생각하는 파벌이 있지.」 이프럼이 조심스럽게 말했다.

「그게 무슨 뜻이야?」

「합리적으로 예상할 수 있는 것보다 루프의 수가 적다는 뜻이야. 때로는 우리가 시간 흐름을 바꿔 놓으면 시간 흐름이 알아서 **고쳐지는** 듯 보여. 내가 보기에는 말이 안 되는 방식으로. 우리가 시간 흐름을 거슬러 여행할 때마다 역사가 비가역적으로 바뀌어야 하는데, 뭐, 그러지를 않거든. 때로는 사건이 시간 여행자의 간섭을 조정하려고 변화하는 듯해. 그래서 한 세대쯤 지나면 시간 여행자가 간 적이 없었던 것처럼 되는 거야.」

「그중 무엇도 시뮬레이션의 증거는 아니지.」조이가 재빨리 말했다.

「맞아. 우리가 시뮬레이션 안에 살고 있는지를 확인하기는 분명 어려워.」이프럼이 대답했다.

「하지만 시뮬레이션의 결함을 찾아내면 확인에 한 발짝 다가설 수 있겠구나.」내가 말했다.

「맞아, 정확해.」

「개스퍼리,」조이가 말했다. 「흥미롭다는 건 알지만 이건 혼란스러운 작업이야.」

「조이랑 나는 시간 연구소에 관해 의견이 달라.」이프럼이 말했다. 「우리가 한 경험이 달랐다고 말해도 괜찮을 거 같아.」

「그래, 그건 맞는 말이네.」조이가 딱 잘라 말했다.

「하지만 내가 말해 줄 수 있는 건,」이프럼이 말했다. 「여기가 일하기에 흥미로운 곳이라는 거야.」

「내가 말해 줄 수 있는 건,」조이가 응수했다. 「이프럼이 올해도 작년에도 재작년에도 신입 채용 목표치를 달성하지 못했다는 거고.」

「훈련에도 일에도 어마어마한 분별력이 필요해.」이프럼이 조이의 말을 무시하고 이야기했다. 「엄청난 집중력도 필요하고.」

「집중은 할 수 있어.」내가 말했다.「분별력 있게 행동할 수도 있고.」

「뭐, 사전 면접을 잡아 둘게.」이프럼이 말했다.

「고마워.」내가 말했다.「네가 듣기엔 약간…… . 저기, 불쌍하게 보이려는 건 아니지만 난 문자 그대로 재미있는 직업이 있어 본 적이 한 번도 없거든.」

이프럼이 미소 지었다.「사전 면접은 걱정 안 돼. 쉽게 통과할 거야. 축하할 일인걸.」

하지만 축하할 일이라면 누나는 왜 그렇게 말수가 적어지고 표정이 험악해졌던 것일까? **혼란스러운 작업.** 이프럼이 샴페인 세 잔을 요청했을 때, 나는 누나에게 지루해서 혼수상태에 빠질 법한 일보다는 위험한 일을 하고 싶다고 말하려 했다. 하지만 내가 그 말을 하면 누나가 울음을 터뜨릴 것만 같아 두려웠다.

7

일주일 뒤 나는 교대 근무가 시작되기 15분 전에 호텔에 도착해 탤리아의 사무실로 갔다.

「개스퍼리.」탤리아가 말했다.

나는 막 문을 닫고 있었지만 탤리아가 고개를 저으며 책상 뒤에서 일어났다. 「산책 가자.」

「시간이 별로 없 —」

「저기, 재미있는 게 있어.」탤리아는 앞서 걸어가라고 내게 손짓했다. 「내가 대학 때 노동사를 공부했는데, 수백 년에 걸쳐 유지된 역사적 상수가 하나 있다면 그건 누구도 인사부 사람과 딱히 말썽을 일으키고 싶어 하지 않았다는 거야.」탤리아가 옆문을 열었고 밖으로 나가자 해가 드는 하역장 옆쪽이 나왔다. 「너희 상관한테 널 만나야 한다고 말했어. 아무도 신경 안 쓸 거야.」

오늘의 날씨 프로그램이 구름을 불러왔으므로 햇빛은 어둡고 잿빛이었다. 불안하게 느껴졌다.

「익숙해지기 어렵지.」 탤리아는 내가 불안한 듯 하늘을 힐끔거리는 모습을 보고 말했다. 우리는 제1식민지 강을 따라 이어지는 오솔길을 향해 걸었다. 식민지 세 곳에는 모두 정신 건강과 관련한 이유로 강이 조성돼 있었다. 똑같이 생긴 흰 석재 강둑을 따라 흐르는 강들에는 똑같이 생긴 흰 석재 다리들이 가로놓여 있었다. 공학적 기적이었다. 강에서 나는 소리도 전부 똑같았다. 「넌 밤의 도시를 왜 떠난 거야?」 탤리아가 물었다.

「이혼을 험하게 해서.」 내가 대답했다. 「그냥 새출발을 하고 싶었어.」 강물 소리가 전부 똑같다는 사실이 왠지 위로가 되었다. 고개를 들지 않으면, 가짜로 만들어 낸 이상한 잿빛 날씨에 관심을 기울이지 않으면 고향에 와 있다고 생각할 수 있었다. 「넌 왜 이리로 왔어?」

「나는 여기 출신이야.」 탤리아가 말했다. 「아홉 살이 되어서야 밤의 도시로 이사했거든.」

「아.」

우리는 다리에 다가가고 있었다. 밤의 도시였다면 다양한 부랑자들이 강둑 어두운 구석에서 잠들어 있거나

다리 밑에서 약을 하며 평화롭게 머물고 있었을 것이다. 하지만 그곳에는 그저 벤치에 앉아 물을 들여다보는 노인이 한 명 있을 뿐이었다.

「사직서 내려 온 거지.」 탤리아가 말했다.

「어떻게 알았어?」

「내 상관의 상관의 상관이 사흘 전 나한테 시간 연구소에서 나온 양복쟁이 두 사람과 얘기해 보라고 했거든. 내게 던지는 질문을 듣고는 그 사람들이 어떤 일자리를 놓고 널 심사하는 중이라는 걸 알 수 있었어.」

주위에서 보이지 않게 작동하는 행정력을 느낄 때 발생하는 특정한 불안감이 있던가? 탤리아가 걸음을 멈추기에 나도 멈춰 섰다. 나는 물을 내려다봤다. 어렸을 때 밤의 도시의 강에 작은 배들을 띄워 보내곤 했다. 밤의 도시의 강은 검고 반짝였다. 햇빛과 우주의 암흑을 둘 다 반사했다. 반면 제1식민지의 강은 희고 뿌옜다. 돔의 가짜 구름을 반사했다.

「우린 저기 살았어.」 탤리아가 손가락질하며 말하기에 나는 고개를 들어 강 건너의 가장 오래되고 멋지고 웅장한 아파트 중 하나를 바라봤다. 모든 발코니에 정원이 있는 원통형의 흰 탑이었다. 「우리 부모님도 시간 연구소에서 일하셨지.」

나는 무슨 말을 해야 할지 몰랐다. 한 가족이 제1식민
지에서도 가장 멋진 아파트에 살다가 밤의 도시의 다 쓰
러져 가는 집으로 떠나야 할 이유 중 재앙에 가깝지 않
은 것은 하나도 떠오르지 않았기 때문이다.

「두 분 다 여행자셨어.」 탤리아가 말했다. 「그러다가
어떤 임무가 끔찍한 방식으로 잘못되고 말았어. 이후 부
모님은 일을 할 수 없게 되셨고, 1년 만에 우리는 밤의
도시에 있는 그 황폐한 동네에 살게 된 거야.」

「유감이네.」 그런 말을 하게 되어 분했다. 사실 나는
밤의 도시를 사랑했고 그 황폐한 동네는 우리 집이었기
때문이다. 우리 가족은 — 나와 누나, 우리 엄마는 —
거기 **있어야만** 했기 때문이 아니라, 어머니의 말을 빌리
자면 〈최소한 밤의 도시는 개성 있고, 가짜 조명이 달린
메마른 식민지들과는 달랐기〉 때문에 거기 있었던 것이
다. 그 말을 떠올리는 순간에도 새는 지붕을 고칠 여유
조차 없었다는 사실이 기억났지만.

탤리아가 나를 보고 있었다. 「취한 사람들은 무분별
해.」 그녀가 말했다. 「이 문제에 관해 5분이라도 생각해
봤다면 너도 분명 알겠지만, 누군가를 과거로 보내면 불

가피하게 역사가 바뀌어. **여행자의 존재 자체가 파열이다.** 아빠가 쓰던 문구가 기억나. 돌아가서 과거와 얽히되 시간 흐름을 전혀 바꾸지 않고 떠나올 방법은 없어.」

「그렇지.」 내가 말했다. 나는 탤리아가 무슨 이야기를 하려는지 알 수 없었으나 그녀의 말을 듣고 있자니 너무 불안해 눈을 마주칠 수 없었다.

「때로는 시간 연구소에서 시간을 거슬러 가 피해를 취소하기도 해. 시간 여행자가 역사를 바꿀 어떤 일을 하지는 않았는지 확인하는 거지. 알잖아, 문명을 끝장낼 알고리즘을 만들러 가는 여자가 지나가도록 문을 잡아 줬다든가 하는 사소한 일 말이야. 때로는 그렇게 과거로 돌아가 피해를 취소하지만 늘 그러는 건 아니야. 그 결정을 어떻게 내리는지 알아?」

「엄청난 기밀 정보일 거 같은데.」 내가 말했다.

「아, **맞아**, 개스퍼리. 하지만 난 널 좋아하고, 나이 들면서 무모한 구석도 생겼으니 어쨌든 말해 줄게.」 (탤리아는 한 서른다섯쯤 되었을까? 그 순간 나는 그녀가 짜릿할 만큼 지쳐 있다고 느꼈다.) 「판단 기준은 이거야. 시간 연구소에서는 **어떤 피해가 시간 연구소에 영향을 미칠 때만** 과거로 돌아가서 그 피해를 취소해. 난 뭘까, 개스퍼리? 너라면 날 어떻게 설명할래?」

　함정 같았다. 「난······.」

「괜찮아.」탤리아가 말했다. 「말해도 돼. 난 관료야. 인사부는 관료 조직이니까.」

「응.」

「시간 연구소도 마찬가지야. 달 최초의 연구 대학이자 유일하게 작동하는 현존 타임머신의 소유자이고, 정부나 사법 체계와 밀접하게 얽혀 있지. 그중 **하나만** 해도 막강한 관료제를 암시한다고 생각하지 않아? 네가 이해해야 할 점은, 관료 조직은 유기체이고 모든 유기체의 주된 목표는 자기 보호라는 거야. 관료 조직은 그 자신을 보호하기 위해서 존재해.」탤리아는 다시 강 건너를 바라봤다. 「우린 3층에 살았어.」그녀가 손가락질하며 말했다. 「발코니에 덩굴 식물과 장미 덤불이 있었지.」

「멋지네.」내가 말했다.

「그렇지? 있잖아, 네가 시간 연구소에서 일하고 싶어 하는 이유를 알아.」탤리아가 말했다. 「신나는 기회로 보이겠지. 호텔에서 너한테 대단한 승진 기회가 있는 것도 아니고. 하지만 시간 연구소가 볼일을 다 보고 나면 널 버릴 거라는 점만 알아 둬.」탤리아가 너무 아무렇지도 않게 말해서 나는 제대로 들었는지 확신할 수 없었다. 「회의에 들어가야 해.」 탤리아가 말했다. 「앞으로 한 시간쯤 뒤에 교대 근무를 시작하면 될 거야.」 탤리아는 돌아서서 나를 두고 떠났다.

나는 아파트를 돌아봤다. 몇 년 전 파티에 참석하려고 그 아파트 중 하나에 가본 적이 있었는데, 당시 상당히 취해 있었음에도 둥근 천장과 널찍한 방들이 아직까지 기억났다. 시간 연구소 일을 하다가 뭔가가 잘못된다고 해도 내가 사전에 아무런 경고도 받지 못했다는 변명은 할 수 없겠다는 생각이 들었다.

그러나 나는 너무도 심하게 인생에 조바심을 느끼고 있었다. 호텔로 돌아갔지만 이제 그곳에 들어갈 수 없다는 사실을 알았다. 호텔은 과거였다. 나는 미래를 원했다. 이프럼에게 전화했다.

「일찍 시작해도 돼?」 내가 물었다. 「원래 계획대로라면 사직하기 2주 전에 호텔에 말해야 하지만, 그냥 당장 훈련을 시작할 수 있을까? 오늘 밤에?」

「당연하지.」 이프럼이 대답했다. 「한 시간 뒤에 이리로 올 수 있어?」

8

「차 좀 마실래?」 이프럼이 물었다.

「좋지.」

이프럼이 자신의 기기에 뭔가를 입력했고 우리는 회의용 탁자에 함께 앉았다. 갑자기 어떤 기억이 떠올랐다. 어느 날 이프럼네 집에서 이프럼과 그의 어머니와 함께 차이티를 마신 기억이었다. 이프럼네 집은 내가 사는 곳보다 좋았다. 내 기억에 이프럼의 어머니는 집에서 일할 수 있는 종류의 직업이 있었고, 무슨 화면을 들여다보고 있었다. 이프럼과 내가 둘 다 공부하고 있었으니 아마 시험 직전이었을 것이다. 내가 1) 차(茶)와 2) 좋은 학생 되기를 놓고 실험하던 시기였다. 그때에 관해 이야기하려는데 — **기억나?** — 문에서 조용히 초인종 소리가 나더니 젊은 남자가 쟁반을 들고 들어와 고개를 끄덕이며 탁자에 내려놓았다. **차이티는 현실이야.** 나는 자신에게 그렇게 말했고, 이프럼도 틀림없이 그 오래전의 한 순간을 떠올렸다는 것을 알 수 있었다. 이프럼은 내가 거기 갈 때마다 차이티만 내놓았기 때문이다.

「여기.」이프럼이 김 나는 머그잔을 건넸다.

「누나는 왜 내가 여기서 일하는 걸 싫어하는 거야?」

이프럼이 한숨을 쉬었다. 「조이는 몇 년 전에 고약한 경험을 했거든. 자세한 건 나도 몰라.」

「아니, 알잖아.」

「그래, 알아. 그게, 그냥 소문이긴 하지만 듣기로는 조이가 어느 시간 여행자와 사랑에 빠졌는데 그 사람이 규칙을 어기고 시간 속에서 사라졌대. 문자 그대로 이게 내가 아는 전부야.」

「아니잖아.」

「문자 그대로, 이게 내가 아는 정보 중 기밀이 아닌 것 전부야.」 이프럼이 말했다.

「어떻게 시간 속에서 사라질 수가 있어?」

「네가 의도적으로 시간 흐름을 망가뜨리려 한다고 해보자. 시간 연구소에서는 너를 현재로 데리고 돌아오지 않기로 결정할 수 있어.」

「누가 왜 의도적으로 시간 흐름을 망가뜨리는데?」

「바로 그거야.」이프럼이 말했다. 「그런 짓만 안 하면 괜찮아.」그는 허리를 숙여 벽에 있는 콘솔을 건드렸다. 사람들의 사진이 첨부된 시간 흐름 도표가 우리 사이의 허공에 떠올랐다. 「널 위해 조사 계획을 짜고 있었어.」 이프럼이 말을 이었다. 「우린 널 특이 현상의 중심부에 두고 싶지 않아. 그 특이 현상이 뭔지, 얼마나 위험한지 모르니까. 우린 네가 특이 현상을 봤다고 생각하는 사람들과 인터뷰하기를 바라.」

이프럼은 아주 오래된 흑백 사진을 키웠다. 군복을 입은 채 걱정스러운 표정을 짓고 있는 젊은 남자의 사진이었다. 「이 사람은 에드윈 세인트앤드루야. 카이엣의 숲에서 뭔가를 경험한 사람이지. 그를 찾아가서 그 경험에 관해 말해 줄지 알아봐.」

「군인인 줄은 몰랐네.」

「너랑 대화할 때는 군인이 아닐 거야. 넌 1912년의 에드윈과 이야기하게 될 테고, 에드윈은 그 이후에 서부 전선에 가서 아주 힘든 시간을 보내게 되거든. 차 더 줄까?」

「고마워.」나는 서부 전선이 뭔지 전혀 몰랐으므로 훈

런 과정에서 그 내용이 다루어지기를 바랐다.

이프럼이 시간 흐름 도표를 옆으로 넘기자 조이가 보여 준 영상 속 작곡가가 나타났다. 「2020년 1월에,」 이프럼이 말을 이었다. 「폴 제임스 스미스라는 이름의 예술가가 어느 영상과 관련된 공연을 했어. 그게 세인트앤드루가 1백 년 전에 편지에서 설명했던 특이 현상을 보여 주는 영상일 가능성이 있어 보여. 하지만 그 영상이 어디서 촬영됐는지는 정확히 모르는 상태야. 폴의 공연 영상도 온전하지가 않아. 그냥 조이가 너한테 보여 준 클립밖에 없어. 폴과 대화하면서 뭘 알아낼 수 있을지 살펴봐.」

이프럼이 화면을 옆으로 넘기자 또 다른 사진이 나타났다. 비행선 터미널에서 눈을 감은 채 바이올린을 연주하는 나이 든 남자였다. 「이 사람은 앨런 새미야.」 이프럼이 설명했다. 「오클라호마시티 비행선 터미널에서 2200년경에 몇 년간 바이올린을 연주했는데, 우린 올리브 루엘린이 『매리언배드』에서 언급한 게 이 사람 음악일 거라고 생각해. 이 사람을 인터뷰하면서 음악에 관해 더 알아봐. 그냥 뭐든 알아낼 수 있는 걸 알아내면 돼.」 이프럼이 시간 흐름 도표를 움직였다. 어머니가 가장 좋아하던 작가이자 탤리아 앤더슨의 어린 시절 집에서 오래전에 살았던 사람, 올리브 루엘린이 나타났다. 「그리고 올리브 루엘린이 있어. 유감이지만 그 누구도 2백 년 동안이나 감시 영상을 보관하지는 않기 때문에 올리브 루엘린이『매리언배드』를 쓰기 전에 경험했거나 경험하지 않은 모든 일에 관해서는 아무 기록도 남아 있지 않아. 네가 마지막 북 투어를 하는 루엘린과 인터뷰해 봐.」

「그 마지막 북 투어가 언제였는데?」 내가 물었다.

「2203년 11월. 사스12가 전 세계적으로 유행하기 시작하던 무렵이었어. 걱정하지 마, 넌 그 병에 걸리지 않을 테니까.」

「그런 질병은 들어 본 적 없는데.」

「우리가 어릴 때 예방 접종을 받은 질병 중 하나야.」 이프럼이 말했다.

「이 사건에 다른 조사자들도 배정됐어?」

「몇 명 있어. 그들은 다른 각도에서 살펴보고 다른 사람들을 인터뷰할 거야. 아니면 같은 사람을 다른 방식으로 인터뷰하든지. 네가 그중 몇 명을 만나게 될지도 몰라. 하지만 그들이 일 처리를 제대로 한다면 넌 그들의 정체를 절대 알 수 없을 거야. 개스퍼리, 네 위치에서는 이게 복잡한 임무가 아니야. 인터뷰를 몇 번 한 다음 네가 알아낸 정보를 선임 조사자한테 전달하기만 하면 돼. 그러면 선임 조사자가 인계받아서 최종 판단을 내릴 거야. 모든 일이 잘되면 너한테는 다른 임무가 주어지겠지. 여기서 흥미로운 이력을 쌓을 수 있어.」 이프럼은 시간 흐름 도표를 바라보고 있었다. 「내 생각에는 바이올린 연주자 인터뷰부터 시작하는 게 좋겠어.」 그가 말했다.

「알았어.」 내가 말했다. 「언제 이야기해 볼까?」

「5년쯤 뒤에.」 이프럼이 말했다. 「일단 훈련을 좀 받아야 해.」

9

훈련은 나 자신을 하나의 다른 세계에 담그는 것이 아니었다. 그보다는 나 자신을 다양한 세계에 연속적으로 담그는 것과 비슷했다. 나타나고 나타나고 또 나타나는 순간들에, 너무도 서서히 흐려져서 지나고 나서야 그 상실이 드러나는 세계들에. 시간 연구소의 작은 방에서 비밀 강의를 듣고 동료 학생일 수도 아닐 수도 있는 사람들을 ― 그곳에서는 아무도 명찰을 달지 않았다 ― 복도에서 스쳐 간 시간, 그리고 시간 연구소의 도서관에서, 또는 늦은 밤 아파트에서 고양이를 무릎에 두고 조용히 공부한 시간이 몇 년 흘렀다. 호텔을 떠난 지 5년 만에 나는 처음으로 시간 여행실에 출석했다.

그곳은 전체가 일종의 합성 석재로 만들어진 중간 크기의 방이었다. 한쪽 끝에는 깊이 파인 벽 안쪽에 만들어 놓은 벤치가 있었다. 벤치는 극도로 평범하게 생긴 책상을 마주 봤다. 조이가 불안하게도 총처럼 생긴 장치를 들고 기다리고 있었다.

「네 팔에 추적기를 주사할 거야.」 조이가 말했다.

「좋은 아침이야, 누나. 난 잘 지내. 물어봐 줘서 고마워. 나도 만나서 반갑고.」

「초소형 컴퓨터야. 이게 네 기기와 상호 작용할 거고, 네 기기는 타임머신과 상호 작용할 거야.」

「응.」 나는 인사를 포기하고 말했다. 「그러니까 추적기가 내 기기에 정보를 보낸다는 거지?」

「내가 너한테 고양이 맡겼던 때 기억나?」 조이가 말했다.

「당연하지. 마빈 얘기잖아. 우리가 대화하는 이 순간에도 마빈은 집에서 낮잠을 자고 있어.」

「시간 연구소에서 과거의 다른 세기로 요원을 보낸 적이 있어.」 조이가 말했다. 「그 요원은 누군가와 사랑에 빠져서 집에 돌아오고 싶어 하지 않았지. 그래서 자기 추적기를 빼내 고양이한테 먹였어. 우리가 강제로 그녀를 현재로 옮기려 했더니, 그녀 대신 고양이가 시간 여행실에 나타났어.」

「잠깐.」 내가 말했다. 「내 고양이가 다른 세기에서 왔다고?」

「네 고양이는 1985년에서 왔어.」 조이가 말했다.

「무슨…….」 나는 할 말을 잃고 말았다.

조이가 내 손을 잡았고 — 마지막으로 언제 서로 맞닿았더라? — 나는 내 왼팔에 은색 알갱이를 주사하며 집중하는 조이의 어두운 얼굴을 지켜봤다. 상상했던 것보다 훨씬 아팠다. 조이는 책상 위에 프로젝터 영상을 띄우고 둥둥 떠 있는 화면으로 관심을 돌렸다.

「말해 줬어야지.」 내가 따졌다. 「내 고양이가 시간 여행자라고 말했어야지.」

「솔직히, 개스퍼리, 그래서 달라질 게 뭐야? 고양이는 고양이인데.」

「누나는 동물을 좋아하는 사람이 아니었지.」

조이의 입술이 가늘게 다물려 있었다. 조이는 나를 보지 않았다.

「날 생각한다면 기뻐해야지.」 조이가 프로젝터 영상 속 뭔가를 조정하는 동안 내가 말했다. 「이건 내가 정말로 하고 싶었던 유일한 일이야. 그 일을 하게 됐다고.」

「아, 개스퍼리,」 조이가 멍하니 말했다. 「내 가엾은 어린양. 기기는?」

「여기.」

조이가 내 기기를 가져가더니 프로젝터 영상 가까이
대고 있다가 다시 내게 건넸다.

「좋아.」 조이가 말했다. 「첫 목적지가 입력됐어. 가서
타임머신 안에 앉아.」

10

녹취록:

개스퍼리 로버츠(이하 GR) 네, 켰어요. 시간 내주셔서 감사합니다.

앨런 새미(이하 AS) 별말씀을. 점심 사줘서 고마워.

GR 자, 이건 녹음 때문에 드리는 말씀인데요. 선생님은 바이올린 연주자시죠.

AS 그래. 비행선 터미널에서 연주하지.

GR 팁을 받으시려고요?

AS 좋아서 하는 거야. 확실히 말해 두지만, 난 돈이 필요 없어.

GR 하지만 돈을 받긴 받으시잖아요, 발치에 모자를 놔두고······.

AS 뭐, 사람들이 나한테 동전을 던지기에 어느 순간 그
  냥 모자를 뒤집어서 앞에 두기로 한 거야. 그래야 모
  든 동전이 같은 자리에 떨어지기라도 하니까.

GR 돈이 필요하지 않다면 왜 그런 일을 하시는지 여쭤
  도 될까요?

AS 뭐, 좋아서 하는 거지, 이 녀석아. 난 바이올린 연주
  도 좋아하고 사람 구경도 좋아해.

GR 괜찮다면 제가 짧은 영상을 하나 보여 드리고 싶
  어요.

AS 음악 영상이냐?

GR 배경 소음이 좀 섞인 음악이에요. 제가 이걸 보여 드
  린 다음, 이 영상에 관해 뭐든 말씀해 주실 수 있는 걸
  말씀해 달라고 부탁드리려는데 괜찮을까요?

AS 그래. 틀어 봐.

(……)

GR 선생님 연주 맞죠?

AS 그래, 비행선 터미널에서 연주하는 내가 맞아. 녹화
  품질은 떨어지지만.

GR 어떻게 선생님이라고 확신하시죠?

AS 어떻게 확신…… 진심으로 묻는 거냐? 그야, 이 녀석

아, 내가 이 음악을 알고 비행선 소리도 들었으니까 그렇지. 마지막에 난 그 **쉭** 소리 말이다.

GR 잠시 음악에 집중해 볼게요. 연주하시던 곡에 관해 좀 더 말씀해 주실 수 있을까요?

AS 내 자장가야. 내가 작곡했지만 제목은 붙이지 않았지. 아내, 사별한 아내를 위해 만든 거야.

GR 사별한……. 위로를 전합니다.

AS 고맙구나.

GR 혹시…… 혹시 선생님 연주를 직접 녹음하시거나 악보를 쓰신 적이 있나요?

AS 둘 다 없어. 왜 묻지?

GR 그게, 말씀드렸다시피 전 음악사 연구자의 조수로 일하거든요. 지구의 다양한 지역에 있는 비행선 터미널에서 연주된 곡들의 유사점과 차이점을 조사하는 일을 맡았어요.

AS 속해 있는 기관이 어디랬지?

GR 브리티시컬럼비아 대학교요.

AS 거기 억양인 거냐?

GR 억양이요?

AS 방금 바뀌었네. 내가 억양을 잘 알아듣거든.

GR 아. 저는 제2식민지에서 왔어요.

AS 재미있는데. 내 아내가 제1식민지 출신이었는데 네 녀석이랑은 억양이 전혀 달랐어. 이 일을 한 지는 얼마나 된 거냐?

GR 조사 보조 업무요? 몇 년 됐죠.

AS 그 조사를 하겠다고 학교에 다니는 거냐? 어떤 길을 거쳐서 그런 일을 하게 되는 거지?

GR 궁금해하실 만하네요. 솔직히 말씀드리자면, 전 헛짓거리를 하고 살았어요. 호텔 보안부에서 일했죠. 나쁘지는 않았어요. 그냥 호텔 로비에 서서 사람들을 지켜봤거든요. 그러다가 뭐랄까, 어떤 기회를 본 거예요. 정말로 흥미로운 어떤 일이 벌어졌어요. 그런 식으로 흥미를 느낀 적은 한 번도 없었어요. 5년 동안 훈련받으면서 언어학과 심리학과 역사를 공부했죠.

AS 역사를 배웠다는 건 이해가 간다만, 심리학이랑 언어학은 왜?

GR 뭐, 언어학은 사람들이 역사의 여러 시점에서 다른 언어를 썼으니까 공부한 거예요. 가사 요소가 있는 오래된 음악을 다룰 때 도움이 되거든요.

AS 말이 되는군. 심리학은?

GR 개인적인 흥미였어요. 중요한 건 아니었고요. 전혀 중요하지 않았죠. 제가 그 얘기를 왜 했는지 모르겠네요.

AS 내 생각엔 저 여인이 지나친 맹세를 하는 것 같구나.[14]

GR 잠깐, 저를 여인이라고 부르신 거예요?

AS 셰익스피어 희곡에 나오는 대사다, 이 녀석아. 자아, 그럼, 학교에는 안 다닌 거냐?

---

14 『햄릿』 3막 2장의 대사. 삼촌이 아버지를 살해했다는 사실을 확인하기 위해 햄릿이 올린 극중극에서 왕비가 남편과 사별한 뒤 절대 재혼하지 않겠다고 선언하는 장면을 보고, 햄릿의 어머니 거트루드가 던진 말이다.

11

「자연스럽네..」 녹음을 들어 보고는 조이가 말했다.
「진정한 궤변론자의 출현이야.」

조이의 연구실에 함께 앉아 있던 이프럼이 웃음을 눌러 참았다.

「나도 알아.」 내가 인정했다. 「미안.」

「아니, 됐어.」 조이가 대답했다. 「우리가 널 훈련시킬 때 셰익스피어를 다루지 않은 게 잘못이지.」

「누나, 이프럼, 그냥 이론적으로 말하는 건데, 내가 일을 망치면 어떻게 되는 거야?」 내가 물었다.

「망치지 마.」 이프럼이 자기 기기를 힐끗 봤다. 「미안. 상관과 회의가 있어. 한 시간 뒤 내 연구실에서 보자.」 그러더니 이프럼은 우리를 떠났다. 나는 조이와 단둘이 남겨졌다.

「그 바이올린 연주자, 느낌은 어땠어?」 조이가 물었다.

「80대쯤이었어.」 내가 말했다. 「90대였을지도 몰라. 말씨가 느렸어. 모든 말을 질질 끄는 억양이랄까. 눈에 그거 있잖아, 색깔 바꾸는 수술. 그걸 했더라고. 눈 색깔이 이상한 보라색이었어. 연보라색이었을 거야.」

「아마 젊은 시절에 느낀 모든 분노가 담긴 거겠지.」

조이는 녹취록으로 다시 시선을 돌려 뭔가를 한 번 더 읽었다. 나는 일어나 창문으로 갔다. 밤이라 돔이 맑아져 있었다. 지평선에서 지구가 떠오르고 있었다. 초록색과 파란색으로 이루어진 모습.

「누나, 뭐 하나 물어봐도 돼?」 내가 말했다.

「당연하지.」

내가 조이를 돌아보자 조이는 녹취록에서 고개를 들었다.

「밤의 도시에 살던 탤리아 앤더슨 기억나?」 내가 물었다.

「아니. 기억 안 나는 거 같은데.」

「초등학교 때 잠깐 나랑 같은 반이었어. 걔네 가족이 올리브 루엘린의 어린 시절 집에 살았는데, 호텔 보안부에 취직할 때 걔가 나를 고용하면서 다시 마주쳤어.」

「잠깐.」 조이가 말했다. 「그랜드 루나 호텔의 내털리아 앤더슨 말하는 거야?」

「응.」

조이가 고개를 끄덕였다. 「이 자리에 널 채용하려고 신원 확인을 할 때 우리가 면담했던 사람들 명단에 내털리아도 있었어.」

「5년 전 명단에 있던 이름을 어떻게 기억하는 거야?」

「몰라.」 조이가 말했다. 「그냥 기억나.」

「나도 누나 같은 머리가 있었으면 좋겠다. 아무튼, 솔직히 말하면 걔가 나더러 여기 오지 말라고 경고했었어.」

「나도 그랬지.」 조이가 말했다.

「걔네 부모님이 여기서 일했었나 봐.」 나는 조이의 말을 못 들은 체하고 이야기했다. 「오래전에. 자기 아빠가 무분별하게 행동했다고 하더라.」

조이가 나를 유심히 보고 있었다. 「내털리아가 뭐라고 했는데?」

「여행자의 존재 자체가 파열이다라고 했 —」

「정확히 그 단어들을 쓴 거야?」

「그런 거 같아. 왜?」

「그건 10년 전부터 더 이상 배포되지 않는 기밀 매뉴 얼에 적힌 문구야. 내털리아가 다른 사람한테도 그 얘기 를 했는지 모르겠네. 또 뭐래?」

「시간 연구소에서 볼일을 다 보고 나면 날 버릴 거라 고 했어.」

조이가 시선을 돌렸다. 「여기가 늘 일하기 쉬운 곳은 아니지. 이직률이 높아. 너도 내가 널 말렸었다는 사실 을 떠올리게 될 거야.」

「내가 쫓겨날까 봐 걱정한 거야?」

조이가 너무 오래 침묵을 지켰기에 대답하지 않을 줄 알았다. 다시 입을 열었을 때 조이는 나를 보려 하지 않 았고 목소리에 긴장한 기색이 있었다. 「오래전에 난 어 떤 사람과 가까운 사이였어. 그녀는 다른 뭔가를 조사하 던 시간 여행자였지. 그 사람이 일을 망쳐 버렸어.」

「그 사람은 어떻게 됐는데?」

조이의 손이 늘 차고 다니는 목걸이로 향했다. 금으로 된 단순한 체인 목걸이라 유심히 본 적이 없었는데, 그 순간 조이의 손길을 보고 사라진 시간 여행자가 그 목걸 이를 줬다는 사실을 알 수 있었다.

「네가 알아야 할 점은 이거야.」 조이가 말했다. 「꼭 끔찍한 사람이라야 시간 흐름을 의도적으로 바꾸려 드는 게 아니라는 사실. 그냥 잠깐 나약해지기만 해도 그렇게 돼. 그야말로 잠깐. **나약함**이라는 말은, **인류애**와 좀 더 비슷한 뜻이야.」

「그런데 의도적으로 시간 흐름을 바꾸면⋯⋯.」

「일부러 누군가를 시간 속에서 잃어버리기란 어렵지 않은 일이야. 예컨대 저지르지 않은 범죄를 저질렀다고 모함하거나, 그보다 덜 심각한 경우에는 집으로 돌아올 길이 없는 곳에 그 사람을 두기만 하면 돼.」

「시간 여행자가 범죄를 저질렀다고 모함하면, 뭐랄까, 시간 흐름에 영향이 있지 않을까?」

「연구부에 범죄 목록이 있어.」 조이가 말했다. 「중대한 영향을 끼치지 않을 사건들만 신중하게 선별하고 검토해서 만든 목록이야.」

(**관료 조직은 그 자신을 보호하기 위해서 존재해.**」 탤리아는 강 건너를 바라보며 말했다.)

조이가 목을 가다듬었다. 「내일이 중요한 날이네.」 조이가 말했다. 「제일 먼저 가는 데가 어디랬지?」

「1912년. 에드윈 세인트앤드루랑 대화하러 가. 신부인 척하면서, 성당에서 그 사람이 내게 이야기를 들려줄지 알아볼 거야.」

「좋아. 그다음은?」

「그다음에는 2020년 1월로 가.」내가 말했다. 「비디오 아티스트 폴 제임스 스미스랑 대화하면서, 그 이상한 영상에 관해 알아볼 수 있는 걸 알아볼 거야.」

조이가 고개를 끄덕였다. 「그다음 날에 올리브 루엘린을 만나고?」

「응.」그때쯤 나는 루엘린의 책을 모두 읽은 상태였다. 그중 딱히 마음에 드는 작품은 없었는데, 책의 잘못인지 아니면 인터뷰가 예정된 타이밍 탓에 루엘린을 생각할 때 내가 느끼는 두려움 때문인지 알기 어려웠다.

「너도 알겠지만, 넌 루엘린 인생의 마지막 주에 그녀를 만나게 돼.」조이가 말했다. 「필라델피아에서 인터뷰를 진행하게 될 텐데, 루엘린은 사흘 뒤 뉴욕의 호텔 방에서 죽을 거야.」

「알아.」그 생각을 하면 좀 메스꺼웠다.

조이의 얼굴이 누그러졌다. 「어렸을 때 엄마가 『매리 언배드』의 구절을 들려준 거 기억나?」

나는 고개를 끄덕였다. 잠시 나는 병원으로, 어머니 인생의 마지막 날로 옮겨졌다. 우리가 어머니 곁을 한시도 떠나지 않던, 시공간 바깥의 일주일로.

「그래도 침착하게 굴 거지?」 나를 보는 누나의 시선에서, 나는 누나가 과거의 개스퍼리를 본다는 사실을 알수 있었다. 실수가 잦고 아무 목표 없이 살던 나를, 지난 5년을 수련과 연구와 조사로 보내지 않은 무능한 나를.

「당연하지. 난 전문가야.」

나는 삶, 그리고 죽음에 관한 사실들을 알고 있었다. 올리브 루엘린은 북 투어 도중에 시작된 팬데믹으로 죽었다. 애틀랜타 공화국의 호텔 방에서. 하지만 물론 규정 위반이라는 가능성이 머릿속에 떠올랐다. 그 당시에도, 이틀 뒤 아침에 시간 여행실에 출석했을 때도, 내 기기에 좌표가 입력됐을 때도, 루엘린을 만나기 위해 타임머신에 들어갔을 때도.

5장
지구에서의 마지막 북 투어 / 2203

「저기요.」 기자가 말했다. 「작가님을 불편하거나 곤란하게 하려는 건 아닙니다. 하지만 작가님이 혹시 오클라호마시티 비행선 터미널에서 이상한 경험을 하셨는지 궁금해요.」

조용한 가운데 올리브는 건물에서 나는 윙윙 소리를 들을 수 있었다. 환기구와 배관 시설에서 나는 소리였다. 개스퍼리에게 투어가 끝날 때쯤 잡힌 것이 아니었다면, 그렇게까지 지쳐 있지 않았다면 아마 올리브는 인정하지 않았을 것이다. 기자 개스퍼리자크 로버츠가 그녀를 유심히 바라봤다. 올리브는 자신이 하려는 말을 그가 이미 안다고 느꼈다.

「이 얘기를 하기 싫은 건 아닌데,」 올리브가 말했다. 「인터뷰 최종고에 이 내용이 들어가면 제가 너무 괴짜처

럼 보일까 봐 걱정돼요. 잠깐 오프 더 레코드로 진행해
도 될까요?」

「네.」 그가 대답했다.

「터미널에서였어요. 제가 탈 비행선으로 걸어가고 있
었죠. 바이올린을 연주히는 남자 옆을 지났던 게 기억나
요. 그런데 갑자기 모든 것이 어둠에 잠기더니, 제가 숲
속에 있었어요. 아주 잠깐이지만요. 그건…….」

「작가님이 책에서 설명하신 상황과 똑같았군요.」 개
스퍼리가 말했다.

「맞아요.」

「다른 얘기도 해주실 수 있나요?」

「다른 얘기는 별로 없어요. 너무 순식간에 일어난 일
이라. 제가 받은 느낌은……. 미친 소리 같겠지만, 전 두
장소에 동시에 있었어요. 숲에 있었다고 말한 그때 터미
널에도 계속 있었죠.」

「그럴 줄 알았어요.」 그가 말했다.

「글쎄요…….」 올리브는 어떻게 물어야 할지 알 수 없
었다. 「그게 무슨 의미가 있나요?」 올리브가 물었다.

개스퍼리는 그녀를 바라봤다. 그는 이어서 무슨 말을
해야 할지 떠올리느라 씨름하는 듯 보였다. 「바보 같은

말로 들리겠지만,」 그는 억지로 가벼운 투로 말했다. 「『우발 사건 매거진』의 담당 편집자는 제가 재미있는 질문으로 인터뷰를 마무리하길 바라거든요.」

올리브는 두 손을 꽉 맞잡고 고개를 끄덕였다.

「자, 그럼,」 그가 말했다. 「운명에 관한 질문인데요.」 올리브는 그가 땀을 흘린다는 사실을 알아차렸다. 「예상치 못한 대재앙이 일어나지 않는 한, 인류의 기술력이 계속해서 발전한다고 가정하면 다음 세기에는 아마 시간 여행을 할 수 있게 될 거예요. 만일 시간 여행자가 작가님 앞에 나타나 모든 걸 포기하고 즉시 집으로 돌아가라고 한다면 그렇게 하실 건가요?」

「그 사람이 시간 여행자라는 걸 어떻게 알죠?」

문이 열리고 올리브의 출판 담당자가 들어왔다.

「뭐, 그 사람에게 이해할 수 없는 어떤 부분이 있다고 하죠.」

「예를 들면요?」

개스퍼리가 몸을 앞으로 숙이고 조용히, 빠르게 말했다. 「뭐, 예를 들어 그 사람이 성인이라고 해봐요.」 그가 속삭였다. 「그리고 그 사람이, 30대 성인인 그 사람이 당신이 겨우 5년 전에 출간한 책에 쓰려고 지어낸 이름을 가졌다고 가정해 보는 거죠.」

「잘돼 가요?」아레타가 물었다.

「아주 잘돼 가요.」개스퍼리가 말했다. 「타이밍이 완벽하네요.」

「당신이 이름을 바꿨을 수도 있죠.」올리브가 말했다.

「그랬을 수도 있죠.」개스퍼리가 올리브와 눈을 맞췄다. 「하지만 아니에요.」자리에서 일어나는 그는 말투가 밝아졌다. 「올리브 작가님, 시간 내주셔서 정말 감사합니다. 특히 마지막 질문이요. 재미있는 질문이 최악의 질문이라는 거 알아요.」

「올리브, 피곤해 보이네요.」아레타가 말했다. 「괜찮아요?」

「그냥 피곤해서요.」올리브는 똑같은 설명을 되풀이했다.

「그래도 이제 곧장 집으로 돌아가실 거잖아요?」개스퍼리가 자연스럽게 물었다. 「바로 비행선 터미널로 가시는 거 맞죠? 뭐, 어쨌든 안녕히 가세요. 감사합니다!」

「아뇨, 작가님은 다른 — 아.」아레타가 말했다. 「네, 안녕히 가세요!」개스퍼리는 떠났다. 「좀 이상한 사람이죠?」

「조금요.」 올리브가 대답했다.

「집에 가신다는 얘기는 뭐예요? 작가님은 지구에 사흘 더 계실 텐데요.」

「무슨 일이 생겼어요.」

아레타가 인상을 썼다. 「하지만 ―」

하지만 올리브는 그 이상 확신을 느낀 적이 없었다. 살면서 그렇게 분명한 경고는 받아 본 적이 없었다. 「죄송해요.」 그녀가 말했다. 「모두가 곤란해지리라는 건 알지만 비행선 터미널로 가야겠어요. 다음 비행선을 타고 집으로 돌아갈게요.」

「뭐라고요?」

「아레타,」 올리브가 말했다. 「당신도 가족에게 돌아가야 해요.」

한 세계에서 눈을 떴는데 다른 세계의 밤에 와 있다는 것은 충격적인 일이다. 하지만 그런 상황이 정말로 그렇게까지 특이하지만은 않다. 결혼한 상태로 눈을 떴는데 그날이 흘러가는 와중에 배우자가 죽는다. 평화로운 시기에 눈을 떴는데 정오에는 나라가 전쟁을 벌인다. 아무것도 모르고 깨어났는데 저녁쯤에는 팬데믹이 닥쳤다는 사실이 확실해진다. 며칠 더 북 투어를 해야 하는 상황에서 눈을 떴는데 저녁에는 여행 가방을 호텔 방에 버려둔 채 집으로 달려가고 있다.

올리브는 차 안에서 남편에게 전화했다. 자율 주행 차였다. 다행스러운 일이었다. 올리브의 통화를 듣고 그녀가 미친 것은 아닌지 의아해할 운전기사가 없었으니까. 그녀 자신조차 자기가 미친 것이 아닌지 궁금했다. 「디온, 좀 극단적으로 느껴지는 일을 해줄 수 있는지 물으려 해.」

「그래.」 디온이 말했다.

「실비를 학교에서 데려와야 해.」

「그러니까, 내일 데려오는 게 아니고? 나 일해야 하는데.」

「지금 가서 데려올 수 있어?」

「올리브, 왜 그래?」

창밖으로는 높다란 아파트들의 흐릿한 형상으로 이루어진 필라델피아의 교외가 보였다. 훌륭한 결혼 생활을 하면서도 배우자에게 모든 것을 털어놓지 못하는 때가 있다. 「새 바이러스 때문이야.」 올리브가 설명했다. 「호텔에서 내부 정보를 아는 사람을 만났어.」

「무슨 내부 정보?」

「심각해, 디온. 바이러스가 통제를 벗어나 번지는 중이야.」

「식민지들에도?」

「지구와 달 사이에 비행선이 하루에 몇 번이나 뜨는데?」

디온이 숨을 들이쉬었다. 「알았어.」 그러더니 말했다. 「알았어. 가서 데려올게.」

「고마워. 나 집에 가고 있어.」

「뭐? 북 투어를 중간에 끝내는 건 심각한 일이잖아.」

「심각해, 디온. 진짜 심각한 거 같아.」 올리브는 자신이 울음을 터뜨렸다는 사실을 깨달았다.

「울지 마.」 디온이 조용히 말했다. 「울지 마. 지금 학교로 갈게. 실비를 집으로 데려올게.」

출국장에서 올리브는 모두와 멀찍이 떨어진 구석을 찾아 기기를 꺼냈다. 팬데믹에 관한 새로운 소식은 없었지만 그녀는 석 달 치 약품과 여분의 생수를, 그다음에는 실비에게 줄 새 장난감을 산더미같이 주문했다. 비행선에 올랐을 즈음 그녀는 상당한 돈을 쓴 상태였으며 살짝 정신이 나간 기분이었다.

　지구를 떠난다는 것은 다음과 같았다.

　초록색과 파란색으로 이루어진 세상 위로 빠르게 솟아올랐다. 세상이 구름으로 순식간에 지워졌다. 대기가 희박하고 푸르러졌다. 남색으로 변해 가는 푸른색이었다. 그리고 ― 꼭 거품의 외피를 통과하는 것만 같았다 ― 검은 공간이 있었다. 달까지 여섯 시간. 올리브는 공항에서 수술용 마스크를 가져와 ― 감기에 걸린 여행자들을 위한 것이었다 ― 세 장이나 끼고 있었다. 숨을 쉬기가 힘들었다. 그녀는 창가 자리에 앉았으며 팔걸이 쪽으로 몸을 완전히 웅크리고서 다른 사람들과 최대한 거리를 유지하려 했다. 암흑으로부터 달의 표면이 떠올랐다. 멀리서 보면 밝았고 가까이서 보면 회색이었다. 제1, 제2, 제3식민지의 불투명한 거품 모양 돔이 햇빛을 받아 빛났다.

　올리브의 기기가 작은 신호음을 내며 밝아졌다. 올리브는 새로운 병원 예약 알림을 보고 인상을 찌푸렸다. 진료를 예약한 기억이 없었으니까. 조금 뒤에야 올리브는 디온이 예약을 잡았다는 사실을 알았다. 디온은 올리브가 통조림에 얼마나 많은 돈을 썼는지 봤다. 그는 올리브가 미쳐 간다고 생각했다.

그다음에는 지구와 달 사이를 내팽개치듯 날아온 속도에 비해 너무도 부드럽게 느껴지는 착륙이 이루어졌다. 올리브는 눈물을 감추려 선글라스를 꼈다. 사실, 진료 예약을 잡은 것은 비합리적인 일이 아니었다. 디온이 출장지에서 전화해 감염병이 닥쳐왔으니 아이를 학교에서 빼 와야 한다고 말했다면, 또 부부 공용 신용 카드에서 그 엄청난 금액이 빠져나가는 것을 봤다면 올리브도 그의 정신 상태를 걱정했을 것이다. 올리브는 다른 사람들과 거리를 두느라 최대한 기다렸다가 비행선에서 내린 뒤 우주 항구에서도, 제2식민지로 가는 기차 승강장에서도 모두와 할 수 있는 한 멀리 떨어져 있었다. 객실에서는 창밖으로 스쳐 지나가는 터널 불빛을, 합성 유리 너머 달의 밝은 표면을 바라봤다. 그녀는 승강장에 내려섰다. 몇 번이고 여행 가방에 손을 뻗었다가 다시는 그 가방을 볼 수 없다는 사실을 떠올렸다.

올리브는 텍사스 공화국에 있을 때 양말에서 빼낸, 이상한 표창처럼 생긴 깔쭉깔쭉한 조각들이 잠깐씩 아쉬웠지만 ― 그것들을 실비에게 보여 줄 순간을 기대했으니까 — 그 밖에는 여행 가방에 진짜 가치 있는 물건은 하나도 없었다고 자신을 타일렀다. (하지만 뭔가를 빼앗긴 기분이 들기는 했다. 몇 년 동안 그 여행 가방을 들고 다녔으므로 그것이 거의 친구처럼 느껴졌다.) 전차가 도착했다. 올리브는 공기가 잘 통하는 문가에 앉았고 — 이제는 그 모든 내용이, 팬데믹에 관해 조사했던 기억이 떠오르고 있었다 — 전차는 흰 석재로 이루어진 도시의 거리와 대로를 미끄러지듯 나아갔다. 올리브에게 그 도시가 지금처럼 아름다워 보인 적은 없었다. 거리 위로 아치를 그리는 다리에는 평범하지 않은 건축적 기품이 어려 있었다. 대로 양옆에 늘어서서 탑의 발코니를 부드러워 보이게 하는 나무들은 거의 부자연스러울 만큼 푸르렀고 초록에 지나치게 흠뻑 젖어 있었다. 또한 사람들이 드나드는 작은 가게가 무수히 많았는데 — 사람들은 마스크도 장갑도 끼지 않았고, 아무것도 몰랐으며, 임박한 대재앙을 전혀 보지 못했다 — 그 광경을 지켜보기란 사실 지나치게 힘든 일이었다. 올리브는 더 이상 견딜수 없었지만, 물론 견뎌야만 했다. 올리브가 조용히 흐느끼고 있었으므로 아무도 그녀 가까이 오지 않았다.

올리브는 기차에서 일찍 내려 햇빛을 받으며 집까지

남은 열 블록을 걸어갔다. 제2식민지의 돔이 그녀가 가장 좋아하는 하늘을 보여 주고 있었다. 짙은 파란색 배경에 흰색의 구름이 스치듯 나아가는 하늘이었다. 그 장면에는 자갈길을 구르는 여행 가방의 바퀴 소리가 빠져 있었다.

올리브는 모퉁이를 돌았다. 그곳에 그녀가 사는 단지가 있었다. 각각 2층과 3층에서 인도로 이어지는 계단이 난 정사각형 모양의 흰 건물들이 한 줄로 늘어서 있었다. 그녀는 그 상황이 비현실적이라고 느끼며 2층으로 가는 계단에 올라섰다. 어떻게 이렇게 일찍 집에 올 수 있었을까? 여행 가방도 두고? 게다가 이 모든 것이 어떤 기자한테서 시간 여행에 관한 이상한 이야기를 들었기 때문이라니? 올리브는 노크하려 손을 들었다가 — 열쇠는 지구에 있는 여행 가방에 들어 있었다 — 우뚝 멈췄다. 옷에 오염 물질이 묻었다면? 그녀는 재킷과 신발을 벗고 — 잠깐만 망설인 뒤에 — 바지와 셔츠도 벗었다. 거리를 내려다봤다. 행인 한 명이 그녀에게서 재빨리 시선을 돌렸다.

올리브는 디온에게 전화했다.

「올리브, 어디야?」

「문 좀 열어 주고, 실비를 침실로 데려가 줄래? 내가 방으로 들어갈 때까지 침실에 있어 줘.」

「올리브…….」

「오염 물질이 걱정돼서 그래.」 올리브가 말했다. 「지금 현관 앞에 있는데, 둘 중 누군가가 날 안기 전에 샤워하고 싶어. 내 옷에 오염 물질이 묻었을지도 몰라.」 올리브의 옷은 발치에 쌓여 있었다.

「올리브.」 디온이 말했다. 올리브는 그의 목소리에서 고통스러워하는 기색을 느꼈다. 그는 올리브가 끔찍하게, 절망적으로 아프다고 여겼지만 그 이유가 다가오는 팬데믹 때문이라고는 생각하지 않았다.

「부탁이야.」

「알았어.」 디온이 대답했다. 「그렇게 할게.」

잠금장치가 찰칵 열렸다. 올리브는 천천히 열을 센 다음 감히 안으로 들어가서 기기와 속옷을 바닥에 쌓아 놓고 곧장 샤워실로 향했다. 비누로 몸을 문지른 다음 소독용 알코올을 찾아 발자국을 되짚어 나가며 자기 몸이 닿은 모든 표면을 소독한 뒤 공기 청정기를 최대 강도로 틀고 창문을 모조리 열었다. 그다음 바닥에 놓여 있던 속옷을 수건으로 집어 들고 속옷과 수건을 전부 쓰레기

통에 넣은 뒤 기기를 소독하고 기기가 있던 바닥을 소독했으며 두 손을 다시 소독했다. **이젠 이게 우리의 삶이 될 거야.** 그녀는 멍하니 생각했다. **우리가 어디어디의 표면을 만졌는지 기억하면서 살겠지.** 올리브는 심호흡하며 침착해 보이는 표정을 만들어 냈다. 그리고 벌거벗은 채 반쯤 정신 나간 모습으로 방문을 열었다. 딸이 쏜살같이 방을 가로질러 그녀의 품에 뛰어들었다. 올리브는 털썩 꿇어앉았다. 눈물이 뜨겁게 얼굴로, 실비의 어깨로 흘러내렸다.

「엄마, 왜 울어?」 실비가 말했다.

팬데믹에 걸려 죽을 뻔했는데 어떤 시간 여행자한테서 경고를 받았거든. 수많은 사람이 곧 죽을 텐데 나한테는 그 일을 막을 방법이 없거든. 아무것도 말이 되지 않고 내가 미쳤을 수도 있거든.

「그냥 네가 너무 보고 싶었어.」 올리브가 말했다.

「내가 너무 보고 싶어서 집에 일찍 올 수밖에 없었던 거야?」 실비가 물었다.

「응.」 올리브가 대답했다. 「네가 너무 보고 싶어서 집에 일찍 올 수밖에 없었어.」

이상한 알림음이 방을 가득 채웠다. 디온의 기기에서

재난 경보가 울렸다. 실비의 어깨 너머로 올리브는 화면을 들여다보는 디온을 봤다. 그가 고개를 들어 자신을 보는 그녀를 봤다.

「당신 말이 맞았어.」 디온이 말했다. 「의심해서 미안해. 바이러스가 왔어.」

격리가 시작되고 첫 1백 일 동안 올리브는 매일 아침 작업실에 틀어박혀 책상 앞에 앉아 있었지만, 글을 쓰는 것보다는 창밖을 내다보는 것이 쉬웠다. 때로 그녀는 울려 퍼지는 소리에 관한 메모만을 남겼다.

사이렌

고요함, 새소리

사이렌

다른 사이렌

세 번째 사이렌? 최소 두 방향에서 들려오는 소리가 겹침

매우 고요함

새소리

사이렌

흐릿하게 흘러가는 나날. 올리브는 새벽 4시에 일어나 실비가 자는 동안 두 시간을 일했다. 그다음에는 디온이 오전 6시부터 정오까지 일했다. 그동안은 올리브가 선생 노릇을 하며 딸이 적당히 제정신을 유지하도록 노력했다. 그다음에는 디온과 실비가 노는 두 시간 동안 올리브가 일했고, 그다음에는 실비에게 한 시간 동안 홀로그램을 볼 시간이 주어졌다. 그동안은 부모가 둘 다 일했다. 그다음 디온이 일하는 동안 올리브가 실비와 놀아 줬고, 어찌어찌 저녁을 준비할 시간이 되었다. 저녁 식사 시간은 잠잘 시간으로 흐릿하게 바뀌었고, 오후 8시에는 실비가 잠들었다. 올리브도 곧 잠자리에 들었다. 그다음, 다시 새벽 4시가 되면서 올리브의 알람이 울렸고…….

「이걸 기회라고 생각할 수도 있어.」 격리 73일째 밤에 디온이 말했다. 올리브와 디온은 주방에 앉아 함께 아이스크림을 먹고 있었다. 실비는 자고 있었다.

「무슨 기회?」 올리브가 물었다. 73일째에도 그녀는 약간 충격받은 느낌이었다. 불신의 요소는 ─ 팬데믹이라고? **진짜?** ─ 그다지 희미해지지 않았다.

「세상에 어떻게 다시 들어갈지 생각해 볼 기회.」디온이 대답했다. 「다시 들어가는 게 가능해진다면 말이지.」디온은 별로 보고 싶지 않은 친구가 몇 명 있다고 했다. 그는 조용히 새로운 일자리에 지원하고 있었다.

「이 탄산수병을 친구라고 해볼게.」85일째 되던 날 저녁 식사 시간에 실비가 말했다. 「얘가 나한테 말을 걸게 해줘 봐.」

「안녕, 실비!」올리브가 말했다. 그녀는 유리병을 실비에게로 움직였다.

「안녕, 탄산수야.」실비가 인사했다.

격리 시기에는 새로운 종류의 여행이 이루어졌는데, 사실 여행이라는 단어가 적절해 보이지는 않았다. 새로운 종류의 반(反)여행이었다고 해야 할 것이다. 저녁때 올리브는 기기에 일련의 코드를 입력한 뒤 눈을 가리는 헤드셋을 끼고 홀로그램 공간에 들어갔다. 홀로그램 회의는 한때 미래적인 회의 방식으로 환영받았으나 ─ 낯설고 텅 빈 은빛 디지털 공간으로 이동해 깜빡이는 동료 직원들의 시뮬레이션과 대화할 수 있는데 굳이 물리적 여행에 드는 시간과 비용을 감당할 이유가 어디 있겠는가? ─ 가상 현실은 고통스러울 만큼 밋밋했다. 한편 디온의 일에는 엄청나게 많은 회의가 필요했으므로 그는 하루 여섯 시간씩 홀로그램 공간에 들어가 있었고, 저녁에는 피로 때문에 멍했다.

「왜 이렇게까지 피곤한지 모르겠어.」 디온이 말했다. 「내 말은, 일반적인 회의보다 훨씬 더 피곤하다는 거야.」

「현실이 아니라 그런 거 같아.」 아주 늦은 시각이었고 그들은 함께 거실 창가에 서서 인적 없는 거리를 내려다보고 있었다.

「당신 말이 맞을지도 몰라. 알고 보면 현실은 우리 생각보다 더 중요한 거지.」 디온이 말했다.

투어의 문제는 ─ 모든 여행의 문제는 ─ 올리브가 감사히 여기지 않은 순간은 단 하나도 없었으나 동시에 너무나 많은 얼굴을 마주해야 한다는 것이었다. 올리브는 예전부터 수줍음이 많았다. 여행 중에는 그 모든 얼굴이 계속해서 연달아 눈앞에 나타났고 대부분은 친절했다. 그러나 전부가 엉뚱한 얼굴이었다. 여행을 떠나고 며칠이 지나면 올리브가 보고 싶은 얼굴은 실비와 디온의 얼굴뿐이었으니까.

하지만 세상이 아파트 내부의 크기로, 인구 세 명으로 줄어들자 올리브는 사람들을 그리워하게 되었다. 말하는 쥐에 관한 책을 쓴다던 운전기사는 어디 있을까? 올리브는 그 여자의 이름조차 몰랐다. 아레타는 어디 있으며 — 아레타의 기기에 걸린 부재중 메시지는 그녀가 설정해 놓은 기간으로부터 몇 주 뒤까지 이어졌는데, 걱정스러운 일이었다 — 마지막 투어에서 만난 이비 모하메드, 제시카 말리 등 다른 작가들은 어디 있을까? 탈린을 가로지를 때 오래된 재즈곡을 부르던 운전기사와 부에노스아이레스에서 만난 문신한 여자는 어디 있을까?

격리 기간의 제2식민지는 낯설고도 얼어붙은 공간이었다. 구급차의 사이렌 소리와 마스크 쓴 의료인들을 싣고 가는 전차의 조용한 윙윙 소리를 제외하면 아무 소리도 들리지 않았다. 진료를 받으러 가거나 꼭 필요한 작업을 할 때를 제외하면 누구도 밖에 나가서는 안 되었다. 하지만 1백 일째 되던 날 밤, 실비가 자고 있을 때 올리브는 주방 문을 지나 슬쩍 바깥세상으로 나갔다. 그녀는 빠르고도 조용하게 계단을 내려가 정원으로 나간 다음,

우산처럼 생긴 작은 나무 아래 풀밭에 앉았다. 그곳은 인도와 무척 가까웠지만 나뭇잎에 가려져 있었다. 아파트 밖에 나오자 방향 감각을 잡기가 힘들었다. 그곳 공기가 예전 그대로라는 점은 확실했는데, 지구에서 얼마간 시간을 보내고 온 시점에 올리브는 그 공기가 어딘가 잘못됐다고 느꼈다. 밋밋하고 지나치게 여과된 것 같았다. 올리브는 실외에서 한 시간을 머무르고는 뭔가를 깨달은 느낌을 받으며 몰래 돌아갔다. 그날 이후 올리브는 매일 밤 바깥에 나가 우산 나무 아래 앉아 있었다.

기자가 나타난 것은 그런 밤 중 하루였다. 올리브는 늘 그를 〈마지막 기자〉라고 생각했다. 『우발 사건 매거진』의 개스퍼리자크 로버츠. 그가 나타난 날 밤, 올리브는 우산 나무 아래 풀밭에 책상다리를 하고 앉아 그날의 숫자를 떠올리지 않으려 — 오늘의 제2식민지 사망자 수 752명, 확진자 수 3,458명 — 의식적인 생각을 놓아 버리려 애쓰고 있었다. 그때 가만히 다가오는 발소리가 들렸다. 순찰대원일 리는 없었지만 — 순찰대원들은 둘씩 짝을 지어 다녔다 — 어쨌거나 격리 기간에 밖에 나오면 고액의 벌금을 물어야 했으므로 꼼짝도 하지 않고 최대한 조용히 숨 쉬려 노력했다.

발소리가 멈췄다. 너무 가까운 지점이라 인도 위로 비스듬히 드리운 사람 그림자가 보였다. 올리브의 존재를 느낀 것일까? 그럴 수는 없을 듯했다. 다른 누군가가 — 또 다른 발소리가 — 반대 방향에서 다가왔다.

　「누나? 여기서 뭐 해?」 올리브는 남자의 목소리를 즉시 알아들었다. 헉 들이쉰 숨이 가슴께에 걸렸다.

　「묻고 싶은 게 있어.」 여자가 말했다. 그 여자도 억양이 남자와 같았다.

　「내가 5분 전에 시간 여행실에서 말했잖아.」 개스퍼리가 말했다. 「난 올리브 루엘린과 인터뷰한 문학 연구자와 인터뷰하고 싶어. 한 번 더 확인하는 거지.」

　「네가 올리브 루엘린과 인터뷰한 다음 예정에도 없던 여행을 하고 싶어 한 게 이상하다고 생각했어.」 여자가 말했다.

　개스퍼리는 잠시 말이 없었다. 「누나는 더 이상 시간 여행을 하지 않는 줄 알았는데.」 그가 한참 만에 말했다.

　「그래, 뭐, 상황상 이번만은 예외를 둬도 괜찮겠다고 생각했어. 개스퍼리, 어떻게 이럴 수가 있어?」

　「난 그냥 올리브와 대화만 나눌 생각이었어.」 개스퍼리가 말했다. 「계획에 철저히 따를 생각이었지만, 누나,

그럴 수가 없었어. 올리브가 그냥 죽도록 놔둘 수가 없었어.」

잠시 침묵이 흘렀다. 올리브는 그 시간 동안 그녀로서는 이해할 수 없는 두 사람이 자신의 거실 창문을 똑바로 들여다보고 있다고 상상했다. 고개를 들어 봤지만 그녀가 앉아 있는 곳에서는 거실 천장의 일부만이 보였고 그나마도 대부분은 나뭇잎에 가려져 있었다.

「누나가 경고한 그대로였어.」 개스퍼리가 조용히 속삭였다. 「이 일을 하려면 인류애가 부족해야 한다고 했지. 정말이었어. 정말이야.」

「넌 현재로 돌아가면 안 돼.」 조이가 말했다.

뭐라고?

「당연히 현재로 돌아갈 거야.」 개스퍼리가 말했다. 「난 인과응보를 받아들여야 한다고 생각해.」

「하지만 그 인과응보는 끔찍할 거야.」 조이가 말했다. 「전에도 본 적 있어.」

이어 침묵이 흘렀다. 개스퍼리는 대답하지 않았다.

「이 시대에는 밤의 도시가 아름답구나.」 한참 만에 그가 말했다.

「그러게.」 여자는 울고 있었다. 올리브는 여자의 목소리를 듣고 알 수 있었다. 「아직 밤의 도시가 아니네.」

「누나 말이 맞아.」 개스퍼리가 말했다. 「돔 조명이 아직 작동하는걸. 우리 지금 자갈길에 서 있는 거야?」

「응.」 조이가 말했다. 「그런 거 같아.」

「순찰대가 온다.」 개스퍼리가 갑자기 말했다. 그들은 재빨리 걸어가 사라졌다.

올리브는 그곳의 그림자 속에, 그 낯섦 속에 오랫동안 머물렀다. 그녀가 이해한 대로라면, 자신은 팬데믹으로 죽어야 했다. 그런데 개스퍼리가 그녀를 구해 준 것이다. 심지어 개스퍼리는 자기 정체까지 말해 주지 않았던가? **만일 시간 여행자가 작가님 앞에 나타난다면……**.

그날 밤 올리브는 개스퍼리자크 로버츠를 검색해 봤다. 검색 결과는 올리브 자신의 작품 『매리언배드』와 『매리언배드』 영상화 각색본에 관한 이야기로 흘러넘쳤다. 그녀는 『우발 사건 매거진』도 검색해 봤고 수십 개의 기사가 게시된 웹 사이트를 발견했다. 그러나 찾아보면 찾아볼수록 그 웹 사이트는 위장인 것처럼 보였다. 오랫동안 업데이트되지 않았고 소셜 미디어 계정도 휴면 상태였다.

그때 올리브는 어떤 작은 소리를 듣고 깜짝 놀랐는데, 실비가 유니콘 무늬 파자마를 입고 문 앞에 서 있을 뿐이었다.

「이런, 아가.」 올리브가 말했다. 「한밤중인데. 엄마가 재워 줄게.」

「나 불면증이야.」 실비가 말했다.

「엄마가 잠깐 같이 앉아 있어 줄게.」

올리브는 딸을 안아 들었다. 품 안에 퍼지는 따뜻하고 묵직한 느낌. 그렇게 올리브는 실비를 다시 방에 데려다 줬다. 방 안의 모든 것이 파란색이었다. 올리브는 딸에게 남색 누비이불을 덮어 주고 옆에 앉았다. **난 팬데믹으로 죽어야 했어.**

「〈마법의 숲〉 해도 돼?」 실비가 물었다.

「당연하지.」 올리브가 대답했다. 「잠이 올 때까지 몇 분 정도 해보자.」 실비가 좋아서 몸을 떨었다. 〈마법의 숲〉은 새로 만들어 낸 놀이였다. 실비는 그 전까지 한 번도 상상 속 친구를 사귄 적이 없었는데, 격리 기간에는 상상 속 친구로 가득한 왕국을 통째로 만들어 냈다. 실비가 그들의 왕이었다.

「내가 졸려지면 그만하는 거야.」 실비가 기꺼이 말했

다. 「내가 잠들기 전에 그만하는 거야.」

「관문이 열립니다.」 올리브가 말했다. 그 놀이는 늘
그렇게 시작했으니까. 실비의 침실은 건물 뒤쪽에 있어
서 올리브의 작업실보다 조용했지만, 올리브는 구급차
사이렌이 울어 대는 희미한 소리를 들을 수 있었다.

「누가 나오나요?」 실비가 물었다.

「마법의 여우가 관문으로 폴짝 뛰어나오네요. 〈실비
여왕님,〉 마법의 여우가 말합니다. 〈빨리 오세요! 마법
의 숲에 문제가 생겼습니다!〉」

실비가 즐거워하며 웃었다. 마법의 여우는 실비가 가
장 좋아하는 친구였다. 「나만 도울 수 있는 건가요, 마법
의 여우님?」

「〈네, 실비 여왕님,〉 마법의 여우가 말합니다. 〈여왕
님만 도우실 수 있어요.〉」

또 한 번의 강연. 이번 강연은 가상 현실이다. 아니,
홀로그램 공간에서 이루어질 뿐 똑같은 강연이다. (공간
이 아닌 곳에서 열리는. 어디에서도 열리지 않는.) 올리
브는 홀로그램으로 이루어진 방 안의 홀로그램이었다.
어둑한 빛의 바다가 눈앞에서 깜빡거렸다. 그들 모두가

최소한으로 표현된 방 안에 모여 있었다. 올리브는 조금씩 빛나는, 사람들이 전송한 사진 수백 장을 바라봤다. 그들의 실제 몸은 지구와 식민지 전체에 흩어져 있는 각자의 방에 존재했다. 올리브는 자신이 회합을 연 영혼들을 향해 직접 말하고 있다는 혼란스러운 생각을 했다.

「마지막 몇 분 동안 제가 다루고 싶은 흥미로운 질문은, 지난 10여 년간 포스트아포칼립스 문학을 향한 관심이 왜 그렇게 높아졌을까 하는 겁니다. 제게는 『매리언 배드』와 관련해 수많은 여행을 다니는 엄청난 행운이 따랐는데…….」

솔트레이크시티의 푸른 하늘, 머리 위로 원을 그리는 새들
케이프타운의 호텔 루프톱, 나무에서 반짝이는 조명
영국 북부의 기차역 옆, 우거진 풀밭에 물결을 일으키는 바람
「제 문신 보실래요?」부에노스아이레스의 여자가 말했다

「……그 말은 제가 포스트아포칼립스 문학을 주제로 아주 많은 사람과 대화할 기회를 누렸다는 뜻입니다. 전 이 장르에 크나큰 관심이 몰리는 이유에 관한 수많은 가설을 들었습니다. 어떤 분은 경제적 불평등과 관련된 현상이라고 하시더군요. 근본적으로 불공정해 보이기도 하는 세상에서, 어쩌면 우린 모든 걸 날려 버리고 새로 시작하기를 갈망하는지도 모른다는 얘기였는데…….」

「제가 보기엔 딱 그래요.」밴쿠버의 오래된 가게에서
서점 주인이 그렇게 말했다
올리브는 그의 분홍색 안경을 보며 감탄했다

「……제가 그 말에 동의하는지는 잘 모르겠지만, 흥미로운 생각인 건 사실이죠.」홀로그램들이 움직이며 그녀를 빤히 봤다. 올리브는 그저 홀로그램 공간 안에 있을 뿐인 지금도, 강연장이 실제 공간이 아닌 지금도 자신이 좌중을 장악할 수 있다는 생각이 마음에 들었다. 「어떤 분은 그런 현상이 영웅주의와 관련한 비밀스러운 갈망과 연결돼 있다고 하셨어요. 그 의견도 흥미롭다고 생각합니다. 어떤 면에서 우린 세상이 끝장나고 다시 만들어져야 한다면, 생각조차 할 수 없는 재앙이 닥쳐온다면, 자신도 다시 만들어져야 한다고 믿는지 모릅니다. 더 낮고 영웅적이며 영예로운 사람으로 말이죠.」

「그럴 수 있지 않아요?」 브라자빌의 사서가
눈을 빛내며 물었고, 바깥 거리에서는
누군가가 트럼펫을 불고 있었다
「그러니까, 이런 일이 일어나길 바라는 사람은
분명 아무도 없잖아요.
하지만 영웅주의가 발현할 기회를 생각해 보면…….」

「어떤 분들은 이런 현상이 지구의 대재앙과 관련돼
있다고 말씀하셨습니다. 무수히 많은 도시에 각기 돔을
씌우겠다고 결정한 일이나, 해수면 상승 혹은 기온 상승
으로 국가 전체를 어쩔 수 없이 포기해야 했던 비극 같
은 일 말이죠. 하지만…….」

어떤 기억: 두 도시를 잇는 비행선에서 깨어
두바이를 덮은 돔을 내려다보며
방향 감각을 심하게 잃었던 한순간
지구를 떠나왔다고 믿었던 일

「……제가 느끼기에는 그렇지 않아요. 우리의 불안은
당연한 것이고요. 그 불안을 허구의 세상으로 돌릴 수

있다는 주장도 비합리적이지는 않습니다만, 그런 이론의 문제는 불안이 새로운 뭔가가 아니라는 데 있어요. 우리가 세상이 끝나지 **않을 거라고** 믿었던 적이 있나요?

언젠가 어머니와 아주 멋진 대화를 나눴습니다. 어머니는 이 우주에 아이들을 태어나게 한 데 대해 어머니와 친구들이 느꼈던 죄책감에 관해 말씀해 주셨죠. 2160년대 중반에 제2식민지에서 오간 이야기입니다. 그보다 고요한 시대나 장소를 상상하기란 어렵지만, 그분들은 소행성 폭풍, 달에서 삶을 이어 갈 수 없어질지도 모를 상황, 지구에서의 삶의 지속 가능성에 대해 걱정하셨는데…….」

올리브의 어린 시절 집에서 커피를 마시는 그녀의 어머니
노란 꽃이 그려진 식탁보
파란 커피 잔을 감싸 쥔 두 손
그 미소

「……제가 하고 싶은 말은, 언제나 뭔가가 있다는 겁니다. 제 생각에 인류라는 종에게는 어느 이야기의 정점을 살아간다고 믿고 싶어 하는 욕망이 있어요. 일종의 나르시시즘이죠. 우린 우리만이 독특하게 중요한 존재라고, 우리야말로 역사의 종말을 살고 있다고, 가짜 경보가 울렸던 수천 년의 세월을 지나 **지금이, 지금만이** 비로소 최악의 상황이 되었다고, 이제야 우리가 세상의 종말에 이르렀다고 믿고 싶어 합니다.」

더는 존재하지 않는 세상, 그러나 그것이 종말을 맞은
정확한 날짜는 불분명한 세상에서
조지 밴쿠버 선장은 HMS 디스커버리호의 갑판에 서서
사람이 한 명도 없는 풍경을 불안하게 바라본다

「하지만 그 모든 의견이 한 가지 흥미로운 질문을 제기합니다.」 올리브가 말했다. 「만일 모든 순간이 세상의 종말인 게 **사실이라면** 어떨까요?」

그녀는 효과를 극대화하려고 잠시 말을 멈췄다. 올리브 앞에서 홀로그램 속 관중은 거의 꼼짝도 하지 않았다. 「우린 세상의 종말을,」 올리브가 이야기했다. 「지속적이고도 끝나지 않는 과정이라고 합리적으로 생각해 볼 수도 있으니까요.」

한 시간 뒤 올리브는 헤드셋을 벗고 다시 한번 자신의 작업실에 홀로 있었다. 그렇게까지 피곤했던 적이 있었나 싶었다. 그녀는 잠시 가만히 앉아 물리적 세계의 세부 정보를 흡수했다. 책장, 액자에 넣어 둔 실비의 그림, 부모님이 결혼 선물로 준 정원 그림, 모양이 마음에 들어 벽에 걸어 놓은, 지구에서 발견한 이상한 금속 조각. 그녀는 일어서서 창가로 다가가 도시를 내다봤다. 흰 거리, 흰 건물, 초록 나무, 구급차 불빛. 한밤중이었으므로 구급차는 사이렌을 울릴 필요가 없었다. 빛이 거리를 따라 파랑과 빨강으로 번쩍이다 멀어졌다.

난 팬데믹으로 죽어야 했어. 올리브는 그 말의 의미를 완전히는 이해하지 못했으나 그녀의 모든 생각은 바로 그 지점을 중심으로 회전했다. 전차가 의료원들을 싣고 지나갔고 구급차가 한 대 더 지나간 다음 고요함이 돌아왔다. 공기가 움직였다. 어둠을 가르며 조용히 날아가는 올빼미 한 마리.

「왜 **지금**이냐는 질문을 생각해 볼 때,」 올리브는 다음 날 저녁 홀로그램으로 이루어진 다른 청중을 상대로 강연했다. 「그러니까 왜 지난 10년간 포스트아포칼립스 문학을 향한 관심이 높아졌는지 따져 볼 때, 전 그 기간에 세상에서 무슨 변화가 일어났는지 살펴야 한다고 봅니다. 그 과정에서 불가피하게 우리의 기술에 관해 생각하게 되고요.」 앞줄의 홀로그램이 이상하게 아른거렸다. 참석자들의 연결 상태가 불안정하다는 뜻이었다. 「제 생각에 우리가 포스트아포칼립스 문학에 의지하는 이유는 재앙 자체에 끌려서가 아니라, 앞으로 다가올지도 모를 일에 끌리기 때문입니다. 우린 더 적은 기술만이 존재하는 세상을 남몰래 갈망합니다.」

「팬데믹 시기에 팬데믹을 다룬 소설의 작가로 산다는 게 어떤 느낌인지 여쭌 사람이 제가 처음은 아닐 거 같은데요.」 또 다른 기자가 말했다.

「최초는 아니라고 할 수 있죠.」

올리브는 창가에 서서 하늘을 올려다보고 있었다. 제2식민지의 돔은 제1식민지나 제3식민지와 화소가 같았다. 푸른 하늘과 구름으로 이루어진 패턴이 움직였다. 하지만 지평선 위에 어떤 결함이, 돔 너머의 검은 우주가 네모난 조각처럼 비쳐 보일 정도로 아주 살짝 깜빡거리는 부분이 있는 듯했다. 구분하기가 어려웠다.

「요즘은 어떤 작업을 하시나요? 작업을 하실 수는 있나요?」

「말도 안 되는 SF를 쓰고 있어요.」 올리브가 대답했다.

「흥미롭네요. 좀 더 말씀해 주시겠어요?」

「솔직히 저도 잘 몰라요. 장편이 될지 단편이 될지도 모르겠네요. 정말로 좀 정신 나간 소설이에요.」

「올해에 쓰인 작품은 전부 정신 나간 소리일 가능성이 높은 거 같아요.」 기자가 말했다. 올리브는 그 여자가 마음에 들었다. 「왜 SF에 끌리셨나요?」

하늘의 그 부분이 조금 전 확실히 깜빡였다. 돔의 조명이 망가지면 어떤 모습일까? 이상한 생각이었다. 올리브는 대기가 존재한다는 환상을 늘 당연하게 받아들여 왔다.

「전 109일간 격리돼 있었어요.」 올리브가 말했다. 「그냥 제 아파트에서 최대한 멀리 떨어진 뭔가에 관해 쓰고 싶었던 거 같아요.」

「그게 전부인가요?」 기자가 물었다. 「물리적 거리라. 소설 쓰기가 격리 중에 여행하는 한 방법이었다는 말씀이시죠?」

「아뇨, 아닌 거 같아요.」구급차 사이렌 소리가 가까워지고 있었다. 그러더니 구급차가 건너편 건물 앞에 멈췄다. 올리브는 창문을 등졌다. 「그냥…… 보세요.」올리브가 말했다. 「신파적으로 굴려는 건 아니에요. 지금 많은 곳에서 같은 일이 벌어진다는 사실을 알아요. 하지만 그냥, 죽음이 너무 많잖아요. 죽음이 사방에 있어요. 현실적인 얘기는 아무것도 쓰고 싶지가 않아요.」

기자가 조용해졌다.

「다른 사람들도 다 그럴 거라는 점은 알아요. 제가 얼마나 행운아인지도 알고요. 상황이 얼마나 더 나빠질 수 있었는지 알아요. 불평하는 게 아니에요. 하지만 저희 부모님은 지구에 계시고, 전 몰라요. 그분들이……」올리브는 잠시 멈추고 심호흡하고서야 마음을 가다듬을 수 있었다. 「전 언제 다시 그분들을 볼 수 있을지 몰라요.」

구급차 두 대가 연달아 지나가더니 침묵이 흘렀다. 올리브는 어깨 너머를 봤다. 길 건너편에 아직 구급차가 있었다.

「듣고 계세요?」올리브가 물었다.

「죄송합니다.」기자가 대답했다. 목멘 소리였다.

「기자님 상황은 어떤가요?」 올리브가 조용히 물었다. 문득 기자의 목소리가 무척 어리게 들린다고 생각했다. 올리브는 일정표를 힐끗 봤다. 기자의 이름은 애너벨 에스커바로, 샬럿이라는 도시에서 일하는 사람이었다. 올리브는 오래선 캐롤라이나 통합 공화국을 여행할 때 그 도시에 들렀던 일이 어렴풋이 기억났다.

「전 혼자 살아요.」 애너벨이 말했다. 「사람은 자기 집을 떠나서는 안 되는데, 그게 그냥…….」 이제 애너벨은 울고 있었다. 진짜로 흐느끼고 있었다.

「어떡해요.」 올리브가 말했다. 「너무 외로울 거 같아요.」 그녀는 창밖을 봤다. 구급차는 여전히 움직이지 않고 있었다.

「전 아주 오랫동안, 다른 사람과 같은 방에 있어 본 일이 없어요.」 애너벨이 말했다.

다른 날 밤 올리브는 검색을 하던 중 수백 년 전 발표된 학술지에서 개스퍼리 J. 로버츠가 언급된 내용을 찾았다. 교도소 개혁을 다룬 학술지였다. 올리브는 거기서부터 토끼 굴처럼 뒤얽힌 정보들을 따라가다가 그 끝에서 지구의 교도소 관련 기록을 발견하게 되었다. 개스퍼리 J. 로버츠는 20세기 후반 오하이오에서 두 명을 살해하고 50년 형을 선고받았다. 하지만 사진이 없었으므로 둘이 같은 사람인지 확인할 수 없었다.

「그럼, 올리브 작가님.」 또 다른 기자가 말했다. 그들은 은빛이 도는 홀로그램 공간 속 홀로그램이었다. 팬데믹에 관련된 플롯의 책을 쓴 다른 작가 두 명도 함께였다. 네 사람이 유령처럼 깜빡였다. 「팬데믹이 시작된 이후로『매리언배드』는 몇 부나 팔렸나요?」

「아.」 올리브가 답했다. 「잘 모르겠어요. 아주 많이 팔렸죠.」

「아주 많이 팔린 건 알아요.」 기자가 말했다. 「지구의 열몇 개 나라와 달 식민지 전체, 타이탄의 세 식민지 중 두 곳에서 베스트셀러 목록에 올랐으니까요. 좀 더 구체적으로 말씀해 주세요.」

「유감이지만 제 눈앞에 매출 정보가 있는 건 아니라서요.」 올리브가 말했다. 모든 홀로그램이 그녀를 빤히 보고 있었다.

「정말요?」 기자가 물었다.

「이번 인터뷰에 인세 명세서를 가져와야겠다는 생각

은 안 해봤는데요.」 올리브가 말했다.

한 시간 뒤 인터뷰가 끝났을 때 올리브는 헤드셋을 벗고 눈을 감은 채 잠시 앉아 있었다. 지구에서 집으로 돌아온 지 꽤 오랜 시간이 흘렀기에 창문을 열자 제2식민지의 밤공기가 다시 신선하게 느껴졌다. 공기는 여과된 것일지 몰라도, 그곳에도 식물과 흐르는 물이 있었다. 그 누가 살았던 세상만큼이나 현실적인 세상이 창밖에 펼쳐져 있었다. 올리브는 오랜만에 자기도 모르게 제시카 말리와 그녀의 저작, 도저히 견딜 수 없는 달 배경의 성장 소설을 떠올렸다. 올리브는 이렇게 말하고 싶었다. 봐요, 여기서 **비현실의 고통** 따위는 벌어지지 않는다고요. 돔 아래서 살아가는 삶, 인공적으로 만들어진 대기 안에서 살아가는 삶도 삶이에요. 사이렌 소리가 울렸다가 멀어졌다. 올리브는 기기를 집어 들고 제시카의 이름을 검색해 보고는 그녀가 2개월 전 스페인에서 죽었다는 사실을 알게 되었다.

「엄마?」 실비가 문 앞에 있었다. 「인터뷰 끝났어?」

「안녕, 아가. 응. 일찍 끝났어.」 제시카 말리는 37세였다.

「다른 인터뷰 있어?」

「아니.」 올리브는 딸 앞에 무릎을 꿇고 빠르게 아이를 안아 줬다. 「내일까지는 없어.」

「그럼 〈마법의 숲〉 놀이 해도 돼?」

「당연하지.」

실비는 기대감에 살짝 꼼지락거렸다. **난 팬데믹으로 죽었어야 했어.** 올리브는 이제 자신이 그 사실을 이해하려 노력하며 남은 인생을 보내게 되었다는 것을 깨달았다. 하지만 뽀글뽀글 이는 거품처럼 쾌활한 다섯 살짜리 딸이 그녀 앞에 앉아 씩 웃었다. 그 순간 또 다른 구급차의 불빛이 천장에서 깜빡거리며 지나갔다. 그때 올리브가 알게 된 사실은, 딸에게 마주 미소 지어 주는 일이 가능하다는 것이었다. 그것이 팬데믹 시대의 삶이 주는 이상한 교훈이었다. 삶은 죽음의 면전에서도 고요할 수 있다는 것.

「엄마? 〈마법의 숲〉 하자.」

「그래.」 올리브가 말했다. 「관문이 열립니다…….」

6장
미렐라와 빈센트 / 파일 오염

1

증거를 따라가라. 개스퍼리가 훈련받던 시절, 그가 조이에게 전화해 생일을 축하해 준 시점부터 현재의 순간에 이르기까지 그 주문은 나침반이 되어 줬다. **현재의 순간**은 말이 안 되는 표현처럼 느껴지기 시작했지만, 어쨌거나 모든 순간은 하나의 날짜로 정제될 수 있으니 그날을 제2식민지에서의 2203년 11월 30일이라고 해보자. 그 도시는 결과적으로 주민의 5퍼센트를 사망으로 몰아넣을 감염병에 사로잡혀 있었다. 아직은 개스퍼리의 고향도 아니고 밤의 도시도 아닌 곳이었다. 그리고 그 순간 개스퍼리는 격리 순찰대를 피하기 위해 조이와 함께 빠르게 거리를 걷고 있었다.

「여기야.」 조이가 그렇게 말하며 개스퍼리를 어느 집 문 앞으로 끌어당겼다. 개스퍼리는 옆에 있는 유리 문 너머로 어둑한 공간의 탁자와 의자 들을 들여다봤다. 식당이었다. 예전에 식당이었든지. 제2식민지의 모든 식당은 현재 문을 닫은 상태였다.

그들은 어둠 속에 서로 붙어 서서 귀를 기울였다. 개스퍼리의 귀에 들리는 것은 사이렌 소리뿐이었다.

「네가 가장 중요한 규칙을 어겼다는 건 알지.」조이가 조용히 말했다.「왜 그런 거야?」

「경고를 안 해줄 수 없었어.」개스퍼리가 말했다.

「그래.」조이가 말했다.「네 상황을 말해 줄게. 예비 분석만 해봤을 뿐이지만, 내가 아는 한 올리브 루엘린을 구하겠다는 네 결정은 시간 연구소에 그 어떤 인지 가능한 영향도 미치지 않았어.」

「내가 괜찮을 거라는 뜻이야?」

「아니.」조이가 말했다.「네가 즉시 시간 속에서 사라지지는 않았다는 뜻이야. 시간을 여행할 수 있는 네 특권이 아직 취소되지는 않았다는 뜻이지. 우린 너한테 5년이라는 훈련 시간을 처박았고, 넌 아직 시간 연구소에 쓸모가 있을지 모르니까. 최소한 이 조사가 진행되는 동안에는 말이야. 하지만 내가 너라면 팔에서 추적기를 뽑고 다시는 돌아가지 않을 거야.」조이가 자신의 기기를 들어 올렸다. 「난 가야 해.」 조이가 말했다. 「여기에, 이 시간에 머물러. 내가 찾아오려고 노력할게.」

「잠깐. 부탁이야.」

조이는 개스퍼리를 보며 가만히 서 있었다.

「누나라면 내가 한 짓을 절대 하지 않았으리라는 걸 알아.」 개스퍼리가 말했다. 「하지만 했다고 쳐봐. 내 입장이라면 어떻게 할 거야, 누나?」

「난 현실이 아닌 걸 상상하기가 어려워.」 조이가 말했다.

「시도해 볼 수 있어?」

조이는 눈을 감고 한숨을 쉬었다. 그 순간 누나를 바라보며 개스퍼리에게 떠오른 생각은, 누나에게는 개스퍼리 자신밖에 없다는 것이었다. 부모님은 떠나 버렸다. 누나는 결혼한 적이 없었다. 친구나 연인이 있다 해도 그들이 대화에 언급되는 경우는 없었다. 개스퍼리는 헤아릴 수 없는 죄책감을 느꼈다. 조이가 눈을 떴다.

「나라면 특이 현상을 해결하려고 노력할 거 같아.」 조이가 말했다.

「어떻게?」

조이가 너무 오랫동안 말이 없었기에 개스퍼리는 그

녀가 대답하지 않을 거라고 생각했다. 「잠깐만.」 조이가 말했다. 「이 좌표를 알아내는 데는 우리 중 가장 뛰어난 조사 팀이 1년을 들여야 했어.」 조이가 기기에 무언가를 입력했다. 개스퍼리는 자신의 기기가 주머니 안에서 조용히 울리는 소리를 들었다.

「내가 새 목적지를 보냈어.」 조이가 말했다. 「시간은 몰라. 그냥 날짜와 장소만 알아. 그러니까 넌 숲에서 기다려야 할 거야.」 조이가 자신의 기기에 다른 코드를 입력하더니 깜빡거리다가 사라졌다.

개스퍼리는 문 앞에, 도시는 맞지만 시간이 틀린 곳에 혼자 있었다. 그는 눈을 감고 조사 과정을 그려 봤다. 누나를 생각하는 것, 혹은 자신의 시간대로 돌아갔을 때 벌어질 일을 생각하는 것보다는 그 편이 나았기 때문이다. 개스퍼리에게는 새 목적지가 있었다. 그는 기기에 코드를 입력하고 떠났다.

2

그는 카이엣의 해변에 있었다. 좌표를 통해 자신이 1994년 여름에 도착했다는 것을 알 수 있었지만 처음에는 뭔가가 잘못된 줄 알았다. 그곳이 지난 80년 동안 하나도 변하지 않았기 때문이다. 그는 두 개의 섬과 바다 여기저기에 떠 있는 나무 다발을 응시했다. 방향 감각을 잃어버린 한순간, 그는 자신이 20세기 초반의 사제복을 입고 1912년에 돌아와 성당에서 에드윈 세인트앤드루를 만날 준비를 하고 있다고 생각했다.

언덕 옆면의 작은 흰색 성당은 개스퍼리가 지난번에 들른 이후로 거의 변하지 않았지만 ─ 최근에 다시 색칠한 것이 틀림없었다 ─ 그 주변의 집들은 달라져 있었다. 개스퍼리가 마을을 등지고 서자 시선이 바다에 닿았다. 해가 떠오르고 있었다. 파란색과 분홍색의 색조가 바다 위로 물결쳤다. 개스퍼리는 물이 움직이는 방식이, 파도의 부드러운 반복이 마음에 들었다. 그는 자기도 모르게 오랜만에 어머니를 떠올렸다. 어머니는 어렸을 때 지구에 살았다. 어머니는 지구 바다의 사진을 액자에 넣어 개스퍼리가 어린 시절에 살았던 집 주방에 보관해 뒀다. 가스레인지 근처 벽에 파도가 담긴 작은 직사각형이 걸려 있었다. 개스퍼리는 어머니가 수프를 저으며 그 사진을 바라보던 모습을 기억했다. 하지만 이제 보니 개스퍼리 자신의 경우, 마음속에 바다의 무게가 전혀 없었다. 바다는 그의 어린 시절 기억 어디에서도, 인생의 중요한 순간 어디에서도 나타나지 않았다. 그저 영화에서 보거나 일 때문에 들른 곳일 뿐이었다. 그래서 바다에 관한 감정을 많이 끌어낼 수 없었다. 잠시 후 그는 돌아서서 기기 속 조용히 깜빡이는 좌표를 따라 해변을 걸었다. 마지막 집을 지나친 뒤 숲으로 들어갔다.

사제복을 입었을 때보다는 지금이 숲을 가로질러 걷기가 수월했다. 그래도 개스퍼리에게는 그런 일을 잘할 재주가 없었다. 땅이 지나치게 물렀다. 나뭇가지가 옷에 걸렸다. 사방에서 공격당하는 기분이었다. 화창한 오후였지만 그날 아침에 비가 내린 것이 틀림없었다. 고사리

류가 다리에 축축하게 달라붙었다. 신발은 생각보다 방수가 덜 되었다. 손안의 기기는 그가 찾던 장소에 아주 가까워졌다는 메시지를 띄우며 조용히 진동했다. 개스퍼리는 잡고 있던 나뭇가지를 놓고 화면을 들여다봤다. 그 바람에 나뭇가지가 얼굴을 후려쳤다.

그곳에 그 단풍나무가, 지난번에 봤을 때보다 여든두 살이 많아진 단풍나무가 있었다. 높이보다는 폭과 웅장함이 더해진 모습이었다. 나무 주변의 공터 역시 시간의 흐름과 함께 넓어졌다. 개스퍼리는 단풍나무 가지가 드리운 캐노피 아래로 걸어가 나뭇잎 사이로 움직이는 햇빛을 바라봤다. 그는 기억하는 한 처음으로 진정한 경의를 느꼈다.

빈센트 스미스는 언제 이리로 올까? 알 방법은 없었다. 개스퍼리는 공터 바로 바깥으로 나가 나뭇잎이 빽빽한 덤불을 애써 뚫고 지나간 다음 시원하고 축축한 땅에 무릎을 꿇고 앉은 채 기다렸다.

그는 꼼짝도 하지 않고 귀 기울였다. 숲이 마음에 들지 않는 또 한 가지 이유는 지속적인 소리 때문이었다. 숲의 소리는 달 도시에서 들리는 것처럼 안정적인 백색소음, 그러니까 지구 수준으로 중력을 높이거나, 돔 내

공기를 숨 쉴 수 있는 것으로 정화하거나, 산들바람의 환각을 만드는 기계들이 멀리서 내는 소음이 아니었다. 숲의 백색 소음에는 아무런 패턴이 없었고 개스퍼리는 그 임의성에 불안해졌다. 시간이 흘렀다. 몇 시간이나. 쥐가 났다. 처절하게 목이 말랐다. 몇 차례 일어나 기지개를 켠 다음 다시 낮게 웅크렸다. 누군가가 다가오는 소리를 듣기가 불가능했다. 그러다가, 들렸다. 오후 4시가 조금 지났을 때 오솔길을 따라오는 여자아이의 부드러운 발소리가 났다.

열세 살의 빈센트 스미스. 그 아이는 무딘 가위로 직접 머리를 자른 뒤 밝은 파란색으로 염색한 듯한 모습이었다. 눈에 검은 테가 둘려 있었다. 빈센트에게서는 방임의 기운이 뿜어져 나왔다. 그 아이는 카메라 파인더를 들여다보며 천천히 걸었다. 개스퍼리는 숨어 있던 자리에서 그 장면을 알아봤다. 한때 그는 뉴욕시의 어느 극장에 앉아, 빈센트가 지금 이 순간 만들고 있는 영상을 동반한 다소 지루한 음악 공연을 지켜봤다. 빈센트가 나무 아래 멈춰 카메라를 위로 향하게 했고……

……현실이 부서졌다. 개스퍼리와 빈센트는 오클라호마시티 비행선 터미널이라는, 소리가 울리는 휑뎅그렁한 대성당

같은 공간에 있었다. 올리브 루엘린이 그들 바로 앞을 지나갔으며 근처에서 나는 바이올린 소리가 점점 커졌다. 그리고 그곳에는, 불가능하게도 에드윈 세인트앤드루도 있었다. 그는 얼굴을 나뭇가지/터미널 천장으로 향한 채였으며…….

빈센트가 비틀거리다가 카메라를 떨어뜨리고 말았다. 개스퍼리는 두 손으로 입을 막았다. 비명을 지르고 싶었기 때문이다. 그다음에는 터미널이 사라졌다. 한 순간이 다른 순간을 오염할 수 있다는 사실을 추상적으로 아는 것과, 두 순간을 동시에 경험하는 것은 완전히 다른 이야기였다. 그것이 무슨 의미인지 추정하는 것은 또 다른 이야기였고. 빈센트는 미친 듯이 주위를 둘러봤으나 개스퍼리가 웅크리고 있었기에 그를 보지는 못했다. 개스퍼리는 눈을 감고 진흙에 두 손을 묻은 채 바지에서 무릎으로 스며드는 차가운 물이 현실이라고 자신을 설득하려 애썼다.

3

하지만 무엇이 세상을 현실로 만드는 것일까?

개스퍼리는 진창에 누워 어두워지는 하늘을 배경으로 실루엣이 드러난 나뭇잎들을 바라보고 있었다. 꽤 오래 그곳에 있었던 느낌이었다. 숲에 밤이 찾아오고 있었다. 빈센트는 떠나고 없었다. 개스퍼리는 애써 일어나 앉아 — 등이 뻣뻣했다. 대체 얼마나 오랫동안 꼼짝도 하지 않고 그 자리에 누워 있었을까? — 기기로 메시지를 보냈다. **봤어! 파일 오염을 봤어! 진짜 있었어, 누나!**

답장은 없었다. 개스퍼리는 자신이 무슨 짓을 했는지 알았다. 그는 올리브 루엘린을 구함으로써 가장 중요한 규칙을 어겼다. 하지만 그는 조금 전 보낸 메시지가 자신을 구할지도 모른다는 아주 작은 희망을 놓지 않았다.

4

  개스퍼리는 자신이 떠나온 순간으로, 시간 연구소의 지하 3층 시간 여행실 8번 방으로 돌아왔다. 조이가 개스퍼리 앞의 제어대 쪽에 앉아 있었다.

  「내가 봤어.」 개스퍼리가 말했다. 「내가 특이 현상을 봤어.」

  「메시지받았어.」 조이가 그를 바라봤다. 개스퍼리는 그녀가 울고 있었다는 것을 알아봤다. 「방금 이프럼이랑 얘기했어.」 그녀가 말했다. 「넌 앞으로 임무에서 배제될 거야.」

  「난 어떻게 되는 거야?」

  「잘되지는 않겠지.」

  「내가 무슨 짓을 했는지 알아.」 개스퍼리가 말했다. 「하지만 내가 조사를 마치면, 혹시 연구소에서⋯⋯.」

「이젠 무슨 짓을 해도 너 자신을 구할 수 없을 거야.」

「하지만 구할 수 **있을지도** 몰라. 봐. 난 그저 한 차원만 더 확인해 보고 싶어. 증인을 한 명만 더 만나 보고 싶어. 목적지 두 곳이 더 필요해.」 개스퍼리가 타임머신에서 나와 자신의 기기를 건넸다.

조이는 그의 기기를 들여다보더니 인상을 찡그렸다. 「1918년?」

「에드윈 세인트앤드루한테 덧붙여 물을 질문이 있어.」

「1918년에? 에드윈은 1912년에 특이 현상을 경험했어. 그리고 2007년에는 뭐가 있는데?」

「빈센트 스미스가 참석한 파티.」 개스퍼리가 말했다. 「아니면 그 시점에는 빈센트 알카이티스였는지도 몰라. 파티는 2차 목적지 목록에 있었어.」

「하지만 네 기기와 추적기는 임무에서 배제됐어.」 조이가 말했다.

「누나, 부탁이야.」

조이는 잠시 눈을 감았다가 개스퍼리의 기기를 가져 갔다. 그녀는 개스퍼리에게는 보이지 않는 무언가를 입력하더니, 프로젝터 영상 쪽으로 몸을 숙여 홍채를 스캔했다. 「널 임무에서 배제하라는 명령을 내가 무효화했

어.」 조이가 말했다. 목소리가 이상하게 단호했다. 개스
퍼리는 그녀의 눈에 깃든 두려움을 알아봤다. 「어느 순
간에든 이프럼이 여기 올 수 있어. 아마 보안부 사람들
을 데려올 거야. 떠나는 걸 막지는 않을게, 개스퍼리. 하
지만 네가 돌아온다면 나도 보호해 줄 수 없어.」

「알겠어.」 개스퍼리가 말했다. 「고마워.」

떠나는 순간, 개스퍼리는 문 두드리는 소리를 들었다.

5

개스퍼리는 2007년 겨울 뉴욕시의 한 남자 화장실에서 나와 미술관에서 열린 파티의 온기와 빛 속으로 들어갔다. 그는 천천히 사람들을 헤치고 움직이며 방향을 잡으려 애썼다. 빈센트 스미스를 찾고 있었다. 개스퍼리는 그녀가 그 파티장에 있으리라는 사실을 알았는데 — 어딘가에 행사 전문 사진가가 있었으므로 그녀의 존재가 역사 기록에 입력됐다 — 2007년인 시점에 그 말은 미렐라 케슬러도 같은 공간에 있다는 뜻이었다. 2020년에 미렐라를 만나는 이상한 경험을 한 만큼 개스퍼리는 그녀를 피할 수 있었으면 좋겠다고 생각했다.

개스퍼리는 두 사람이 방 저쪽 끝에 함께 서서 커다란 유화를 보고 감탄하는 모습을 봤다. 그는 작고 둥근 쟁반에서 레드와인이 담긴 잔을 집어 들고 걸어가 다른 그림을 보며 다음 움직임을 계획했다. 그는 사람들 때문에 완전히 불안해진 상태였다. 사람들은 악수를 나눴는데, 그토록 오랫동안 문화 민감성 훈련을 받았음에도 그것은 독감이 유행하는 시기에 하기에는 엽기적인 행동으로 보였다. 게다가 사람들은 서로의 뺨에 입을 맞추기까지 했다. 개스퍼리는 그들이 팬데믹을 직접 경험해 본 적이 없다는 사실을 떠올렸다. 그들은 1918~1919년의 겨울을 기억할 만큼 나이가 많지 않았다. 에볼라는 몇 년 뒤에야 유행할 터였고, 대체로 대서양 반대편에만 국한돼 나타날 터였다. 코로나19는 앞으로 13년 뒤에나 다가올 터였다. 개스퍼리는 방의 주변부를 천천히 돌며 빈센트를 향해 조금씩 다가가기 시작했다.

2007년에 빈센트는 부유했고 개스퍼리가 조금 전 카이엣에서 만난 파란 머리의 말라깽이에게서는 기대하지 못할 우아함과 자신감으로 윤이 났다. 그녀는 미렐라와 팔짱을 낀 채 어느 그림 앞에 서 있었다. 하지만 이제 보니 둘은 사실 그림을 감상하고 있지 않았다. 그들은 음모라도 꾸미듯 대화하고 있었다. 미렐라가 조그맣게 웃었다. 도저히 떼어 놓을 수 없는 듯한 모습이었다. 개스퍼리로서는 절망감이 느껴질 지경이었다. 하지만 그때 빈센트가 다른 사람에게 인사를 건네느라 빠져나왔고 미렐라는 자기 남편을 찾으러 갔다. 개스퍼리는 기회를 잡았다.

「빈센트?」

「안녕하세요.」 빈센트는 따뜻한 미소를 지어 보였다. 개스퍼리는 자기도 모르게 즉시 그녀에게 호감이 생겼다.

「귀찮게 해드려 죄송합니다. 어느 미술 수집가를 위해 조사하는 중인데, 당신 형제인 폴이 만든 영상에 관해 몇 가지 빠르게 질문드려도 될지 궁금해서요.」

개스퍼리는 빈센트의 관심을 이끌어 냈다. 그녀의 눈이 커졌다. 「저희 오빠요? 하지만 전…… 폴이 영상도 만드는 줄은 몰랐는데요. 폴은 음악가거든요. 아니면 작곡가였던가.」

「저도 그 부분이 의아했습니다.」 개스퍼리가 말했다. 「폴 작가님이 직접 그 영상을 촬영한 것 같지 않아서요. 다른 사람이 찍어 준 것 같아요.」

빈센트가 인상을 찡그렸다. 「어떤 영상인지 설명해주실 수 있나요?」

「음, 특히 한 영상에 관해 말씀드리고 싶은데요.」 개스퍼리가 말했다. 「촬영자가 숲을 걸어가요. 브리티시 컬럼비아였던 것 같습니다. 날씨는 화창하고요. 영상 품질로 봤을 때 1990년대 중반이었을 거예요.」

빈센트의 눈길이 누그러졌다. 개스퍼리는 그녀에게 일종의 최면을 거는 듯한 기분이 들었다. 「촬영자가 오솔길을 따라 걸어가요.」 그가 말을 이었다. 「단풍나무를 향해서요.」

빈센트가 고개를 끄덕였다. 「제가 늘 그 오솔길을 촬영하곤 했죠.」 그녀가 말했다.

「그 특정한 영상에서는 이상한 일이 일어납니다. 뭔가가 이상하게 번쩍 지나가요.」 개스퍼리가 말했다. 「사위가 잠시 어두워지는 듯해요. 꼭 테이프에 결함이라도 있는 것처럼요……」

「결함처럼 보이긴 했죠.」 빈센트가 말했다. 「하지만 테이프에 생긴 결함은 아니었어요.」

「그걸 보셨어요?」

「이상한 소리를 들었어요. 그리고 모든 게 어두워졌어요.」

「뭘 들으셨나요?」

「바이올린 음악이요. 그다음 유압기 소리 같은 게 났

어요. 설명할 수 없었죠.」 빈센트의 눈에 갑자기 초점이 돌아왔다. 「죄송해요.」 그녀가 말했다. 「성함이 뭐라고 하셨죠?」

빈센트의 남편이 사람들을 헤치고 다가왔다. 그는 빈센트에게 와인 한 잔을 건넸고 개스퍼리는 잠시 주의가 흐트러진 그 순간을 이용해 몰래 빠져나왔다. 같은 비율의 피로와 기쁨으로 이루어진 이상한 황홀감이 느껴졌다. 그는 증거가 될 만한 인터뷰를 해냈다. 증거를 기기에 기록했다. 직접 관찰해 알아낸 바를 적었다. 올리브 루엘린과 인터뷰한 이후 처음으로, 그 이상하고도 무한히 이어지는 듯한 날의 새벽에 개스퍼리는 자신이 파멸하지 않을지도 모른다고 느꼈다.

개스퍼리는 남자 화장실 문 앞에서 잠시 망설이며 파티를 지켜봤다. 그러자 행복감이 흐려졌다. 그것이 바로 조이가 경고했던 끔찍함, 모두의 이야기가 어떻게 끝날지 안다는 데서 오는 전적인 비참함이었다. 개스퍼리는 바깥을 내다봤고 살면서 처음으로 늙은 기분이 들었다.

빈센트와 그녀의 남편이 잔을 부딪쳤다. 14개월 후면 알카이티스가 대규모 폰지 사기를 벌인 혐의로 체포됐다가 보석금을 내고 풀려날 터였다. 그는 두바이로 도망칠 테고 — 빈센트를 버리고서 말이다 — 기나긴 남은 인생을 호텔을 전전하며 살게 될 터였다.

빈센트는 12년을 더 산 뒤 수상쩍은 상황에 화물선 갑판에서 사라질 테고.

근처에서는 미렐라가 남편 패이살과 이야기하고 있었다. 패이살은 조너선의 사기에 당한 투자자였으며, 1년 뒤 그 사기가 무너져 내리면 모든 것을 잃을 터였다. 그가 부추겨 돈을 투자한 가족들과 함께. 패이살은 스스로 목숨을 끊을 것이다.

미렐라는 패이살의 시신과 유서를 발견하게 될 것이다. 그리고 10년 이상 뉴욕시에 남아 있다가 2020년 3월, 알려지지 않은 이유로 두바이에 가서 마침 유행하기 시작한 코로나19에 발목이 잡힐 것이다. 그곳에서 미렐라는 같은 호텔 투숙객인 히메시 치앙을 만나고, 얼마간 시간이 흐른 뒤 두 사람은 치앙의 고향인 런던으로 떠나 팬데믹에서 살아남은 뒤 결혼해 남은 인생을 함께 살아 낼 것이다. 미렐라는 세 아이를 낳고 소매업 운영으로 성공적인 이력을 쌓을 것이고, 남편을 자동차 사고로 잃은 지 1년이 지나 85세에 폐렴으로 죽을 것이다.

하지만 그 어떤 전기에도, 그 어떤 인생에 관한 어떤

진술에도 너무 많은 부분이 불가피하게 빠져 있었다. 그 모든 일이 일어나기 전에, 미렐라가 패이살을 잃기 전에, 바다 옆 도시에서 지금의 파티가 열리기 전에, 그녀는 오하이오에 사는 어린이였다. 개스퍼리는 몸을 떨었다. 그는 2020년 1월 그 공원에서 미렐라가 자신을 보던 눈길을 떠올렸다. **당신이 고가 도로 아래 있었어요.** 미렐라가 끔찍한 확신을 품고 그에게 말했다. **오하이오에서, 내가 어렸을 때.** 그뿐만이 아니었다. 미렐라는 개스퍼리가 그곳에서 체포당했다고 말했다.

개스퍼리는 1918년을 자신의 마지막 여행지라고 생각해 왔다. 그는 자신을 구하기 위해 모든 노력을 기울여 왔으며 1918년 이후에는 집으로 돌아가 인과응보를 받아들일 생각이었다. 하지만 미렐라를 바라보며 그가 깨달은 것은, 이미 늦었다는 사실이었다. 그는 1918년으로 가겠지만 이후 목적지가 하나 더 있을 것이다.

7장
피송금인 / 1918, 1990, 2008

1

1918년의 에드윈에게는 살아 있는 형제가 없었고 발
은 하나뿐이었다. 그는 부모님과 함께 가족의 저택에서
살았다. 그는 계속해서, 과시하듯 걸어다녔다. 걸음걸이
를 개선하려고 노력하는 몸짓이기도 했지만 ─ 그는 새
로운 보형물을 차고 절룩거리며 걸었다 ─ 그보다는 움
직임을 멈추면 적에게 잡힐지도 몰랐기 때문이었다. 그
는 밤낮없이 걸었다. 잠이 그를 참호로 다시 데려갈 것
이 확실했기에 잠을 피했다. 그 말은, 잠이 예기치 못하
게 그를 기습했다는 뜻이다. 도서관에서 책을 읽을 때,
정원을 산책할 때, 저녁을 먹는 중에도 한두 번.

부모는 에드윈에게 어떻게 말을 걸어야 할지, 심지어
그를 어떻게 봐야 할지도 알지 못했다. 그들은 꿈도 야

망도 없는 에드윈을 더 이상 비난할 수 없었다. 그는 전쟁 영웅이기도 했지만 일종의 병약자이기도 했기 때문이다. 그가 멀쩡하지 않다는 점은 누가 봐도 명백했다. 「넌 너무 많이 변했구나, 얘야.」 에드윈의 어머니가 부드럽게 말했다. 에드윈은 그 말이 칭찬인지, 비난인지, 순수한 진술인지 알 수 없었다. 그는 예전부터 사람을 잘 읽어 내지 못했고 지금은 더 형편없었다.

「뭐, 보지 않았으면 좋았을 것들을 봤으니까요.」

빌어먹을 20세기에 대한 과소평가였다.

에드윈은 어머니에게 그전보다 공감할 수 있었다. 애비게일이 저녁 식탁에 앉아 있다가 어디론가 둥실둥실 떠가면, 이야기의 방향이 식민지로 향하고 아들들이 한때 못되게도 영국령 인도 표정이라고 불렀던 표정이 어머니 얼굴에 떠오르면, 이제 에드윈은 어머니가 어떤 상실을 애도하고 있다는 것을 생생하게 이해했다. 에드윈은 여전히 라지를 변호할 수는 없다고 생각했지만 그렇다고 애비게일이 온 세상을 잃은 경험이 없어지는 것은 아니었다. 어머니가 어린 시절을 보낸 세상이 더는 존재하지 않게 된 것이 어머니 잘못은 아니었다.

그는 때로 정원에서 길버트와 대화하기를 즐겼다. 길버트는 죽었지만. 길버트와 나이얼은 둘 다 솜 전투에서 하루 차이로 죽었다. 반면 에드윈은 파상달 전투에서 살아남았다. 아니, **살아남았다**라는 것은 잘못된 단어였다. 에드윈의 살아 있는 몸이 파상달에서 돌아왔다. 그는 현재 자신의 몸을 엄격히 기계적인 관점에서 생각했다. 그의 심장은 죽음기 없이 펄떡였다. 계속해서 숨을 쉬었다. 발이 하나 없다는 점을 빼면 신체적으로 건강했으나 그는 근본적으로 망가져 있었다. 이 세상에 살아 있는 것은 어려운 일이었다.

「드문 일은 아닙니다.」 하는 일이라고는 침대에 누워 있는 것뿐이던 초기 몇 주의 시기에 에드윈은 방 바깥의 복도에서 의사가 말하는 소리를 들었다. 「거기 나갔다가 참호에 들어가게 되었던 녀석들은, 뭐랄까, 그중 일부는 누구도 봐서는 안 되는 것들을 봤지요.」

에드윈은 완전히 항복한 것이 아니었다. 그는 노력하고 있었다. 요즘은 아침에 일어나 옷을 입었고 식탁에 앉으면 앞에 나타나는 음식을 먹었다. 그런 다음 기력이 다 떨어지면 남은 날 대부분을 정원에서 보냈다. 그는 바깥에 나가 나무 아래 벤치에 앉아서 길버트에게 말하

기를 즐겼다. 길버트가 그곳에 없다는 사실을 알았지만
— 에드윈이 **그렇게까지** 멀리 가버리지는 않았다 — 달
리 이야기할 사람이 없었다. 한때는 동네에 친구들이 있
었지만 지금 한 녀석은 중국에 살고 다른 녀석들은 모두
죽었다.

「이제 형이랑 나이얼 형이 둘 다 죽었으니까,」그가
길버트에게 고백했다. 「내가 작위와 영지를 물려받을 거
야.」그는 어찌나 관심이 생기지 않는지 놀랄 지경이
었다.

어느 날 아침 담장이 둘린 정원으로 걸어 나갔다가 벤
치에서 한 남자가 자신을 기다리는 모습을 목격한 것은
이상하고도 놀라운 일이었다. 아주 잠깐, 에드윈은 그가
길버트라고 생각했는데 — 그 시점에는 모든 일이 가능
해 보였다 — 그 순간 남자가 다가왔다. 남자의 진짜 정
체도 못지않게 이상했다. 그는 브리티시컬럼비아 서쪽
끝에 있던 아주 작은 성당의 협잡꾼, 그곳의 다른 누구
도 그를 본 적이 없고 이야기를 들어 본 적도 없던 사제
복 차림의 낯선 남자였다.

「부탁드립니다.」 남자가 말했다. 「앉으세요.」 그때와 똑같은, 어디서 왔는지 알 수 없는 낯선 억양.

에드윈이 남자의 옆자리에 앉았다.

「난 당신이 환각인 줄 알았습니다.」 에드윈이 말했다. 「파이크 신부님을 만나 내가 조금 전까지 대화를 나누던 새 신부님에 관해 물어봤더니, 파이크 신부님이 날 머리 두 개 달린 사람 보듯 하시더군요.」

「제 이름은 개스퍼리자크 로버츠예요.」 낯선 사람이 말했다. 「유감스럽게도 시간이 몇 분밖에 없지만, 당신을 만나 보고 싶었습니다.」

「몇 분 뒤에 무슨 일이 있는데요?」

「약속이 있어요. 자세한 내용을 말씀드리면 저를 미친 사람이라고 생각하실 겁니다.」

「유감이지만 나도 지금은 그 누구의 정신 상태도 판단할 처지가 아닙니다. 그런데 왜 내 정원에서 어슬렁거리는 겁니까?」

개스퍼리가 망설였다. 「서부 전선에 나가셨었죠?」

진흙. 차가운 비. 폭발, 눈이 멀 듯한 빛, 주변에서 비처럼 쏟아져 내리는 것들. 그러다가 그중 하나가 에드윈의 가슴에 부딪혔고 아래를 내려다본 에드윈은 가장 친한 친구의 팔을

알아봤으며…….

「벨기에였습니다.」에드윈이 이를 악물고 확인해
줬다.

사실 **친구**라는 말은 그 남자가 에드윈에게 어떤 존재
였는지를 정말로 잘 나타내는 단어가 아니었다. 에드윈
의 웃옷에 부딪혀 발치로 떨어진 것은 그가 사랑하는 사
람의 팔이었다. 그가 사랑하는 사람의 머리가 근처 진창
에 내려앉았다. 놀란 눈은 여전히 크게 뜨여 있었다.

「그리고 지금은 자신이 미쳤을까 봐 걱정하는군요.」
개스퍼리가 조심스레 말했다.

「솔직히 말해서 내 정신 상태는 예전부터 좀 취약했
으니.」에드윈이 말했다.

「카이엣의 숲에서 본 장면을 기억하십니까? 이제 몇
년 전 일이 되었는데요.」

「생생하게 기억나지만 그건 환각이었습니다. 유감이
지만 그때를 시작으로 이후에도 많은 환각을 봤죠.」

개스퍼리가 잠시 침묵했다. 「지금 그 메커니즘을 설
명해 드릴 수는 없습니다.」그가 입을 뗐다. 「제 누나라
면 설명할 수도 있겠지만 저한테는 여전히 불가능한 일
이에요. 하지만 이후로 당신에게 무슨 일이 일어났든,

벨기에에서 뭘 봤든 당신은 당신 생각보다 제정신일 수도 있어요. 당신이 카이엣에서 본 게 진짜라는 건 제가 보장할 수 있습니다.」

「당신이 진짜라는 건 내가 어떻게 압니까?」 에드윈이 물었다.

개스퍼리가 손을 뻗어 에드윈의 어깨를 건드렸다. 그들은 잠시 그렇게, 에드윈이 자기 어깨에 닿은 개스퍼리의 손을 바라보는 채로 있었다. 그러다가 개스퍼리가 손을 뗐고 에드윈은 목을 가다듬었다.

「내가 카이엣에서 경험한 일은 진짜일 리 없습니다.」 에드윈이 말했다. 「그건 감각의 혼란이었어요.」

「그런가요? 전 당신이 바이올린음을 들었다고 생각합니다. 2195년의 비행선 터미널에서 어떤 음악가가 연주한 곡이죠.」

「비행선이라니…… . 2천백몇 년도요?」

「그 뒤로는 당신 귀에 꽤 이상하게 들린 소리가 이어졌겠죠. 일종의 쉭 소리 아니었나요?」

에드윈이 개스퍼리를 빤히 봤다. 「그걸 어떻게 압니까?」

「비행선에서 나는 소리였으니까요.」 개스퍼리가 대

답했다. 「당분간은 비행선이 발명되지 않겠지만요. 바이올린곡은…… 일종의 자장가였죠?」 개스퍼리는 잠시 조용하다가 몇 음절을 콧노래로 불렀다. 에드윈이 벤치 팔걸이를 움켜쥐었다. 「그 노래를 작곡한 남자는 앞으로 189년 뒤에야 태어납니다.」

「다 말도 안 되는 소리예요.」 에드윈이 말했다.

개스퍼리가 한숨을 쉬었다. 「이런 식으로…… 그러니까, 오염이 일어났다는 식으로 생각해 보세요. 시간상의 순간들은 서로를 오염할 수 있습니다. 혼란이 벌어진 건 사실이지만 당신과는 상관없는 일이었어요. 당신은 그저 그 혼란을 목격한 사람인 거죠. 과거에 당신은 제 조사에 도움을 주셨고, 전 현재 당신이 다소 민감한 상태라고 봐요. 그래서 당신이 생각보다 덜 미쳤다는 사실을 알고 나면 당신 마음이 편해지는 데 조금이나마 도움이 될지도 모른다고 생각했어요. 최소한 그 순간에는 환각을 본 게 아닙니다. 시간상의 다른 장소에서 일어난 한 순간을 경험한 거예요.」

에드윈의 시선이 남자의 얼굴에서 멀어져 노쇠해지는 9월의 정원으로 향했다. 샐비어는 대체로 헐벗어 갈색 줄기와 말라빠진 잎사귀로만 이루어져 있었다. 남은 몇 개의 꽃송이들이 저물어 가는 햇빛 속에서 희미한 파란색과 연보라색으로 보였다. 에드윈은 이 순간 이후로 자기 삶이 무엇이 될 수 있을지 이해하고 충격을 받았다. 그는 그곳에서 조용히 살며 정원을 돌볼 수 있었다. 결국 그것으로 충분할지 몰랐다.

「말해 줘서 고맙습니다.」 에드윈이 말했다.

「다른 사람한테는 얘기하지 마세요.」 개스퍼리가 일어나 재킷에서 낙엽을 털어 냈다. 「그랬다가는 정신 병원에 들어가게 될 거예요.」

「당신은 어디로 갑니까?」 에드윈이 물었다.

「오하이오에서 약속이 있어서요.」 개스퍼리가 대답했다. 「행운을 빕니다.」

「오하이오라니?」

하지만 개스퍼리는 이미 멀어지고 있었다. 그는 집 모퉁이를 돌아 사라졌다. 에드윈은 그가 떠나는 모습을 본 뒤 오랫동안, 몇 시간이나 벤치에 남아 정원이 황혼 속으로 흐려지는 광경을 지켜봤다.

2

개스퍼리는 집 옆쪽으로 돌아갔다. 버드나무 아래 그늘에 서서 잠시 기기를 들여다봤다. 화면에서 메시지가 부드럽게 깜빡였다. **돌아와.** 개스퍼리는 여행 일정의 한도를 소진했다. 유일하게 가능한 목적지는 집이었다. 잠깐이지만 그는 1918년 그곳에 머문다는 정신 나간 생각을 해봤다. 기기를 정원에 묻고 팔에서 추적기를 빼낸 뒤 독감 유행기에 운을 시험해 보고 낯선 세상에서 자신을 위한 어떤 삶을 찾아보는 것이다. 하지만 그런 생각을 하는 순간에도 그는 이미 코드를 입력하고 떠나고 있었다. 시간 연구소의 냉혹한 빛 속에서 눈을 떴을 때 그는 그 자리에 모인 사람들을 보고도 놀라지 않았다. 검은 제복을 입고 무기를 뽑아 든 채 기다리고 있는 사람들. 하지만 올리브 루엘린의 출판 담당자가 이프럼 옆에서 있다는 점은 놀라웠다. 제복을 입지 않은 사람은 그 둘뿐이었다.

「아레타?」

「안녕하세요, 개스퍼리.」 그녀가 인사했다.

「움직이지 마, 부탁이니까.」 이프럼이 말했다. 「타임 머신에서 나올 필요는 없어.」 이프럼은 뒷짐을 지고 있었다. 개스퍼리는 자리에 가만히 머물렀다. 방 뒤쪽에서 ─ 개스퍼리는 검은 제복을 입은 사람들 너머를 보기 위해 목을 쭉 빼야 했다 ─ 조이가 두 남자에게 붙들려 있었다.

「전혀 몰랐네요.」 개스퍼리가 아레타에게 말했다.

「그야 내가 일을 잘하니까요.」 아레타가 말했다. 「난 사람들에게 내가 시간 여행자라고 말하고 다니지 않거 든요.」

「맞네요.」 개스퍼리는 약간 혼란스러웠다. 「미안.」 그가 조이에게 사과했다. 「누나를 속여서 미안해.」 하지 만 조이는 이미 방에서 끌려 나가고 있었다. 그녀가 나 간 뒤 문이 닫혔다.

「조이를 속였다고?」

「누나에게 조사의 일환으로 1918년에 갈 거라고 말했어. 실제로는 에드윈 세인트앤드루가 정신 병원에서 죽는 상황을 막으려고 간 거야.」

「정말이야, 개스퍼리? 한 번 더 범죄를 저질렀다고? 전기에 업데이트된 내용 보이는 사람?」

아레타가 인상을 찡그리며 자신의 기기를 들여다봤다. 「업데이트된 전기라.」 그녀가 말했다. 「개스퍼리가 방문하고 35일 뒤에 에드윈 세인트앤드루는 1918년 독감 대유행으로 죽었어요.」

「같은 전기 아닌가?」 이프럼이 아레타의 기기로 손을 뻗어 잠시 읽어 보더니 한숨을 쉬며 되돌려줬다. 「네가 시간 흐름을 바꾸지 않았다고 해도 에드윈은 그보다 겨우 마흔여덟 시간 늦게 똑같이 독감으로 죽었을 거야, 정신 병원에서. 얼마나 의미 없는 일이었는지 알겠어?」

「너야말로 핵심을 놓치고 있어.」 개스퍼리가 말했다.

「그것도 충분히 가능한 일이지.」 이프럼의 눈에 눈물이 고인 것일까? 그는 피곤하고도 긴장한 모습이었다. 수목 관리사인 편이 더 좋았다던 사람. 어려운 자리에서 어려운 일을 하는 사람. 「하고 싶은 말 있어?」

「벌써 마지막 말을 할 차례인 거야, 이프럼?」

「뭐, 이번 세기에서는 마지막 말이지.」 이프럼이 말했다. 「달에서는 마지막 말이야. 유감이지만 너는 꽤 먼 곳으로 여행을 떠나 돌아오지 못할 거야.」

「내 고양이 돌봐 줄래?」 개스퍼리가 물었다.

이프럼이 눈을 깜빡였다.

「그래, 개스퍼리. 네 고양이는 내가 돌봐 줄게.」

「고마워.」

「다른 할 말 있어?」

「난 또 그렇게 할 거야.」 개스퍼리가 말했다. 「망설이지도 않을 거야.」

이프럼이 한숨을 쉬었다. 「좋은 정보네.」 이프럼은 등 뒤에 유리병을 들고 있었다. 이제 그는 유리병을 들어 올리더니 개스퍼리의 얼굴에 무언가를 분사했다. 달콤한 향이 나고 빛이 어둑해지더니 개스퍼리는 다리가 풀렸고……

3

 ……정신을 잃어 가면서, 개스퍼리는 이프럼이 그를
따라 타임머신에 들어오는 듯한 느낌을 받았으며…….

4

……빠르게 이어지는 두 번의 총성과……

발소리, 도망치는 한 남자…….

개스퍼리는 터널에 있었다. 터널 양 끝에 빛이 있었
다. 빛만이 아니라 눈(雪)도 있었다…….

아니, 터널이 아니라 고가 도로 아래였다. 21세기 자
동차의 매연 냄새가 났다. 개스퍼리는 방금 분사된 어떤
물질.때문에 무척 졸렸다. 등이 경사면에 닿아 있었다.

이프럼도 그곳에 있었다. 검은 정장을 입은 모습이 침
착하면서도 유능해 보였다. 「미안, 개스퍼리.」 그가 조
용히 말했다. 개스퍼리의 귀에 이프럼의 숨결이 뜨끈하
게 느껴졌다. 「진짜로 미안해.」 그는 개스퍼리의 손에서
기기를 가져가고 다른 무언가로 바꿔 놓았다. 딱딱하고
차가우며 훨씬 무거운…….

총이었다. 개스퍼리는 호기심을 느끼며 그 총을 봤다. 도망치던 남자가 — 개스퍼리는 그 남자가 총을 쏜 사람이라는 사실을 어렴풋하게 깨달았다 — 사라졌다. 허둥지둥 멀어져 보이지 않게 되었다. 이프럼도 지나가는 유령처럼 사라졌다. 공기가 차가웠다.

발치에서 조용한 신음이 들렸다. 개스퍼리는 정신을 차리고 있기가 힘들었다. 눈이 계속 감겼다. 그는 근처에 누워 있는 두 남자를, 콘크리트에 피가 번져 가는 두 남자를 봤다. 그중 한 명이 개스퍼리를 똑바로 쳐다봤다. 남자의 시선에 혼란스러운 기색이 분명히 드러났지만 — **당신 누구야? 어디서 온 거지?** — 그는 도저히 말을 할 수 없는 상태였다. 개스퍼리가 지켜보는 가운데 그의 눈에서 빛이 사라졌다. 개스퍼리는 죽은 남자 두 명과 함께 고속도로 아래에 있었다. 그는 잠깐 고개를 끄덕이며 졸았다. 눈을 떴을 때 그는 손에 들린 총을 보고 있었고, 퍼즐 조각이 천천히 맞아 들어갔다. **시간 속에서 사라질 수 있어.** 조이가, 다른 세기에서 말했다. 누군가를 다른 곳으로 보내 누명을 씌우고 다른 이의 자원으로 감옥에 가둘 수 있는데, 굳이 그를 달에 평생 감금할 이유가 뭐란 말인가?

개스퍼리는 왼쪽에서 어떤 움직임을 느꼈다. 아주 천천히 고개를 돌려 아이들을 봤다. 아마 아홉 살, 열한 살일 두 여자아이가 손을 잡고 있었다. 그들은 고가 도로 아래를 지나던 참이었지만, 지금은 조금 떨어진 지점에 서서 개스퍼리를 빤히 보고 있었다. 개스퍼리는 책가방을 보고 그들이 학교에서 집으로 돌아가는 중이라는 사실을 알았다.

개스퍼리는 손에서 총이 떨어지게 놔뒀다. 총이 전혀 해롭지 않은 물건처럼 달그락거리며 굴러갔다. 이제는 빛이, 빨간색과 파란색의 불빛이 개스퍼리를 휩쓸었다. 아이들은 죽은 두 남자를 보고 있었다. 그런 뒤 나이가 더 어린 아이가 개스퍼리를 봤고, 개스퍼리는 그녀를 알아봤다.

「미렐라.」 그가 말했다.

5

어떤 항성도 영원히 타오르지는 않는다. 몇 년 뒤 개스퍼
리는 감옥의 벽을 긁어 그런 단어들을 새겨 놓았다. 너
무 섬세하게 새겼기에 조금만 떨어져서 봐도 페인트칠
이 잘못된 부분 같았다. 가까이 다가가야 보였고, 그 의
미를 알려면 22세기 이후에 살아 본 적이 있어야 했다.
22세기의 기자 회견을, 자기가 가장 좋아하는 세계 지도
자 대여섯 명을 뒤에 도열시켜 놓고 화창한 푸른 하늘을
배경으로 깃발이 펄럭이는 가운데 강단에 오른 중국 주
석을 봤어야 했다.

　감옥에는 시간이, 무한한 시간이 있었으므로 개스퍼
리는 그 과거, 아니, 미래에 관해 생각하며 많은 시간을
보냈다. 조이의 생일에 컵케이크와 꽃을 들고 그녀의 연
구실로 들어갔던 시간상의 지점과 그 이후 벌어진 모든

일을. 지금 벌어지는 일은 끔찍했다. 그는 엉뚱한 세기의 감옥에 들어가 있었으며 그곳에서 죽을 예정이었다. 몇 개월이 어느새 몇 년이 되었고 그는 후회할 일이 거의 없다는 것을 알게 되었다. 올리브 루엘린에게 다가오는 팬데믹을 경고한 것은 머릿속에서 아무리 이리저리 굴려 봐도 잘못한 일이 아니었다. 누군가가 익사하기 직전이라면 그 사람을 물에서 건져 줄 의무가 있다. 개스퍼리의 양심에는 오점이 없었다.

「거기 뭘 쓴 거예요, 로버츠?」 헤이즐턴이 물었다. 헤이즐턴은 개스퍼리의 감방 동기였다. 어슬렁거리며 끊임없이 말해 대는 훨씬 젊은 남자였다. 개스퍼리는 그에게 신경 쓰지 않았다.

「어떤 항성도 영원히 타오르지는 않는다.」 개스퍼리가 말했다.

헤이즐턴이 고개를 끄덕였다. 「마음에 드네.」 그가 말했다. 「긍정적 사고의 힘이라는 거, 맞죠? 감옥에 있긴 하지만 뭐든 **영원하지는** 않으니까 이런 생활도 영원하지는 않을 거라는 얘기잖아요? 난, 내 인생에 관해 좀 기분이 처지려 할 때마다……」 그는 계속 말했지만 개스퍼리는 더 듣지 않았다. 요즘 개스퍼리는 예상하지 못했던 방식으로 평온했다. 초저녁이면 그는 침대의 가장 끝 모서리에, 거의 떨어질 것 같은 자리에 걸터앉아 있기를 좋아했다. 그 각도에서는 창문 너머로 하늘이 한 조각 보였고 그 조각을 통해 달이 보였기 때문이다.

8장
특이 현상

1

이것이 예고된 종말인가?

이는 올리브 루엘린의 소설 『매리언배드』 속 한 구절이지만 사실은 셰익스피어 인용문[15]이기도 하다. 나는 수감된 지 5년이나 6년쯤 되었을 때 교도소 내 도서관에서, 표지가 떨어진 종이책에서 이 문구를 발견했다.

15 앞의 177면 각주 참고.

2

어떤 항성도 영원히 타오르지는 않는다.

3

60세 생일이 지나고 얼마 되지 않아 심장에 문제가 생겼다. 내가 속한 세기에는 쉽게 고칠 수 있었지만 그 시기, 그 지역에서는 위험한 문제였다. 나는 교도소 내 병원으로 이송됐다. 침대에서 달이 보이지 않았으므로 이제는 눈을 감고 오래된 영화를 재생하는 것 말고는 별다른 방법이 없었다.

밤의 도시에서 등굣길에 올리브 루엘린의 어린 시절 집을, 앞쪽 창문에 널빤지를 치고 명판을 단 그 집을 지났던 일.

1912년에 신부 복장을 하고 카이엣의 성당에 서서 에드윈 세인트앤드루가 비틀비틀 들어오기를 기다리던 일.

다섯 살 때 밤의 도시의 돔과 외곽 순환 도로 사이 좁다란 황무지에서 다람쥐를 쫓던 일.

우리 둘이 열다섯 살쯤 되었을 때 이프럼과 어느 오후
햇빛조차 없는 학교 뒤편에서 술을 마시던 일.
우리가 한 일이라고는 약간 취해 바보 같은 농담을
주고받은 것뿐이지만 조금은 위험하게 느껴지던 그런 오후.
여섯 살인가 일곱 살 때, 밤의 도시의 햇살 밝은 날
어머니와 손 잡고 웃으며 보행자용 다리에 잠시 서서
강을 내려다볼 때, 강이 아래서 까맣게 반짝이던…….

「개스퍼리.」

팔에 날카로운 통증을 느꼈다. 헛숨을 들이켜며 비명
을 지를 뻔했지만 누군가의 손이 내 입을 틀어막았다.

「쉬잇.」 조이가 속삭였다. 조이는 40대 초반처럼 보
였으며 간호사복을 입고 있었다. 방금 내 팔에서 추적기
를 빼낸 터였다. 무슨 일인지 영문을 알 수 없어 조이를
멍하니 바라봤다.

「이걸 네 혀 밑에 넣을 거야.」 조이가 말했다. 조이는
내가 볼 수 있도록 그 물건을 들어 올렸다. 조이가 내 손
에 쥐여 준 새로운 기기와 교신하는 새로운 추적기였다.
조이가 침대 주변에 커튼을 쳐놓았다. 조이는 1~2초 동
안 자신의 기기를 내 기기에 대고 있었다. 그러자 두 기

334

기가 서로 동조하며 빠른 패턴을 이루어 깜빡였다. 나는
그 빛을 바라봤고…….

4

……우리는 다른 방에, 다른 장소에 있었다.

나는 어느 침실의 나무 바닥에 누워 있었다. 구식 주택인 것 같았다. 팔에서 피가 났다. 반사적으로 팔을 가슴에 댔다. 창문으로 햇빛이 쏟아져 들어왔다. 나는 일어나 앉았다. 장미 무늬 벽지와 나무 가구가 있었고, 문 너머로는 샤워기와 변기가 있는 공간이 보였다.

「여긴 어디야?」

「오클라호마시티 외곽의 농장이야.」 조이가 말했다. 「내가 집주인한테 엄청나게 많은 돈을 냈어. 넌 여기서 무기한 하숙생으로 지내도 돼. 지금은 2172년이야.」

「2172년이라.」 내가 말했다. 「그럼 난 23년 뒤에 오클라호마시티로 가서 바이올리니스트를 인터뷰하겠네.」

「맞아.」

「누나는 어떻게 여기 있는 거야? 시간 연구소에서 이 여행을 승인해 줬을 리가 없는데.」

「난 그날 체포당했어.」 조이가 말했다. 「네가 오하이오로 보내진 날 말이야. 난 정교수였던 데다가 그 사건만 빼면 이력이 훌륭해서 시간 속에 사라지지는 않았지만, 감옥에서 1년을 보낸 뒤 〈먼 식민지〉로 이주했어. 시간 연구소에서는 자기들만 제대로 작동하는 타임머신을 가지고 있는 줄 알아. 그런데 아니야.」

「〈먼 식민지〉에도 타임머신이 있어? 그런데 누나가 무슨, 그냥 그걸 썼다는 거야?」

「난 거기 있는…… 다른 조직에 고용됐어.」 조이가 말했다.

「전과가 있는데도?」

「개스퍼리.」 조이가 말했다. 「내 분야에서 나만큼 뛰어난 사람은 없어.」 조이는 무미건조하게 말했다. 자랑이 아니었다.

「있잖아, 난 아직도 그게 뭔지 모르겠어.」

조이는 그 말을 무시했다. 「난 〈먼 식민지〉에서 취업 제안을 받아들이는 조건으로 이 임무를 내걸었어.」 조이가 말했다. 「더 일찍 못 와서 미안해. 그러니까, 시간상의 더 이른 지점에 못 가서 말이야.」

「괜찮아. 내 말은, 고마워. 와줘서 고마워.」

「난 여기가 안전하다고 생각해, 개스퍼리. 내가 네 과거 기록을 만들어 뒀어. 여기 정착하는 게 좋을 거야. 이웃들도 만나고.」

「누나, 얼마나 고마운지 모르겠어.」

「너도 나한테 똑같이 해줬을 거잖아.」 (우리 둘 다 말로 하지는 않았지만, 나는 누나에게 똑같은 일을 해줄 수 **없었다.** 누나는 나와 계급이 달랐다. 예전부터 그랬다.) 「널 다시 만날 수 있을지는 모르겠어.」 누나가 말을 이었다.

우리가 전에 안아 본 적이 있던가? 기억나지 않았다. 조이는 아주 잠깐 나를 꼭 끌어안더니 물러나 사라졌다.

나는 그 방에 혼자 있었고, **혼자**라는 말로는 그 강도를 표현할 수 없었다. 그 세기의 사람을 아무도 알지 못했다. 전에도 그런 일을 겪은 적이 있다는 사실도 외로움을 달래는 데는 아무 도움이 되지 않았다. 혼란스럽던 한순간 헤이즐턴이 어떻게 지내고 있을지 궁금해하다가, 지금쯤이면 내 감방 동기는 늙어 죽었으리라는 사실을 깨달았다.

멍하게 창가로 다가가 초록의 바다를 내다봤다. 농장이 거의 지평선까지 이어져 있었다. 이어지고 또 이어지는 들판에서 농업용 로봇들이 햇빛을 받으며 천천히 움직였다. 저 멀리 오클라호마시티의 첨탑이 보였다. 하늘은 현기증이 날 정도로 파랬다.

5

　농장은 나이가 지긋한 부부인 클래라와 매리엄이 소
유하고 운영하는 곳이었다. 그들은 80대 후반으로, 평생
그곳에서 산 사람들이었다. 첫째 날 밤, 키슈[16]와 내가
수십 년간 먹어 본 것 중 가장 신선한 샐러드로 차린 저
녁 식사를 하는 동안 그들은 돈을 잘 내는 하숙생을 두
어 기쁘다고 했을 뿐 아무 질문도 던지지 않았다. 두 사
람은 무엇보다 사생활을 존중했다.

　「감사합니다.」 내가 말했다.

　「당신 누나가 신원과 관련된 서류를 두고 갔어요.」 클
래라가 말했다. 「출생증명서 같은 것. 그 서류에 적힌 이
름으로 불러도 될까요?」

　「개스퍼리라고 불러 주세요.」 내가 말했다. 「부탁드

16 프랑스식 식사용 타르트.

립니다.」

「뭐, 개스퍼리,」클래라가 말했다. 「혹시라도 무슨 서류가 필요해지면 전부 복도 쪽 문 옆의 파란 서랍장에 들어 있으니 찾아봐요.」

나는 처음 몇 년간 농장을 전혀 떠나지 않았으나 언젠가는 결국 떠나야 하리라는 두려움을 느꼈다. 매리엄이 병들자 클래라는 그녀를 병원에 데려갔다. 하지만 클래라가 아파지면 누가 그 일을 하게 될까? 두 사람은 거의 아흔 살이었다. **내가 연구소에서 맡은 첫 번째 사건은 도플갱어와 관련된 거였어.** 이프럼이 다른, 짐작할 수도 없는 인생에서 내게 그렇게 말한 적이 있었다. **우리가 보유한 최고의 안면 인식 소프트웨어에 따르면, 동일한 여성이 각각 1925년과 2093년에 찍힌 사진과 영상에 나타났어.** 농장을 떠나는 상황을 그려 볼 때마다 나는 감시 카메라가 내 얼굴을 알아보고 여러 세기에 걸쳐 경보를 울려 시간 연구소의 요원이 조사하러 올 것이라고, 폭포처럼 쏟아질 끔찍한 일들을 상상했다. 나는 클래라와 이야기를 나눴다. 그녀가 이웃을 통해 은밀히 알아봤다. 그 이웃에게는 유용한 연줄을 둔 친구가 있었다. 얼마 뒤 나는 농가의 주방 식탁에 누워 레이저 성형 수술과 홍채 채색 수

술을 받았다.

진정제의 약효가 떨어지고 내가 일어나 앉았을 때 의사는 떠나고 없었다.

「위스키 줄까?」 매리엄이 물었다.

「네.」 내가 말했다.

「완전히 달라 보이는데.」 클래라가 말했다. 그녀가 내게 거울을 건넸고 나는 헛숨을 들이켰다.

나는 완전히 다른 모습이었다. 하지만 내 얼굴을 알아봤다.

6

그달 말에 바이올린을 발견했다. 아주 낡은 바이올린으로, 복도 옷장 맨 안쪽의 상자에 담겨 있었다. 매리엄은 몇 년 동안 그 바이올린을 연주하지 않았다. 클래라는 내가 이웃에게 바이올린 수업을 받을 수 있도록 주선해 줬다.

「리나라는 이름으로 통해.」 클래라가 그 집으로 이동하는 길에 말해 줬다. 「내가 알기로는 평생 바이올린을 연주했을 거야. 자네랑 거의 똑같은 방식으로 여기 도착했고. 무슨 말인지 알지?」

나는 클래라를 힐끗 봤다. 그해에 클래라는 아흔두 살이었지만 옆얼굴이 여전히 강해 보였다. 눈빛을 읽기가 어려웠다.

「전혀 몰랐네요.」 내가 말했다. 그 말에 비난하는 기색이 어려 있었던지 클래라는 침착한 시선으로 잠시 나를 붙들어 놓았다.

「내가 사생활을 중요하게 여긴다는 건 알 거야.」 그녀가 말했다. 「어느 모로 보나 리나도 그래. 리나는 30년 동안 그 농장을 떠난 적이 거의 없어.」

우리는 이웃 농가 앞에 차를 세웠고 — 호텔로 쓸 수도 있을 법한, 입체파 작품 같은 거대한 잿빛 건물이었다 — 나는 지금으로부터 4년 전 나를 여기에 남겨 놓고 떠날 때 조이가 했던 말을 떠올리며 — **여기 정착하는 게 좋을 거야. 이웃들도 만나고.** — 왜 조이가 한 말을 한 번도 제대로 이해하지 못했었는지 의아해졌다. 나는 트럭에서 나와 이글거리는 햇볕 속으로 들어갔다.

현관이 열렸다. 밖으로 나온 여자는 나와 비슷한 또래로, 60대 초반쯤 되어 보였다.

「좋은 아침이야, 개스퍼리.」 탤리아가 말했다.

7

「너희 누나가 아마 아슬아슬하게 나를 꺼내 줬을 거야.」 탤리아가 내게 말했다. 「어느 날 밤에 조이가 호텔로 찾아왔어. 아마 감옥에서 나온 직후였겠지. 경찰이 날 수사하기 시작했다고 했어. 기밀 정보를 전달했다나.」

「뭐, 바른 말이긴 하지. 넌 실제로 기밀 정보를 전달하는 습관이 있었잖아.」 우리는 탤리아가 사는 농가의 현관에 앉아 있었다. 각자의 바이올린이 우리 사이에 놓여 있었다.

「내가 부주의했어. 운명에 도전하고 싶었나 봐. 조이는 〈먼 식민지〉로 이사할 거라면서 나한테도 같이 가자고 강력하게 제안했어. 하지만 〈먼 식민지〉는 달과 도주범 인도 조약을 맺고 있어서, 우리가 거기 도착한대도 〈먼 식민지〉가 내 최종 목적지는 아닐 수 있다고 했지.」

「그게 30년 전이었어?」

「26년 전.」

나는 탤리아를 보고 그녀가 그 농장에서 사반세기를 살아온 흔적을 알아볼 수 있었다. 탤리아의 피부는 햇볕에 그을려 있었다. 그녀에게서는 평화가 풍겨 나왔다.

「거긴 어때?」 내가 물었다. 「〈먼 식민지〉 말이야.」

「아름다워.」 탤리아가 말했다. 「그렇지만 지하에 숨어 사는 게 싫었어.」

8

1년이 안 되어 탤리아와 나는 결혼했다. 클래라와 매리엄은 세상을 떠나면서 우리에게 농장을 남겨 줬다.

이어진 세월 동안 아내와 바이올린을 연주한 밤에, 함께 요리할 때, 농장 로봇들의 움직임을 지켜보며 우리 들판을 나란히 걸을 때, 현관에 앉아 오클라호마시티의 지평선 위로 반딧불이처럼 떠오르는 비행선들을 구경할 때 나는 문득문득 생각했다. 시간 연구소가 영영 이해하지 못한 점은 바로 이러했다. 우리가 시뮬레이션 안에 살고 있다는 결정적인 증거가 나타났을 때 그 소식에 대한 알맞은 반응은, **그래서 어쩌라고**라는 것. 시뮬레이션 안에 산대도 삶은 삶이다.

9

카운트다운이 시작됐다. 모든 나날의 이면에서 그 카운트다운을 느꼈다. 머지않아 내가 오클라호마시티로 가리라는 사실을 알았다. 나는 2195년에 비행선 터미널에서 바이올린 연주를 시작하도록 예정돼 있었다. 인터뷰 내용을 기억했기 때문에 알았다. 아내가 먼저 죽으리라는 사실을.

10

조용히
밤에
동맥류로
아내의 나이 75세에.

11

    탤리아가 떠나고 나는 한동안 매일 밤 현관에 혼자 앉아 저 먼 도시에서 솟아오르는 비행선들을 구경했다. 나의 개 오디가 자기 발에 머리를 얹고 옆에 엎드려 있었다. 처음에 나는 농장이 너무 좋아 도시로의 이동을 미룰까 생각했다. 하지만 어느 날 밤 문득 떠올랐다. 나는 그 빛을 **갈망했다**. 그토록 오랜 시간이 지난 지금, 나는 다시 사람들 곁에 있고 싶었다.

    「넌 데리고 가마.」 오디에게 말했다. 오디는 꼬리를 쳤다.

12

그 기관의 모든 구성원이 아주 똑똑하다고 알려져 있다는 점을 고려할 때, 시간 연구소의 누군가가 — 누구라도! — 정말로 알아챘어야 하는 점은 내가 바로 특이 현상이라는 사실이었다. 아니, 이 말은 옳지 않다. 내가 특이 현상을 **촉발했다**. 내가 나 자신을 면담했다는 사실을 왜 아무도 알아차리지 못했을까? 조이가 만든 기록 덕분에 서류상 내 이름은 앨런 새미였고 오클라호마시티 외곽의 농장에서 태어나 평생을 산 것으로 되어 있었기 때문이다.

비행선 터미널에서 특이 현상을 지켜봤다. 2195년 10월의 어느 하루, 나는 개를 데리고 바이올린을 연주하고 있었다. 그때 거의 동시에 두 사람을 봤다.

올리브 루엘린이 은색 여행 가방을 끌고 복도를 걷고

있었다. 그녀는 자기보다 몇 발짝 앞서서 나를 향해 걸어오는 남자를 알아보지 못했지만, 나는 알아봤다. 그 남자는 조금 전 비품실에서 걸어 나왔다.

그 남자가 올리브 루엘린과 엇갈리며 내게 걸어오는 순간 그의 등 뒤에서 공기가 물결치는 듯 보였다. 그는 알아차리지 못했다. 그는 내게 집중했고 약간 불안해하고 있었으니까. 어쨌거나 그것이 그가 시간 연구소를 위해 진행하는 첫 인터뷰였으니 말이다.

나는 이제 땀을 흘리며 계속해서 연주했다. 텔리아를 위한 자장가에 소중한 목숨이라도 걸린 것처럼. 물결이 강해졌다. 맞는 단어인지는 모르겠지만 소프트웨어가, 뭐든 우리 세상을 온전하게 지탱하는 알 수 없는 엔진이 우리 둘 다 그곳에 존재한다는 불가능한 상황을 조정하려 애쓰는 중이었다. 하지만 같은 사람이 같은 장소에 두 번 존재한다는 것만이 문제는 아니었다. 엔진이든 지능이든 소프트웨어든 뭐든 간에 그것은 시공간상 완전히 다른 지점에, 카이엣의 숲에 있는 세 번째 개스퍼리를 감지했다. 이제는 상황이 정말로 붕괴하고 있었다. 그 순간은 오염됐고 **그 공간도**, 에드윈 세인트앤드루가 나뭇가지를 올려다보던 1912년과 내가 양치식물 뒤에 숨어 빈센트 스미스를 지켜보던 1994년의 숲속도 오염됐다. 다가오는 남자 뒤로 어둠이 기이하게 파도쳤다. 빛이 물결치며 멀어졌다. 올리브 루엘린이 놀란 듯 멈춰섰다. 나는 1994년에 무릎을 꿇고 있던 나 자신과 정확히 같은 위치에 있는 에드윈 세인트앤드루를 봤고 ─ 우리는 서로 겹쳐 있었다 ─ 근처에는 손에 카메라를 든 열세 살의 빈센트 스미스가 있었다.

근처 항구에서 비행선이 날아올랐다. 도저히 오해할 수 없는 쉭 소리. 그리고 유령들이 사라졌다. 시간이 다시 자연스럽게 흘렀다. 파일 오염이 알아서 고쳐지고 있었다. 시뮬레이션의 가닥들이 우리를 둘러싸고 짜였고, 어린 나 자신인 개스퍼리자크는, 괴로울 정도로 서툰 시간 연구소의 신입 조사자는 그중 무엇도 눈치채지 못했다. 모든 일이 그의 등 뒤에서 벌어졌다. 그가 어깨 너머를 한 번 돌아본 것은 사실이지만 ─ 나는 그 순간을 기억했다 ─ 압도적이고 이상한 느낌은 긴장해서 미처 날뛰는 감각 탓이라고 생각해 버렸다.

나는 눈을 감았다. 그간 내내 문제는 나였다. 빈센트와 에드윈이 특이 현상을 본 것은 내가 숲속에서 그들과 함께 있었기 때문이다. 1912년, 처음으로 그 현상이 벌어졌을 때 내가 직접 보지 못한 것은 에드윈과 충분히 가깝지 않았기 때문이다. 나는 자장가를 마치고 개스퍼리의 박수 소리를 들었다.

그가 내 앞에 서서 어색하게 손뼉 치고 있었다. 나는 그 녀석 때문에 민망해서 — 나 때문에? 우리 때문에? — 눈을 마주치기가 어려웠지만 어떻게든 해냈다. 어린 나 자신이 무능하게 구는 내내 개가 잠들어 있어 주어 고마웠다.

「안녕하세요.」 그가 안타까울 정도로 불완전한 억양으로 밝게 인사했다. 「제 이름은 개스퍼리자크 로버츠입니다. 음악사 연구자를 대신해 조사를 하고 있는데, 선생님께 점심을 좀 사드려도 될지 궁금해서요.」

13

「내 인생을 뭐라고 설명하겠느냐고?」 나는 시간을 끌며 되물었다. 「글쎄, 이 녀석아. 거창한 질문이구나. 뭐라고 말해 줘야 할지 모르겠는데.」

「하루를 어떻게 보내시는지 살짝 들려주실 수 있을 거 같아요. 괜찮으시다면요. 그건 그렇고, 녹음기는 아직 켜지 않았어요. 우리끼리만 얘기하는 거예요.」

나는 고개를 끄덕였다. 그 녀석을 편안하게 해주지 않을 생각이었다. 그 녀석이 아직 셰익스피어를 모른다는 사실을 알았으므로 셰익스피어를 인용할 생각이었다. 내가 그를 **녀석**이라고 부른 까닭은 그가 녀석이라고 불리기를 싫어하며 짜증을 느끼면 집중력을 잃을 것이기 때문이었다. 나는 그가 자신의 실패한 결혼 때문에 당황하리라는 점을 알았으므로 사별한 아내 이야기를 꺼낼

터였다. 나는 그가 훈련받을 때 가장 힘들어한 분야가 억양과 방언이라는 점을 알았으므로 그가 그 부분에 불안감을 느끼도록 할 생각이었다. 하지만 일단은, 내 삶의 고요함으로 그를 달래 주기로 했다.

「글쎄.」내가 말했다. 「난 하루에 몇 시간씩 거기 서서 바이올린을 연주해. 그러는 동안 내 개가 발치에서 낮잠을 자고, 출퇴근하는 사람들이 빠르게 스쳐 지나가며 잔돈을 던지지. 그 사람들은, 통근자들은 비인간적인 속도로 움직여. 이런 일에 익숙해지기까지는 시간이 좀 걸렸지.」

「이 근처 출신이세요?」조사자가 물었다.

「도시 바로 바깥에 있는 농장 출신이야. 평생 거기 살았어. 그런데 잘 듣거라, 이 녀석아. 내가 농장을 물려받았을 때쯤 소규모 경작은 거의 그저 지켜보는 일이 되었어. 로봇들이 들판 위로 움직이는 모습을 지켜보는 거지. 가끔 로봇 설정을 어설프게 조정하기도 하지만, 로봇이 잘 만들어져서 대체로는 알아서 적응하기 때문에 사람 손길이 별로 필요하지 않아. 그냥 할 일이 필요해서 들판에 나가 바이올린을 연주하지. 멀리서는 비행선이 반딧불이 같은 속도로 솟아오르지만 가까이서 보면 더 빠르단다.」

비행선 터미널에서 바이올린을 연주할 때 나는 이따금 비행선이 위쪽으로 떨어지는 것 같다고, 중력이 뒤집힌 것 같다고 생각했다. 비행선은 멍한 얼굴의 통근자들이라는 화물로 채워진 다음 하늘을 향해 낙하했다. 통근자들은 지나가며 가끔 나를 보고 모자에 동전을 던졌다. 나는 그들이 탄 배가 그들을 이른 아침으로, 로스앤젤레스, 나이로비, 에든버러, 베이징의 일터로 실어 나르는 광경을 지켜봤다. 그들의 영혼이 아침 하늘을 가로질러 빠르게 움직인다고 생각했다.

「아내가 죽고 농장을 1년 더 보유하고 있다가 뭐, 될 대로 되라고 생각했지.」 나는 조사자에게 말했다.

조사자는 관심 있는 척하면서, 긴장하지 않으려, 잘해 내고 있다고 스스로를 속이려 애쓰며 고개를 끄덕였다. 내가 그에게 말해 주지 않은 것은, 탤리아 없이는 내가 허공으로, 나 혼자 저 바깥으로 사라져 버릴지도 모른다고 느낀다는 사실이다. 나와 개와 농장의 로봇들만이 매일매일 이어졌다. 외로움이란 그것을 잘 표현할 수 있을 만큼 강력한 단어가 아니었다. 그 모든 텅 빈 공간이라니. 밤이면 나는 고요한 집을 피하려고 개와 함께 현관에 앉아 있었다. 아이들이 하는 게임, 눈을 가늘게 뜨고 달을 보면 그 표면에 있는 식민지의 더 밝은 부분들이 보인다고 믿는 놀이를 하면서. 들판 건너 저 멀리, 도시의 빛.

「녹음기를 켜도 괜찮을까요?」 조사자가 물었다.

「그래.」

「네, 켰어요. 시간 내주셔서 감사합니다.」

「별말씀을. 점심 사줘서 고마워.」

「자, 이건 녹음 때문에 하는 얘긴데요. 선생님은 바이올린 연주자이시죠.」 젊은 시절의 나 자신이 말했다.

나는 녹취록을 그대로 따랐다.「그래.」 내가 말했다. 「비행선 터미널에서 연주하지.」

비행선 터미널에서 연주하지 않을 때 나는 탑들 사이의 거리에서 개와 산책하기를 좋아했다. 그 거리들에서는 모두가 나보다 빨리 움직였지만 그들이 모르는 사실은 내가 이미 너무 빠르게, 너무 멀리 움직여 본 적이 있으며 더는 여행하고 싶지 않다는 점이었다. 나는 최근 시간과 움직임에 관해, 끊임없는 몰아침 속의 고요한 점이 된다는 것에 관해 아주 많이 생각해 왔다.

메모와 감사의 말

107면에 인용된 문장 〈약해지지만 않는다면 훌륭한 삶이다〉는 존 버컨의 1919년 소설 『미스터 스탠드파스트』에서 따왔다.

첫 번째 〈지구에서의 마지막 북 투어〉 장에 반복해 쓰인 문구인 〈닭들이 홰에 앉으러 집에 돌아온다〉 — 〈절대 착한 닭들이 아니었거든요.〉(142면) — 는 미국 시인 케이 라이언과 함께 2015년의 문학 축제에 참석했을 때 그가 한 말을 변용한 것이다.

같은 장에 인용된 4세기 로마의 군인이자 역사가 암미아누스 마르켈리누스의 글 「안토니누스 역병」은 그가 쓴 역사서의 제23권에 수록된 것으로, 내용이 매우 흥미롭고 온라인에서도 볼 수 있다.

나는 또한 프레더릭 W. 호웨이가 편집한 『컬럼비아

의 항해』와 마크 줄키의 저서 『악당, 몽상가, 둘째 아들: 캐나다 서부의 영국 출신 피송금인들』을 참조했다.

커티스 브라운에서 일하는 나의 에이전트 캐서린 포싯과 그녀의 동료 직원들, 담당 편집자 — 뉴욕 크노프의 제니퍼 잭슨, 런던 피커도어의 소피 조너선, 토론토 하퍼콜린스 캐나다의 제니퍼 램버트 — 와 그 동료들, 유나이티드 에이전츠에 소속된 영국 에이전트 애나 웨버와 그녀의 동료들, 초고를 읽고 의견을 준 케빈 맨델, 레이철 퍼슐라이저, 세미 첼러스, 그리고 이 책을 쓰는 동안 내 딸을 돌봐 준 보모 미셸 존스에게 감사를 전한다.

끊임없는 몰아침 속의 고요한 점

우리말로 옮기기 위해 처음 『고요의 바다에서』를 읽었을 때 내가 느낀 것은 아름다운 여운과 약간의 혼란이었다.

대체로는 이 책에 등장하는 여러 인물이 — 에드윈 세인트앤드루, 빈센트, 미렐라, 올리브, 그리고 마지막으로 개스퍼리가 — 일으킨 효과였다. 작품을 끝까지 다 읽고 보면, 시간 여행자이자 특이 현상 그 자체인 개스퍼리가 이 작품의 주인공이라고 생각할 수 있을 것이다. 그러나 전통적인 서사 구조에서와는 달리 이 작품은 주인공의 이야기로 첫 장면을 열지 않는다. 사실, 개스퍼리에게 초점이 맞춰지는 것은 소설의 중반을 지난 다음부터다. 그 전에 우리는 각자의 깊이를 가지고 각자의 삶을 살아가는 다른 인물들의 이야기를, 마치 단편소설을 읽듯 한 편 한 편 몰입해 읽게 된다. 내 경우 아름다운 여운은 대체로 이런 몰입감에서, 등장인물 각자가 전해 주는 감정과 서사에서 나왔다.

약간의 혼란은? 그건 완성도 높은 한 편 한 편의 이야기를 장편 하나로 엮어 내는 실오리에서 비롯했다. 타임 패러독스를 다룬 SF 소설 대부분이 그렇듯 반전이 있는 줄거리를 전체적으로 이해하는 것도 즐거운 노력이 필요한 일이었지만, 그게 전부는 아니었다.

일단은 〈고요의 바다에서〉라는 제목. 나는 달의 한 지역을 뜻하는 〈고요의 바다〉라는 표현이, 달 식민지에 사는 올리브나 개스퍼리 외의 다른 인물에게는 어떻게 적용되는지 궁금했다. 모든 인물이 경험한 시간의 파열은 고요함보다는 바이올린 소리와 비행선의 유압 소리, 터미널의 사람들 소리로 시끄러운 순간인데 말이다.

다른 하나는 각각의 인물들이 — 시간 여행자인 개스퍼리 자신을 포함해서 — 시뮬레이션 속 구성물로 연결되는 듯 보이는 구조 자체에서 느낀 약간의 당혹감이었다. 인물 하나하나가 스토리 진행을 위한 부품으로 느껴졌다면 오히려 그러려니 했을 텐데, 상당히 잘 만들어진 인물 한 명 한 명에게 애정을 품게 되었을 때 일어나는 파열이 마치 잘 놀던 친구와 갑자기 헤어지게 되었을 때의 어린애 마음 같은 아쉬움을 불러일으켰달까. 특히 첫 번째 파열인 에드윈의 이야기는 그런 파열이 일어나리라고 예상하지 못했기에 더욱 얼떨떨했다.

화제를 조금 돌려 보자. 이 책에서 중심 소재로 다루는 시뮬레이션 우주 이론은 이제 상당히 대중화됐다. 비록 그 자세한 과학적, 수학적 근거를 잘 알지 못하더라도, 일론 머스크 등의 유명 인사가 〈우리가 시뮬레이션이 아닌 현실에 살고 있을 가능성은 10억 분의 1〉이라는 식의 발언을 하면서 많은 사람들이 우리가 일종의 컴퓨터 게임 속 등장인물일 수 있다는 가능성을 대강이나마 이해하게 되었다. 이 주제를 다룬 유튜브 영상에 달린 〈제발 이 세상이 시뮬레이션이기를〉 바라는 반농담조의 수많은 댓글에서 보이듯, 우리가 사는 이 세상이 시뮬레이션일 가능성이 불만족스러운 현실을 사는 누군가에게는 일종의 희망이다.

그러나 이 작품이 시뮬레이션 이론에 대해 전달하는 감정은, 자신이 사는 세상이 시뮬레이션일 수 있다는 가능성을 처음 접했을 때 개스퍼리가 겪은 혼란에 가깝다. 천재 과학자인 누나에게서 그 가능성에 관해 처음 들은 개스퍼리는 이 세상이 시뮬레이션일지 모른다는 것을 머릿속으로는 이해하더라도, 예컨대 지금 느끼는 배고픔을 없애 버릴 수는 없다는 점에서 시뮬레이션의 영향력을 부정하기가 불가능하다는 혼란을 느낀다. 그런 혼란을 느끼는 인물이 개스퍼리만은 아니다. 작중 소설가인 올리브는 자신이 쓴 작품 속 등장인물이 문신으로 새긴 문구를 똑같이 문신으로 새기고 나타난 팬을 보면서 묘한 혼돈을 경험한다. 만들어 낸 것과, 보통은 만들어 낼 수 없다고 생각되는 어떤 〈현실〉이 서로에게 피를 흘려 넣는 장면을 목격할 때의 아연한 감정이다.

약간의 비약을 허용한다면, 그런 감정은 매우 현실적이고 촘촘하게 그려진 작품 속 등장인물 한 명 한 명이 시뮬레이션의 일부였다는 사실이 드러날 때 내가 느낀 생경함과도 비슷하다. 설령 작품 속 등장인물들이 일종의 시뮬레이션 구성물에 불과하더라도 나는 그들의 이야기에서 전해지는 어떤 차원의 현실성을 부정하기가 어렵다 — 개스퍼리를 포함한 인물이나 그들이 처한 상황 모두가 〈현실〉이 아니라 작품의 일부라는 점을 생각하면 이야기는 더 복잡해지고.

그런 혼란을 고요히 가라앉힐 수 있었던 것은 작품을

우리말로 옮기고 교정을 보느라 여러 번 읽은 뒤의 일이었다. 시간 여행을 통해 자신의 현실이 시뮬레이션이라는 사실을 직접 확인했을 뿐 아니라, 자신이 겪어야 할 엄청난 불이익에도 그 시뮬레이션을 그대로 방치하지 않고 적극적으로 개입하는 선택을 한 개스퍼리는 작품 말미에서 이렇게 말한다.

우리가 시뮬레이션 안에 살고 있다는 결정적인 증거가 나타났을 때 그 소식에 대한 알맞은 반응은, **그래서 어쩌라고**라는 것.(347면)

누군가에게는 우리가 사는 세상이 시뮬레이션이라는 사실이 이 세상에 사는 모든 사람 — 자신을 포함해서 — 의 가치를 부정하는 이유가 될지도 모른다. 어차피 모든 것이 시뮬레이션이라면, 그 시뮬레이션을 작게든 크게든 바꾸기 위해 나의 감각적 만족을 포기하는 것이 그야말로 무의미한 일인지도 모르겠다.

그러나 이 작품에서 특이 현상 그 자체였던 인물인 개스퍼리는 다른 선택을 했다. 작중에서 〈인류애〉라고 한 번 표현된, 정확히 알 수 없는 어떤 이유로 그는 자신이 만난 사람들에게 불행을 피할 기회를 줬다. 개스퍼리의 선택을 단순히 도덕적으로 〈옳다〉혹은 〈그르다〉라고 판단할 수는 없다(예컨대 모두가 개스퍼리처럼 과거를 바꾼다고 했을 때 어떤 결과가 벌어질지는 장담할 수 없고, 아레타처럼 개스퍼리와 달리 절대 과거에 개입하지 않는 인물의 선택이 틀렸다고 단정할 수도 없다).

다만 작품에서 확정적으로 이야기하는 것은 한 가지다. 개스퍼리가 존재했다는 사실 자체가 특이 현상을 일으켰다는 것, 개스퍼리의 선택이 그를 특이 현상으로 만들었다는 것.

양자 물리학의 유명한 실험 중 하나인 이중 슬릿 실험에서는 관찰자 효과라는 것이 존재한다. 관찰자가 관찰을 할 때는 빛이 입자처럼 움직이고, 관찰을 하지 않을 때는 파동처럼 움직인다는 것이다. 상식적으로는 우리가 관찰이라는 행동만으로 〈현실〉에 영향을 끼칠 수 있다는 점이 퍼뜩 이해되지 않는다. 하지만 그것이, 시뮬레이션이든 아니든 우리가 사는 세계의 기본 조건일지 모른다. 책을 읽든, 게임을 하든, 흔히 말하는 현실 속에서 살아가든 〈나〉가 어떤 주관을 가지고 그 안에 관찰자로 들어가는 순간이 그 현실을 〈만든다〉는 것.

나는 최근 시간과 움직임에 관해, 끊임없는 몰아침 속의 고요한 점이 된다는 것에 관해 아주 많이 생각해 왔다.(358면)

……라고, 개스퍼리는 말한다. 이 책을 통해 나도 비슷한 생각을 하게 되었다. 우리가 사는 이 세상이, 이 세상을 살아가는 우리가 이루고 있는 것이 〈고요의 바다〉가 아닌가 하는 생각을 말이다.

2024년 7월
강동혁

추천의 말

언젠가 1940년대 샌프란시스코의 풍경을 담은 기록 영상을 보았다. 그 시대 평범한 사람들이 걷고 대화하는 일상을 보며 알 수 없는 그리움을 느꼈다. 『고요의 바다에서』를 읽고 난 뒤의 느낌도 그러했다. 5백 년에 걸친 시간을 내가 살고 통과한 듯한 기묘한 상실감을 느꼈다. 작가 에밀리 세인트존 맨델은 이 담대한 시간대 안에서 시간 여행, 평행 우주, 시뮬레이션과 현실, 관료주의, 역병 등의 소재들을 유려하게 풀어낸다. 1910년대, 항구 근처 하숙집에서 무료한 시간을 보내는 백수부터 2400년대, 달 식민지 호텔에서 일하는 걸 지루해하는 직장인까지, 5백 년에 걸쳐 등장하는 인물들은 현재의 우리를 닮아 있다. 그들은 무언가를 기다리지만 그것이 무엇인지 모른다. 작가는 마치 묘지에서 지나간 시간을 관조하듯, 세상의 아름다움과 슬픔을 투명하게 묘사한다. 그리고 삶의 틈 속에 빠진 인류에게 사려 깊은 러브레터를 보낸다.

— 김보라(영화감독)

먼 과거의 신비로운 사건을 들여다보다 현재의 수수께끼로, 근미래의 미스터리로 궁금증이 이어진다. 한 시간대에서 번쩍하고 지나간 순간을 알아내기 위해 독자는 탐정과 같은 자세로 책을 읽어 가게 된다. SF와 미스터리(게다가 역사 소설)의 매혹적인 조합으로 이야기를 끌어가는 『고요의 바다에서』는 무슨 일이 일어났는지 모르는 이들의 운명에 일어난 국소적이고 특이한 사건들을 그러모은다. 몰두해 책을 읽기란 기꺼이 탐닉할 만한 즐거움이며, 그 안에서 우리는 정말 탐정을 만난다. 미래에서 온 탐정을. 인간적인, 너무 인간적인 탐정을. 아무것에도 영향을 미치지 않고 그저 답을 얻어 내기만을 원하기란 인간적인 탐정에게 얼마나 어려운 일인가. 또한, 그를 지켜보는 독자에게도 얼마나 요령부득인 바람이란 말인가. 이 한가운데 인류를 위협하는 감염병이 있다. 우리에게 불길할 정도로 친숙한 감염병이. 시간 여행자의 존재 자체가 파열이라는 생각과 〈누군가를 잃고 나면 실제로는 존재하지 않는 어떤 패턴을 보기가 쉬워지는 것 같다〉라는 문장이 동시에 참이라면, 시간 여행자의 무모함 혹은 작은 용기는 어떤 결과로 이어지게 될까. 제목의 〈고요의 바다〉는 마침내 모든 진실이 드러나는 그 순간에 이르러 마침내 고요해진다. 이것은 달콤한 쓸쓸함, 혹은 필연이 만들어 낸 유머.

— 이다혜(작가)

옮긴이 **강동혁** 서울대학교 영문학과와 사회학과를 졸업하고 동 대학원에서 영문학 석사 학위를 받았다. 옮긴 책으로 바버라 킹솔버의 『내 이름은 데몬 코퍼헤드』, 에르난 디아스의 『먼 곳에서』, 『트러스트』, 커트 보니것의 『타이탄의 세이렌』, 압둘라자크 구르나의 『그 후의 삶』, 앤디 위어의 『프로젝트 헤일메리』, 토바이어스 울프의 『올드 스쿨』, 『이 소년의 삶』, J. K. 롤링의 〈해리 포터〉 시리즈, 앤드루 숀 그리어의 『레스』, 진 필립스의 『밤의 동물원』, 말런 제임스의 『일곱 건의 살인에 대한 간략한 역사』(전 2권) 등 다수가 있다.

고요의 바다에서

발행일 2024년 7월 15일 초판 1쇄
        2024년 10월 30일 초판 5쇄

지은이 에밀리 세인트존 맨델
옮긴이 강동혁
발행인 홍예빈
발행처 주식회사 열린책들

경기도 파주시 문발로 253 파주출판도시
전화 031-955-4000 팩스 031-955-4004
홈페이지 www.openbooks.co.kr 이메일 literature@openbooks.co.kr

Copyright (C) 주식회사 열린책들, 2024, *Printed in Korea.*
ISBN 978-89-329-2437-3 03840